新典社研究叢書316

水鏡の成立と構造

勝倉壽一 著

新典社刊行

目 次

第二章　天皇紀の解釈

凡　例

一、『水鏡』の本文の引用は新訂増補国史大系21上『水鏡・大鏡』所収の専修寺所蔵本（流布本）に拠る。
二、『扶桑略記』の本文の引用は新訂増補国史大系12『扶桑略記・帝王編年記』に拠る。
三、以下の文献・史料の引用は新編日本古典文学全集に拠る。
　大鏡、古事記、十訓抄、日本書紀
四、以下の文献・史料の引用は新訂増補国史大系に拠る。
　延喜式、公卿補任、元亨釈書、釈日本紀、続日本後紀、先代旧事本紀、帝王編年記、日本紀略、日本後紀、日本三代実録、日本文徳天皇実録、百錬抄、類聚国史
五、以下の文献・史料の引用は群書類従に拠る。
　皇代記、皇年代略記、紹運要略、年中行事秘抄、本朝皇胤紹運録、本朝書籍目録、濫觴抄
六、以下の文献・史料の引用は続群書類従に拠る。
　皇胤系図、皇代略記、興福寺略年代記、仁寿鏡、東寺王代記、日本皇帝系図
七、以下の文献・史料の引用は改定史籍集覧に拠る。
　一代要記、皇年代私記、西宮記、神皇正統録、神明鏡、二中歴、歴代皇紀、簾中抄
八、以下の文献・史料の引用は日本古典文学大系に拠る。
　懐風藻、愚管抄、神皇正統記、太平記、平家物語、保元物語
九、以下の文献・史料の引用は新日本古典文学大系に拠る。
　古事談、今昔物語集、続日本紀、日本霊異記、増鏡
十、右記以外の文献・史料の引用については、各章・節の末尾に注記した。
十一、引用文中に付された傍線は、引用者が施したものである。

序論　水鏡における成立の問題

一　基本的な問題

今日、『水鏡』は「第一代神武天皇」から「五十五代仁明天皇」（『水鏡』の代数記載による）にわたる古代の皇位継承の有様と、各天皇の治世の事跡や変乱を対象として、作者が生きる院政期の現実を認識するための糧にすることを目的として書かれた歴史物語として理解されている[(1)]。

『水鏡』（一一八五～九五年成立）の作者が生きた平安末期、院政期の現実を「乱世」と見る認識は、『水鏡』の作者と重なる時代を生きた僧慈円の『愚管抄』（一二二〇年成立）に明瞭に記されている。『愚管抄』巻第二・後白河の条には「一向此御時、連々乱世、具（つぶさ）ニ在二リ別帖一ニ。」と記されており、その時代的な区切りを保元元年（一一五六）の保元の乱に求めている。

保元以後ノコトハミナ乱世ニテ侍レバ、ワロキ事ニテノミアランズルヲハバカリテ、人モ申ヲカヌニヤトヲロカニ覚テ、（以下、略）　　（『愚管抄』巻第三）

慈円は保元の乱以後の事はすべて乱世の事であるとする同時代人一般の認識を挙げて、「末代悪世、武士ガ世ニナリハテヽ末法ニモイリニタレバ」（同・巻第七）と説く。藤原摂関家を中心に営まれてきた四百年間の平安宮廷政治が、院政の混乱に伴う武士という新たな武力集団の権力掌握によって変質し、折からの末法の世の到来と観ずることでは受け止め得ない「乱世」「悪世」の到来であるとする認識である。『水鏡』の作者に想定される中山（藤原）忠親は、保元の乱直前の同年四月まで乱の当事者の一人である後白河天皇の五位蔵人をつとめ、乱の時は二十六歳、右少将という中級官僚の任にあった。

『水鏡』の重要な特徴として、五十五代を通しての皇位継承史における争闘と、その対照としての王位の互譲・委譲の記事に強い関心が寄せられていること[2]、数百年前の過去の事象と作者の生きた現在との直接的で同次元的な連結への強い関心が認められること[3]、および仏法思想に基づいた歴史観が根底に据えられていることも[4]、平安朝の最末期、または鎌倉時代の最初期に成立した『水鏡』の時代的な位相を示すものと言ってよい。しかし、『水鏡』の大枠を右のように見定めることができるとしても、『水鏡』の記文の具体的な分析・考察や、歴史物語としての評価は必ずしも明確にされてきたとは言いがたいであろう。

明治期に始まる『水鏡』の研究の流れと、『水鏡』が抱える研究史上の問題については、小山田和夫氏が平成九年（一九九七）に発表した『『水鏡』と『扶桑略記』との関係をめぐる研究の歴史と問題点の整理』[5]という論文から窺い知ることができる。この論文において、小山田氏は明治期から平成八年に至る学術的な著書・論文のみならず、各種の全集・大系・叢書等の解説や、講座、文学史、事典類に至るまで、『水鏡』の研究に関わる記述を博捜し網羅され、歴史学の論述も踏まえて研究史の展開とその多面的な問題を詳細に分析・考察されている。この労作を踏まえて見るとき、『水鏡』の抱える研究上の基本的な課題は、その成立に関わる問題と、作品の構造に関する問題に大別され、両者が密接不可分の関係において考究されてきたことがわかる。

『水鏡』の成立に関わる問題は、その成立の典拠とされた文献・資料の特定という問題を基本課題として、その歴史史料的価値、文学作品としての評価、および作者の考証にも及んでおり、いずれも明確な結論を得られていない。『水鏡』の典拠文献については、平田俊春氏が昭和十年（一九三五）に発表した「水鏡の史的批判」[6]と題する論文において、僧皇円の私撰歴史書『扶桑略記』（以下、『略記』と略称）のみを典拠としたもので、その抄訳に他ならないとする学説を発表したことにより、研究史に明確な区切りと方向性を与えるものとなった。平田氏の所説は両書の該当部分に関する厳密な比較考証を基底に据えたものであり、以後の歴史研究、文学的研究、および作者考証においても決定的な影響を与えてきたが、その結論に対する疑問も提起されており、いまだ決着を見ていない[7]。

一方、『水鏡』の作品構造に関する研究も平田氏の所説の影響下にあり、研究史を見ると、『水鏡』の記事の歴史史料的価値と、「歴史」を語る「物語」としての文学的評価の問題が整理されないままに論述が重ねられてきたように思われる。『水鏡』の記文を『略記』の記事の和文脈による抄訳にすぎないとする否定的評価に対しては、記事の取捨・選別や、その翻案という方法に文学的意義を求める行き方も認められるが[8]、管見では各天皇の紀の厳密な出典考証を踏まえた論考については、いまだ数少ないように思われる[9]。『略記』の完本が伝わらず、『水鏡』に記された初代神武天皇から仁明天皇の治世に至る記文について、『略記』の抄本部分との比較考察が困難であることも因をなしているであろう。

しかし、『略記』と『水鏡』の問題は、後述するように、二書物間の閉鎖的な出典と受容の関係においてのみ捉えることはできない。我が国最初の国史である『日本書紀』（以下、『書紀』）の成立後、『水鏡』の成立に至る四百年余の間には、『書紀』の簡略化された「日本紀」の成立と、「年代記」「系図」類の盛行という現象が認められる。『略記』は当時存在していた年代記類を基に成立したのであり、『水鏡』の成立事情とその構造もまた、そのような動きを視野に据えた全体的な構図の中において捉えられなければならないと思われる。

二　成立の問題

『水鏡』の成立に関する問題は、前述したように平田氏の「水鏡の史的批判」という論文により新たな段階に進むこととなった。平田氏はその所説の結論を七カ条にまとめておられるが、『水鏡』の典拠とした文献・史料、その他の資料の存在の有無、作者の創作部分の存在、および『水鏡』の文学作品としての評価に関わるのは、次の第一・第二条の論旨である。

第一　『水鏡』は『扶桑略記』のみを基として抄訳したものである。他の材料を一切用いていない。

第二　『水鏡』にある記事は、序、跋、及び本論中の著者の感想である少部分を除くほかは、全部もとの『扶桑略記』にあったものである。

平田氏は『水鏡』は『略記』を唯一の典拠として、原文の一部を仮名文で翻訳したものであることを言明し、序・

跋、および本論中の少量の感想部分をのぞき、作者の創意、独自の記述、構想の存在を全否定している。『略記』唯一典拠説とも言うべき平田氏の所説は、それ以前の『水鏡』研究者の誤りを正すべく、『水鏡』の記事はすべて『略記』の記文を取り用いたものであることを実証することにより、『水鏡』の「史料としての価値」に関する議論の決着をはかったものである。あくまで史学者の立場からの分析と結論であると受け止めるべきであろう。

しかし、この所説は以後の国文学者による『水鏡』研究にも重い課題として受け止められ、作品の低評価の根拠とされるに至った。河北騰氏は次のように説いている。

水鏡は、昭和十年頃、平田俊春氏によって、本文が殆どすべて扶桑略記の抄訳であり、それ以外の文献には全く依拠していない作だと論断され、あたかもそれが価値の低い作品かの如く受止められて、以後、学者たちは水鏡の評価を逡巡する傾向さえあったように思う。[10]

平田氏の所説は『水鏡』の研究史上に特筆されるものであるが、『略記』以外に「他の材料を一切用いていない。」と断言しうるか否かについては、基本的な事項について疑問を提起しておく必要がある。

まず、平田氏は『水鏡』が『略記』のみを典拠としたとする論述の根拠として「十六代応神天皇」「卌五代元正天皇」の記文の全文比較を行っているが、「十六代応神天皇」については帝紀の基本事項（帝紀的記事）に次のような相違点が認められる。

・「十六代応神天皇」の即位年齢

『略記』……庚寅歳正月丁亥日。行年七十即位。
『水鏡』……庚寅の歳正月丁亥日位につきおはしましき。御とし七十一。
・同・皇陵名
『略記』……葬二于河内国志紀郡恵我藻伏(モフシ)陵一。
『水鏡』……葬二河内国恵我藻(ママ)・陵一。

前者については、即位年齢の相違が存在することの事由について言及されていない。後者については『水鏡』の作者、もしくは伝写過程における「伏」字の脱落の可能性も否定しえないが、これも言及されるべきであろう。各天皇の紀の「帝紀的記事」「皇陵名」の相違については次章に詳述しているが、『略記』の完本部分に限っても、「帝紀的記事」の相違は十四カ所、『略記』の抄本部分、逸文を含めれば相違は三十四カ所にのぼる。「皇陵名」については五十五の皇陵名のうち別典拠と見なされるものが完本部分七、逸文を加えれば十一墓、誤写・存疑は十陵（逸文一を含む）を数える。(11)『略記』『水鏡』ともに各天皇の紀として構成された歴史記述である以上、帝紀の基本事項におけるこれらの相違は無視しえないものであると考えられる。

また、「卌五代元正天皇」においては、事跡記事として扱われた元正天皇の即位事情に関わる記文について疑問が指摘される。

『水鏡』には次のような元正天皇の即位事情に関する記事があるが、『略記』の該当部分には記述がない。

元明天皇くらゐをさり給し時。聖武天皇を東宮と申しかば。くらゐをつぎたまふべかりしかども。そのとしぞ御

元服したまひて。御とし十四になりたまひしに。猶いまだいとけなくおはしますとて。このみかどは御をばにて
ゆづりをえたまひしなり。

この記事の典拠について、平田氏は、

『水鏡』の「元明天皇位をさり給ひし」云々の記事は、『扶桑略記』の元正天皇記に見えないが、元明天皇和銅八
年の条に左の如くある。

九月二日庚辰、禅㆓位於氷高内親王㆒、詔曰以㆓此神器㆒欲㆑譲㆓皇太子㆒、面(ママ)年歯幼稚、未㆑離㆓深宮㆒、因㆑茲伝㆓
于氷高内親王㆒矣、

と記している。しかし、問題となるのは、皇太子である聖武の立太子年月日と立太子年齢であり、『略記』の元明天
皇記・和銅七年条に次のように記されている。

六月廿八日庚辰。以㆓豊桜彦親王㆒。立㆓皇太子㆒。于㆑時十四歳。令㆑加㆓元服㆒。是聖武天皇也。

これを見れば、『略記』には和銅七年六月二十八日、聖武は十四歳で立太子し、翌和銅八年九月二日の元正即位時
には十五歳であったことになる。『略記』の記事にその典拠文献名は記されていないが、正史『続日本紀』の該当記
事に年齢記載は見られない。一方、『水鏡』には傍線部に見られるように、元明天皇の譲位の年に東宮の聖武は十四

歳で元服したが、いまだ幼稚であるために叔母の元正が即位したと記されており、『略記』とは聖武の立太子年次、元正即位時の聖武の年齢が異なることになる。

平田氏が『水鏡』との比較の対象とされた『略記』の完本部分においても、各天皇の事跡記事に重要な相違が認められる。

まず、『略記』仁徳天皇五十五年条に六代にわたる功臣武内宿禰の薨年を「春秋二百八十二歳薨。」とするが、『水鏡』には「武内の大臣うせ給にき。二百八十になり給し。」と記されており、薨去年齢が異なる。

次に、「廿八代継体天皇」においては、応神天皇五代の孫とされる継体天皇の系譜記事の相違が挙げられる。

・『略記』

応神天皇五代孫。彦主人王之子。（略）応神天皇五代之孫男大迹（ヲホト）王。

・『水鏡』

次のみかど継体天皇と申き。応神天皇第八皇子・隼総別（ハヤブサワケノ）（ママ）皇子と申き。その御子を太迹（オホトノ）王と申き。そのこを私斐王と申き。又その御子に彦主人（ヒコアルシ）の王と申し王の御子にてこのみかどはおはしまし〻なり。

次章に詳述するように、『水鏡』は具体的な固有名詞を連ねて『略記』とは全く異なる系譜を記しており、『略記』を典拠としたことは認められない[12]。

その他、『略記』完本部分における相違を例示すれば、まず「卅九代斉明天皇」については、『水鏡』は「年六十八」という崩御年齢を記しているが、『略記』には記載がない。

次に、「四十代天智天皇」における中臣鎌足の内大臣叙任記事について、『水鏡』には次のように記されている。

　七年と申し十月十三日鎌足内大臣になり給。この御時にはじめて内大臣といふつかさはいでこしなり。

これに対して、『略記』の該当記事は、

　八年己巳（略）十月十三日。内臣鎌足任二内大臣一。内大臣此時始。(13)

とあり、天智天皇七年と八年で、一年の違いがある。

「四十一代天武天皇」における壬申の乱関係記事においても、吉野を脱出した大海人一行の最初の到着地について、『略記』が「即日到二兎田吐一。」と記しているのに対して、『水鏡』には「その日勉田（ツトメダ）といふところにおはしつきたりしに。」とあり、地名が異なる。

「四十二代持統天皇」における即位、治世、退位記事については、『水鏡』には、

　第四年に位につき給て。世をしり給こと十年なり。（略）十年と申しに位をさり給て太上天皇と申侍き。

とある。これに対して、『略記』の該当記事には、

四年庚寅正月一日戊寅朔。奉二神璽剣鏡於皇后一。即二天皇位一。（略）十一年（略）八月一日甲子。天皇譲二位軽皇子一。号二太上天皇一。

とあり、退位年次が異なる。『略記』には『水鏡』の「世をしり給こと十年なり。」に相当する記文は見られない。いずれも言及が必要であったと思われる。

また、『略記』の抄本部分にあたるが、『略記』と『水鏡』の初代「神武天皇」の生父名と出生順の違いも無視することはできない。

『略記』……神世第七帝王之第三子。
『水鏡』……うのかやふきあはせずのみことの第四の御子なり。

平田氏は『略記』の抄本部分については言及されていない。記文の厳密な比較を行うにあたり完本部分を対象にすることは当然の手続きであるが、「神武天皇」の記文については平田氏が考証のために用いた国史大系『略記』の「新井白石旧蔵抄本」のみならず、『略記』の最古の写本であり、写本中の「祖本」にあたる天理大学附属天理図書館所蔵の「金勝院本」にも右記のように明記されている。[14]「金勝院本」については『略記』の著者僧皇円の自筆本の可能性についても言及されている。[15]神武天皇の生父名・出生順の相違についてもその事由について説明が必要であったと思われる。

さらに、『略記』と『水鏡』には天皇の御名の違いも存在する。

『略記』……神功天皇　　　『水鏡』……神功皇后
『略記』……大炊天皇　　　『水鏡』……廃帝

天皇の御名は、天皇紀の構成を持ち歴史を記述する（語る）書籍の基本事項であり、『略記』と『水鏡』に相違があることは、それぞれの記述者の歴史観や歴史解釈、および主張を反映したものとして無視することは出来ないと思われるのである。(16)

右に掲出したように、『略記』を『水鏡』の唯一の典拠であるとする平田氏の所説には多くの疑問が提起され、修正を求めなければならないと思われる。このことはまた、掲出された疑問点の解明が、『水鏡』と『略記』の独立した受容関係に止まらず、当時の歴史関係の書物の成立と流通事情を踏まえて考察すべきものであることを示唆していると言ってよいであろう。

『水鏡』の成立事情について考察しようとするとき、当時の宮廷社会には六国史や編年体の史書をはじめ、多くの「日本紀」「年代記」「系図」と呼ばれる書物が存在し、それぞれが先行の書物の記事を抜粋・引用・簡略化して編成されていた、という現実に注目しておく必要がある。『水鏡』とそれらの書物との関係に触れる前に、その典拠とされた『略記』について見ると、平田氏はその成立事情を次のように説いている。

『扶桑略記』の前篇は『帝王系図』の類の年代記を根本とし、これに『和漢年代記』を書入れ、さらにそののち、六国史以下の実録、とくに僧伝、縁起等の仏教関係の記事を書入れて編されたものと推定されるのである。(17)

平田氏は『略記』の引用文献として「国史実録類」二十四、「伝記類」二十八、「霊験記・往生伝類」五、「縁起類」二十四、「雑類」二十三の計百四点の文献名を挙げておられる。(18) その上で、『水鏡』の記文と重なる『略記』の前篇は『帝王系図』の類の「年代記を根本とし」、平安中期の天台僧源信の著と推定される『和漢年代記』により中国および仏滅年代記事を加え、さらに前掲の諸文献の記事を書き入れて編成されたと説いているのである。

一方、『水鏡』の記文中にも「日本紀」「年代記」「系図」との関わりを示す記述が見られることに留意しておく必要がある。

- 三代安寧天皇………年五十七。日本紀云六十七。
- 廿四代飯豊天皇……このみかどをば系図などにもいれたてまつらぬとかやぞうけ給はる。されども日本紀にはいれたてまつりて侍なれば。次第に申侍也。
- 卌六代聖武天皇……されどもこの年号はやがて又かはりにしかば。年代記などにはいりはべらざるなり。

『水鏡』が『略記』を主要な典拠文献として成立したものであることは、両書の該当部分の全文比較を行えば自明のことである。しかし、両書のあいだには右に挙げたような多くの相違も存在するのであり、『水鏡』に「日本紀」「年代記」「系図」との関わりを示す記述が見られることを踏まえるならば、『水鏡』の成立事情と、前述した相違点の解明のためには、『水鏡』の成立時期における「日本紀」「年代記」「系図」などの動向を視野に入れて分析を行うことが不可欠であると思われるのである。

三 「日本紀」の問題

前掲のように、『水鏡』の本文中には「日本紀」に触れた記述が二箇所に見られる。いま、前者について見れば、『書紀』には安寧天皇の崩御年月日、崩御年齢が次のように記されている。

三十八年冬十二月庚戌朔乙卯、天皇崩。時年五十七。

『水鏡』の割注に相当する「六十七」という崩御年齢の記載は見られない。しかし、『書紀』の記載する崩御年齢に矛盾があることは早くから指摘されており、日本古典文学大系の頭注にも次のように記されている。

即位前紀に、綏靖二十五年に二十一歳で立太子と見えていることから計算すれば、ここは六十七歳となるはずで、合わない。(19)

新訂増補国史大系所収の『略記』(新井白石旧蔵抄本)には、安寧天皇の崩御年齢そのものの記載が存在しない。『略記』の安寧天皇条は抄記部分であり、原本の記載内容を直接確認することはできないが、『略記』の最古の古写本で写本中の祖本であるとされる「金勝院本」も国史大系所収の『略記』と同文であり、『水鏡』の割注に相当する記載は見られない。その他、『改定史籍集覧』所収の「鈔節本」、『新註皇学叢書』所収の「古鈔節本」も同文であり、「金勝院本」が『略記』の著者皇円の自筆本の可能性にも言及されていることから見れば、『略記』の原本には安寧天皇の崩御年齢も、「日本紀云六十七」という『水鏡』の注記に相当する記述も存在しなかったと考えるべきではなかろうか。

この『水鏡』の注記については江見清風著『水鏡詳解』（一九〇三年、明治書院）に、

◎年五十七。古事記、四十九歳に作る。書紀、本書に同じ。然れども安寧天皇紀に、天皇、神渟名川耳天皇廿五年を以て、立ちて皇太子となり給ふ。年廿一とあるを推せば、即位の時年廿九、崩年は六十七歳に坐すべし。然るに卅八年条に、天皇崩ス時ニ年五十八と云へるは、前後矛盾せり。本書、東宮に立ち給ふ時年十一、即位の時廿といふは、崩年五十七を逆算せしなり。後考をまつ。

と指摘されており、以後の注釈でもこの指摘が踏襲されている。しかし、『水鏡』がいかなる文献に拠って「日本紀云六十七」という注記を記したのかという問題には触れられていない。

この問題の解決に一つの示唆を与えるものとして、神野志隆光氏の所説に注目しておきたい。神野志氏は「『日本書紀』の外側で、解釈作用を繰り返し、新しい物語を生みながら、多くのテキストを生成して広がってゆく言語空間があり、そうした全体が『日本紀』と呼ばれる」ものであり、『『日本書紀』そのものが意味を持つのではなく、『日本紀』がとってかわっているという事態は、院政・鎌倉初期には歴然としている。」と説く。[20]

その「テキストの運動」を神野志氏は、

・『日本書紀』を簡略化して実用化すること。
・解釈を加えて元来の『日本書紀』から離れてゆくこと。
・その解釈によって『日本書紀』を変改したテキストを派生してゆくこと。
・簡略化とは別に要覧ないし便覧というべきもの。

に類別し、前三者を『日本書紀』の「簡略化テキスト」、最後を「要覧テキスト」（年代記）として整理している。[21]
その立場から神野志氏は、『略記』の『書紀』引用の形式について平田氏が「『略記』は『書紀』を抄出するにあたり非常に粗雑であり、かつ抄記する際に作為を加えていることが知られている。[22]」と説いたのに対して、「簡略本『日本書紀』の通行という観点[23]」から『略記』と『書紀』の関わりについて、次のように説いている。

平田が、『扶桑略記』における『日本書紀』の抄出記事に「年月の誤りが非常に多い」といい「粗雑」ともいうのは、「大体において、原文を忠実に引抄するのを原則として」いると自らが認めた引用態度のなかで、『日本書紀』に関しては例外的だと見ることになる。しかし、そうした態度のぶれがあったというより、『日本書紀』そのものでなく、『革命勘文』がそうであったように、権威をもった簡略本によるものであったと考えるべきなのである。そうとらえて、『扶桑略記』ははじめて正当な位置づけが与えられよう。[24]

神野志氏は『扶桑略記』は通史のこころみ」のひとつであり、『書紀』そのものではなく、『日本書紀』にかわって権威をもっておこなわれていた簡略本――あるいは、簡略本として生きていた『日本書紀』を踏まえて制作されたのであると説く。氏の所説は平安から近世期までの「日本紀言説の展開」を視野におさめ、その運動による『日本書紀』の生きた歴史」として平安時代以降に生まれた多様な「年代記」をも位置づけるという広範で重厚なもので[25]あり、その全体に触れることはできない。

一方、平安期から院政期にわたって『古今和歌集』の序文解釈を中心とする歌学の分野において、「日本紀曰」「日本紀云」「委見㆓日本紀㆒」などと表記された注釈形態が多く存在することが注目されてきた[26]。いま、『水鏡』の成立時期に近接した代表的な院政期歌学書の用例数を掲げると、次のようになる。

・藤原仲実『古今和歌集目録[27]』(一一一八年以前)……二例
・藤原範兼『和歌童蒙抄[28]』(一一二七年頃)…………七三例
・顕昭『古今集序注[29]』(一一八三年)……………一二例
・顕昭『古今集注[30]』(一一八五年)………………九例

このうち、『古今和歌集目録』に記された「日本記云」の二つの事例は、『書紀』またはその「簡略化されたテキスト」に拠るものではなく、異なる官撰国史の記文に相当する。

・大同御時天皇一首。春。
　年代暦云。平城。日本記云。安殿天皇。又平城。又奈良。古今集詞云。大同御時。
・光孝天皇二首。春。賀。

古今集詞云。仁和天皇。日本記云。光孝天皇。又小松天皇。

前者は『日本後紀』の、後者は『日本三代実録』の帝紀記事に相当する。しかし、前者の該当する帝紀は欠巻となっており確認できないが、管見では当時の文献・史料中に「安殿天皇」という御名の記載例は見られない。後者には「小松天皇」に該当する記事が存在しない。『和歌童蒙抄』にも『続日本紀』『続日本後紀』の記事を引いて「日本紀」と称する事例の存在が指摘されている。[31]

その他、『和歌童蒙抄』には「日本紀問答抄」、『古今集序注』には「信西日本紀抄」なる書物からの引用があり、京都大学蔵『古今集註』には「日本紀世継」「日本紀三頌」という引用書名が見られる。[32] 小山田和夫氏は『古今和歌集目録』の分析を踏まえて、「一一世紀から一二世紀初頭には、そうした奇妙な呼称の『日本紀』というものが存在していたことだけは、確実である。[33]」と説いているが、十二世紀における「日本紀」の内実は神野志氏の説く『書紀』の「簡略化されたテキスト」の範疇を越えて、「六国史の総称[34]」を意味する用法へと拡大されていたことは認められなければなるまい。

『水鏡』と「日本紀」との関わりを示す前掲の二つの事例についても、『書紀』および『略記』との関係のみにおいて結論を得ることは不可能である。前者については、『略記』には安寧天皇の立太子記事が存在せず、『水鏡』の作者は『書紀』に基づき、その崩御年齢「時年五十七」を踏まえて立太子年齢を「御とし十一」、即位年齢を「御年廿」と推算したと考えられる。しかし、『書紀』の安寧立太子の年に当たる綏靖天皇二十五年には「年二十一」とあり、崩御年齢は六十七歳ということになる。『水鏡詳解』に指摘されたと同じ疑問に直面した『水鏡』の作者は、手許で披見しえた「日本紀」の記述を踏まえて「日本紀云六十七」という注記を加えたのであると考えられる。後者については『水鏡』以前に『略記』以外に「二十四代飯豊天皇」として歴代に加えた文献・史料は確認しえないが、これも『水鏡』の作者が披見しえた「日本紀」の記述に従って「日本紀にはいれたてまつりて侍なれば。次第に申侍也。」と記載したと考えられる。

この問題についてはこれ以上具体的な考証の手がかりが存在せず、推論にとどまらざるをえない。しかし、『日本書紀』によったというとらわれ」「思い込み」を指摘する神野志氏の所説、および六国史の全体をも含む「日本紀」の範疇の拡大状況を踏まえるならば、『水鏡』の帝紀的記事のみならず、歴代の事跡記事における多くの疑問点の存在理由に得心を得ることができるのではなかろうか。

四　年代記との関係

「年代記」とは益田宗氏が「歴史事象を年代順に列挙した書物を指す[35]」と定義されたように、広義には歴史事象を編年体で記述し、編成された書物の総称である。したがって、『水鏡』の成立以前に限っても、『書紀』をはじめとする六国史や、『先代旧事本紀』『日本紀略』『略記』などの私撰歴史書や古記録の類もその範疇に含まれる。一方、年代記には歴代天皇の事跡や歴史的事件を編年体で記したものもあり、「皇代記」の名を冠されているものも多い。『愚管抄』の帝紀的記事は「皇帝年代記」と命名されている。

年代記の最も古い事例として挙げられるのは、正史『続日本紀』の文武天皇大宝元年（七〇一）三月甲午条・同八月丁未条に見られる「年代暦」に関する記述である。

・大宝元年三月甲午条……語ハ在リ年代暦一。
・同年八月丁未条………(割注)年代暦曰。

前者は大宝と建元のこと、大宝令官制・位階の施行のことに関する記事、後者は対馬の貢金への褒賞記事に対して、詐欺が露見したという注記である。これらの記事からは、八世紀初頭には既に『年代暦』という年代記が存在し、その記事が国史の編纂に関わっていたことが推測される。後述するように、この『年代暦』なる書物からの引用は院政期歌学書にも見られる。

次に、中国の『宋史』「日本伝」によれば、宋の太宗の雍熙元年（九八四）、東大寺の僧奝然が宋に渡り、日本の『職員令』と『王年代紀』と呼ばれる年代記を献上したことが記されている。この『王年代紀』は神代から第六十四代円融天皇に至る歴代の事跡を記したもので、現存の年代記と同内容をなしていたと考えられている。(36)

さらに、長保四年（一〇〇二）成立の明法博士惟宗允亮著『政事要略』第廿九・十二月下・荷前事の「山科陵」の条に、

年代記云。辛未。此年天皇乗馬行事。幸二山科郷一之間。更不二還御一。交二山林一不レ知二其崩所一。以二沓落場一為レ陵云々。依レ有二奇事一亦別所レ注也。人代卅九。

という逸話があり、『略記』は「一云」として記載し、『水鏡』は天智の崩御記事として逸話を記している。平田氏は『政事要略』を『略記』の典拠に加えておらず、『略記』の典拠となった「年代記」は明らかではない。

今日、現存する最古の年代記は奈良の春日若宮社千鳥家蔵の『皇代記』(応徳元年年代記)の残篇で、白河天皇の在位末年(一〇八四)の成立と考えられている。

その他、『水鏡』と同時期までに成立した年代記について、山下哲郎氏は、

・年号次第(成簣堂文庫蔵)……………………一一三五〜四〇年成立
・奈良年代記(年代記残篇) ……………………一〇九四年成立?
・皇代記(大東延篤氏蔵)……………………鎌倉以前の成立
・皇代記付年代記(神道大系神宮篇二) ……一一四一〜五五年成立?
・年代記断簡(柳原本・書陵部蔵)…………鎌倉以前の成立
・年代記(大覚寺蔵) ……………………………一一六九〜七九年成立

を挙げている。[37]

以上の事例に見られるように、八世紀の初めの頃から「年代記(皇代記を含む)」と呼ばれる一群の書物が編纂され、『水鏡』が成立した院政期から盛んに作られるようになった。院政期歌学書においても、

・『古今和歌集目録』……………………………年代暦(一例)、皇代記(一例)
・『万葉集時代雑事』[38](顕昭、一一八三年以前) ……年代暦(四例)、皇代記(三例)、年代記(一例)
・『古今集序注』……………………………………皇代記(二例)

などの用例が見られる。『水鏡』「卌六代聖武天皇」の紀に「年代記などにはいりはべらざるなり。」という記述があることも、『水鏡』の作者が年代記類を披見していたことの証左となるであろう。(39)

ところで、『略記』が『水鏡』の主要な典拠とされた理由については、『略記』が当代の最も詳しい歴史書であるとともに、仏教関係をはじめ、中国、天竺にわたる広範な資料集と目されたからであると考えられる。しかし、一方で『略記』が年代記の基本的な様式を備えた現存最古の著作であったことにも留意しなければならない。

神野志氏は、『略記』の成立事情に関する前掲の平田氏の所説を踏まえ、年代記の特徴として「通史化」と「干支の実用化と世界史化」を挙げている。(40) そのうち、「通史化」とは自らの存在する現在に至る歴史を構成することであり、自らの世界の成り立ちを確かめる営みとして、起源への関心が強く寄せられることになると説く。また、多くの年代記には記事の年次に各々干支が付されており、「干支という世界時間に立つことは、和漢対照といったかたちを可能にする」として、『略記』の構成に関する平田氏の所説を挙げている。

第五に注意すべきは、当時における世界史的立場をとっていることである。すなわち各所に印度の年代を記し、中国の年号と対比して、それぞれの国の記事をも抄記している。これは仏教中心という立場が自ら然らしめたところであるが、かかる和漢対照の歴史書はこれが最初であり、こののちの年代記に大きな影響を及ぼしたのである。(41)

いま、『水鏡』の記載事項の基本的な構成を見ると、次のようになる。

1　代数、歴代名
2　（分註）崩年月日、宝算、皇陵
3　（前紀）天皇名、父母の名、立太子年月日、立太子年齢、即位年月日、即位年齢
4　治世記事、説話伝承
5　（後紀）中国および仏滅年代

これを見ると、1、2、3が帝紀を構成する基本事項（帝紀的記事）、4が事跡記事、5が前掲の「世界史化」「世界史的立場」に相当する。帝紀の基本事項について見ると、「第一代神武天皇」から「四十三代文武天皇」までは即位年月日を干支で記し、中国・天竺記事を天皇の在位年次と照合させている。「卌四代元明天皇」以後は帝紀の基本事項、事跡記事のすべてが元号で統一されている。『水鏡』の基本的な構成は『略記』に従ったと見られるが、『略記』では全天皇記の帝紀の基本事項、事跡記事を干支で記載しており、元明天皇記以後も元号と干支を重ねて記載する方式を取っている。これを見れば、『水鏡』が『略記』以外の書の表現様式に倣って記載した可能性も否定しえないであろう。

『水鏡』とそれ以後に成立した年代記の関係について見ると、鎌倉末期に成立の和漢対照年表である『仁寿鏡』と、南北朝末期に成立の私撰歴史書『神明鏡』に、次のような記載が見られる。

・『仁寿鏡』

・神武天皇立坊…………祇園精舎回禄。水鏡説。
・開化天皇十年条………水鏡云。祇園精舎為賊被焼。
・崇神天皇六十二年条……水鏡云。悪王壊祇園為殺人之場。四天王沙竭羅龍王怒而。以石殺毀者。
・垂仁天皇八十二年条……水云。忉利天王第二子。為全造祇園過仏世。
・光仁天皇宝亀三年条……帝与井上后博奕。以山部親王奉后。
・『神明鏡』
・第廿四飯豊天皇………水鏡ニハ入奉る也。

このような記載の存在も、『水鏡』が年代記の系譜に属する事の証左となるであろう。

五　系図との関係

一方、平田氏が「『扶桑略記』の前篇は『帝王系図』の類の年代記を根本とし」て編纂されたと説かれたように、年代記の範疇に含まれる書物の中に「系図」の存在があることを見逃すことはできない。『帝王系図』・『帝皇系図』の逸文を載せる文献については、和田英松氏、加茂正典氏の考証が備わる。[42] そのうち、『水鏡』の成立時期と重なる事例を引用させていただくと次のようになる。

・『帝王系図』

七大寺巡礼私記（一一五一年以前）……帝王系図云（二例）
袖中抄（顕昭、一一八三年以前）……帝王系図曰（三例）
古今集注（一一八五年）……帝王系図曰（九例）

・『帝皇系図』
万葉集時代雑事（一一八三年以前）……帝皇系図曰（五例）
袖中抄……帝皇系図曰（二例）
古今集序注（一一八三年）……帝皇系図云（一例）
醍醐寺雑事記（一一八六年以前）……帝皇系図云（五例）
古今集注……帝皇系図曰（三例）

また、鎌倉後期に成立の『本朝書籍目録』にも、次のような書名が記されている。

帝王系図一巻舎人親王撰
帝王系図一巻菅為長卿撰
帝王広系図百巻基親卿撰
帝王系図一巻兼直宿禰抄
帝王系図二巻神武以降至白川院記代々君臣事中原撰

これらの系図類の初発は、『続日本紀』巻第八・養老四年癸酉（二一日）条に、

先レ是、一品舎人親王奉レ勅修二日本紀一。至レ是功成奏上。紀卅巻、系図一巻。

とあり、『書紀』の撰上にあたり「系図一巻」が添えられたとの記述がある。この『書紀』撰上記事は弘仁十年（八一九）の識語を持つ『日本書紀私記（甲本）』の「弘仁式序」に、

清足姫天皇負扆之時親王及安麻呂等更撰二此日本書紀三十巻并帝王系図一巻一。今見在図書寮及民間也。[43]

と記されており、「系図一巻」は「帝王系図一巻」と言い換えられている。荊木美行氏は、この系図は「たんに系譜的記載だけでなく、天皇の后妃・王子王女や、天皇の崩年・宝算・山陵の所在地などのほか、治世のおもな出来事についてもしるされていた」「帝紀の内容を適宜ダイジェストしたもの」であり、『書紀』の「系図一巻」が伝存しなかったのは、「その後の歴代天皇の情報を書き継いだ年代記へと発展・解消したため、原本は失われた」と説いている。[44]

『水鏡』と系図類との直接的な関わりは不明であるが、『水鏡』と同時期に成立した歌学者顕昭の『古今集序注』の仁徳天皇の逸話部分に、次のような『帝皇系図』からの引用が見られる。

帝皇系図云、元年正月即レ位。兄弟相逓譲レ国已経二三歳一。弟遂自死。弟者菟道稚郎子、東宮也。四年二月四望不レ烟。即止二三載課役一。宮殿雖レ破不レ修。七年三稔之間。百姓富寛、頌声既満。四月天皇登レ楼見二烟盛一曰「朕既富」。

御二難波高津宮一、在位八十七年。
御歌云。
タカキヤニノボリテミレバケブリタツタミノカマドハニギハヒニケリ

この引用記事は『水鏡』の記文と正確に対応する。同書には「信西日本紀抄」からの引用として仁徳天皇兄弟の国譲り説話も記されている。また、『書紀』に記された古代の事件の全体を漢文体で簡潔に記述する方式は、大江匡房の『江談抄』(一一一二年以前)の安康天皇条における眉輪王の乱の記述にも認められる。

一方、同時期に成立した『和歌童蒙抄』には、「日本紀」からの引用として神功皇后の治世における忍熊王の謀反と武内宿禰の対応、応神朝における甘美内宿禰の讒言への応神・武内宿禰らの対応、および垂仁朝における狭穂彦の乱の顛末などが簡潔な和文体で記されており、いずれも『水鏡』の記事に近似している。『水鏡』は『略記』から該当する記事を抜き出し、和文脈で記事を構成したとも考えられるが、『水鏡』の作者が上掲の文献・史料を披見しえたであろうことも否定しえない。

注

(1) 小峯和明『『水鏡』─仏法思想に基づく史観」(『国文学解釈と鑑賞』五四巻三号、一九八九年三月)。加納重文「水鏡の思想」(『女子大国文』一一〇号、一九九一年一二月)、同氏著『歴史物語の思想』(一九九二年、京都女子大学)に収録。

(2) 福田景道『『水鏡』構想論序説─政治史的側面と『大鏡』の継承─」(『秋田短期大学・論叢』三八号、一九八六年一一月)。松本治久著『歴史物語の研究』(二〇〇〇年、新典社)『『水鏡』の主題についての一考察─『争い』の記事を中心として」。

（3）注（1）に同じ。
（4）注（1）の小峯和明論文。
（5）小山田和夫「『水鏡』と『扶桑略記』との関係をめぐる研究の歴史と問題点の整理」（『立正大学文学部研究紀要』一三号、一九九七年三月）。
（6）平田俊春「水鏡の史的批判」（『史学雑誌』六巻一一号、一九三五年一一月）。本書では著者の最終稿である『私撰国史の批判的研究』（一九八二年、国書刊行会）第三篇第五章「水鏡の批判」に拠る。
（7）金子大麓「歴史物語の虚構性―『水鏡』に於ける淡路廃帝」（『国士舘短期大学紀要』八号、一九八二年三月）。青木洋志「『水鏡』の依拠資料について」（『二松学舎大学人文論叢』四七輯、一九九一年一〇月）。松村武夫「『水鏡』の方法」（『武蔵野女子大学紀要』三二号、一九九七年三月）。齊藤歩「歴史物語―中世の『鏡』三面―」（『国文学解釈と鑑賞』七五巻一二号、二〇一〇年一二月）など。
（8）松村博司著『歴史物語』（一九六一年、塙書房）「五　水鏡」など。
（9）注（7）の金子大麓論文、松村武夫論文。加納重文「水鏡の独自性」（『女子大国文』一〇九号、一九九一年三月）、同氏著注（1）に収録。青木洋志「『水鏡』の執筆意図について」（『駒澤國文』三七号、二〇〇〇年二月）。松村武夫「『水鏡』の方法―十代崇神天皇～十四代仲哀天皇―」（『歴史物語論集』所収、二〇〇一年、新典社）などの研究が蓄積されている。
（10）河北騰「『水鏡』をどう評価するか」（『マテシス・ウニウェルサリス』三巻一号、二〇〇一年一二月）。
（11）「帝紀的記事」については第一章第三節「水鏡の帝紀的記事」、「皇陵名」については第一章第二節「水鏡の皇陵名」に詳述。
（12）第一章第一節「水鏡『廿八代継体天皇』の問題」に詳述。
（13）以下、割注はすべて一行書きとする。
（14）『天理図書館善本叢書和書之部13　古代史籍続集』（一九七五年、八木書店）。
（15）堀越光信「扶桑略記」（『国史大系書目解題　下巻』二〇〇一年、吉川弘文館）。

(16) 天皇の御名の問題については第一章第四節「水鏡の歴代名」に詳述。
(17) 注(6)の平田著第二篇第四章第三節「扶桑略記前篇と帝王系図との関係」。
(18) 注(6)の平田著第二篇第四章第一節「扶桑略記の材料となった書」。
(19) 日本古典文学大系67『日本書紀上』二二四頁頭注一。
(20) 神野志隆光「『日本紀』と『源氏物語』」(『国語と国文学』七五巻一一号、一九九八年一一月)。
(21) 神野志隆光「『歴史』のなかに生きる『日本書紀』」(『上代文学』一〇一号、二〇〇八年一一月)。
(22) 注(6)の平田著第二篇第二章第一節「出典を記すもの」。
(23) 神野志隆光著『変奏される日本書紀』(二〇〇九年、東京大学出版会)〔四〕「『扶桑略記』の位置」。
(24) 注(23)に同じ。
(25) 神野志隆光「その後の日本書紀―『年代記』の展開」(『京都語文』二四号、二〇一六年一二月)。注(23)の神野志著〔二〕「『皇代記』の世界」。
(26) 小山田和夫「『古今和歌集目録』所引『年代暦』『日本紀』考」(『立正史学』七九号、一九九六年三月)。西澤一光「古今集序注と十二世紀の言語空間―書物・歌学・王権をめぐって―」(『青山学院女子短期大学紀要』五〇号、一九九六年)。同「紙宏行「始発期の『古今集』序注釈と日本紀」(『日本文学』五二巻一〇号、二〇〇三年一〇月)。同「古今序注と日本紀―和歌起源言説の展開―」(文教女子短期大学部『文芸論叢』四〇号、二〇〇四年三月)。梅村玲美「『日本紀』という名称とその意味―平安時代を中心として―」(『上代文学』九二号、二〇〇四年四月)。鎌田智恵「顕昭の歌学における『日本書紀』の受容について―『袖中抄』における『日本紀』の原拠―」(『国語国文』八四巻一二号、二〇一五年一二月)など。
(27) 『群書類従』第拾輯所収。
(28) 『日本歌学大系』第壱巻(一九五七年、風間書房)、『同』別巻一(一九六三年)所収。
(29) 『日本歌学大系』別巻四(一九八〇年)所収。
(30) 注(29)に同じ。
(31) 注(26)の梅村玲美論文。

（32）『京都大学国語国文資料叢書48　古今集註』（一九八四年、臨川書店）。
（33）注（26）の小山田和夫論文。
（34）注（26）の梅村玲美論文。『日本国語大辞典』（一九七二年、小学館）「日本紀」の項に「日本歴史。特に、『日本書紀』以下の六国史の総称。」とある。
（35）益田宗「年代記」（『国史大事典』一九九〇年、吉川弘文館）。
（36）注（35）に同じ。
（37）山下哲郎「軍記物語と年代記―『平家物語』との関連を中心に―」（『駒澤國文』三五号、一九九八年二月）。
（38）注（29）に同じ。
（39）『水鏡』と当時通行していた年代記類との関わりについては、注（7）の青木洋志論文に詳しい考察がある。
（40）注（25）の「その後の日本書紀―『年代記』の展開」。
（41）注（6）の平田著第二篇第七章「扶桑略記の性格と著者」。
（42）和田英松著『国書逸文』（一九七九年、国書逸文研究会）に逸文を収載。加茂正典「校異帝王系図・帝皇系図、拾遺帝王系図」（『国書逸文研究』一九、一九八七年六月）。同「拾遺帝王系図、覚書帝王系図」（『国書逸文研究』二〇、一九八七年一二月）で補訂。
（43）新訂増補国史大系8『日本書紀私記・釈日本紀・日本逸史』。
（44）荊木美行「帝王系図と年代記」（『皇學館論叢』四三巻六号、二〇一〇年一二月）。

第一章　水鏡の成立と扶桑略記

第一節　水鏡「廿八代継体天皇」の問題

——『扶桑略記』唯一典拠説をめぐって（1）——

一　問題の所在

六世紀初頭に即位したとされる継体天皇は、『日本書紀』（以下、『書紀』と略称）に応神天皇の五世の孫と記される出自とその系譜の信憑性をめぐって、古代史研究においてさまざまな問題が提起されてきた。『書紀』継体天皇紀には、その出自が次のように記されている。

男大迹天皇、更名彦太尊。誉田天皇五世孫、彦主人王子也。

男大迹天皇（注、継体）は誉田天皇（注、応神）の五代の孫にあたり、彦主人王の子であるという。『古事記』にも「品太王五世孫。袁本杼命。」とあり、ともに五代にわたる具体的な系譜記事は見られない。

この系譜については、鎌倉中期に成立した『釈日本紀』巻十三・述義九に所引の『上宮記』逸文に継体天皇の出自を示す五代の系図があり、その解釈をめぐって古代史研究に多くの議論がある。

凡牟都和希王（誉田天皇也）――若野毛二俣王（稚野毛二派皇子也）――大郎子（一名意富々等王）――乎非王――汙斯王（彦主人王也）――乎富等大公王（継体　男大迹天皇也）

一方、『扶桑略記』（同、『略記』と略称）は『書紀』の記載を踏襲して、継体天皇の出自を次のように記している。

応神天皇五代孫。彦主人王之子。（略）応神天皇五代之孫男大迹（ヲホト）王。

これに対して、『水鏡』「廿八代継体天皇」には、その系譜が具体的に記されている。

次のみかど継体天皇と申き。応神天皇第八御子・隼総別（（ママ）ハヤブサワケノ）皇子と申き。その御子を太迹王（オホトノ）と申き。そのこを私斐王と申き。又その御子に彦主人（ヒコアルシ）の王と申し王の御子にてこのみかどはおはしましゝなり。

これを見れば、具体的な固有名詞を連ねた『水鏡』「廿八代継体天皇」の系譜記事と『略記』の出自記事とは全く内容を異にしており、『水鏡』の作者が『略記』の記事を典拠として前掲の系譜記事を書いたことは認められない。この系譜記事が『水鏡』作者の創作に類するものでない限り、そこには『水鏡』作者が踏襲記載するに足る信頼すべき文献・史料が存在したと考えなければならない。そのことは、『略記』が『水鏡』の唯一の典拠であるとする通説に疑問を提起することにもなる。

言うまでもなく、『水鏡』の研究はその記載内容をめぐる典拠文献・史料の確定考証とともに進められてきた。昭和十年（一九三五）に発表された平田俊春氏の「水鏡の史的批判」と題する論文は、最も厳密な典拠文献の確定考証を行ったものとして、その所説は現在でも定説的な位置を占めている。平田氏はその所説を七項目にまとめているが、『水鏡』の研究に決定的な影響力を有するのは序論にも挙げた次の二項である。

第一『水鏡』は『扶桑略記』のみを基として抄訳したものである。他の材料を一切用いていない。

第二『水鏡』にある記事は、序、跋、及び本論中の著者の感想である少部分を除くほかは、全部もとの『扶桑略記』にあったものである。[1]

『略記』唯一典拠説ともいうべき平田氏の所説については、これまで何度か疑問が提起されてきたが、現在においてもその定説的位置は揺らいでいない。

本節に取り上げる「廿八代継体天皇」の記載内容をめぐる問題については、青木洋志氏の考察が備わる。青木氏は『水鏡』の全体にわたる依拠資料考証の一つとして「廿八代継体天皇」の問題を取り上げ、『水鏡』の成立時期に存在した年代記に注目して次のように述べている。

年代記は書継ぎがなされることの多いものであるから、現存年代記に、それ以前に成立した年代記の記事が含まれていることは充分考えられる。このことから、『水鏡』がこうした先行年代記を依拠資料としていることが、想定しうるのではないであろうか[2]。

後述するように、青木氏の所説は『水鏡』成立時期の状況を適確に踏まえたものであるが、直接の依拠資料と目される年代記を特定していないことから説得性に疑問も提起された[3]。

しかし、『水鏡』「廿八代継体天皇」に記された出自の系譜記事は『古事記』『書紀』『略記』の出自記事、および『釈日本紀』所引の『上宮記』逸文の系図のいずれとも異なり、そこに継承関係を認めることはできない。また、平田氏の所説に継体天皇の出自に関する『略記』の記事と『水鏡』の系譜記事の相違問題は取り上げられていない。

本節は、『水鏡』「廿八代継体天皇」の系譜記事の典拠文献・史料と背景について考察したものである。

二　二つの系譜

『書紀』から南北朝期に至る時期における継体天皇の系譜記事と系図を記す文献・史料について、管見に入った限りでその記載内容を掲出すると、次のようにA①からDの七種に分類される。

A①『書紀』男大迹天皇、更名彦太尊。誉田天皇五世孫、彦主人王子也。

A①『先代旧事本紀』諱男大迹天皇。更名彦太尊者。誉田〔応神〕天皇五世孫。彦主人王之子也。

A①『**扶桑略記**』応神天皇五代孫。彦主人王之子。（略）応神天皇五代之孫男大迹（ヲホト）王。

A①『日本紀略』男大迹天皇。更名彦太尊。応神天皇五世孫。彦主人王子也。

A①『興福寺略年代記』男大迹。応神五世孫。

A①『帝王編年記』男大迹天皇。更名彦太尊。応神天皇五世孫。彦主人王子也。

A①『仁寿鏡』男大迹彦太人尊。応神天皇五代孫。彦主人王子。

A①『皇年代私記』諱男大迹（実名彦太尊）。応神五世孫。彦主人王子也。

A①『皇代略記』諱男太迹。彦大尊。応神五世孫。彦主人王子也。

A①『皇年代略記』諱男大迹。更名彦太尊。応神五世孫。彦主人王子也。

A②『東寺王代記』男大迹。応神五代孫。私斐王子。或本応神五世孫彦主人王子云々。或本彦主王子。応神五代孫云々。

B①『釈日本紀』（帝王系図）応神天皇―稚渟毛二派皇子―大郎子―彦主人王―男大迹天皇継体

B①『本朝皇胤紹運録』応神天皇―稚渟毛二派皇子―大郎子―彦主人王―継体天皇諱男大迹王。応神五代孫。

B②『釈日本紀』（巻十三述義九）凡牟都和希王誉田天皇也―若野毛二俣王稚渟毛二派皇子也―大郎子一名意富々等王―乎非王―汙斯王彦主人王也―乎富等大公王継体　男大迹天皇也

B②『皇胤系図』応神天皇誉田―稚渟毛二派皇子―大郎子一名意富々杼王―汙斯王彦主人王也―継体天皇男大迹。亦名彦太尊。

B③『皇代記』応神―稚野毛二派皇―大々迹王―私斐王―彦主人王

C『簾中抄』応神天皇五世の孫也。隼総別皇子の末彦主人王の子。男大迹とやまた彦大尊となつく。

C『歴代皇紀』応神五世孫。隼恐別王子一本（水ォ）彦主人王子。

D『水鏡』応神天皇―隼総別皇子―太迹王―私斐王―彦主人の王―継体天皇

D『愚管抄』応神天皇五世ノ孫、彦主人王ノ御子也。応神五世ノ孫者応神・隼総皇子〈ハヤブサ〉・男太迹王〈ヲホトノ〉・私斐王・彦〈ヒコ

D『皇代記』号二男大迹天皇一。応神五代孫。彦主人王第一子。応神―隼総別皇子―男大迹王―私斐王―彦主人王
主人王・継体天皇已上如レシ此クノ。

D『日本皇帝系図』応神(誉田天皇)―隼総別―大迹王―私斐―彦主人―継体(ティ)

D『神皇正統記』応神(おうじん)五世ノ御孫也。応神第八の皇子―隼総別(ハヤブサワケ)ノ皇子、其子大迹(おほと)ノ王、其子私斐(シイ)ノ王、其子彦主(ひこぬ)人(し)ノ王、其子男大迹(をほと)ノ王ト申(まをす)ハ此天皇ニマシマス。

D『本朝皇胤紹運録』諱男大迹。応神五代孫。応神天皇―隼総別皇子―大々迹(ホト)王―私斐王

D『神皇正統録』御諱男大迹、御名ヲ更テ彦大尊ト号奉ル。応神天皇第九御子隼総別皇子、其御子大迹王、其子私斐王、其子彦主人王也。

D『神明鏡』此帝ハ応神天皇五世孫也。応神第八子隼総別皇子、其子大迹王、其子ニ私斐、其子ニ彦主人ノ王

このうち、Aは『書紀』の出自記事の記載方式に倣ったものであり、Bはそれを踏まえた系図、Cは別系統の出自記事、Dはその系統の系図を指し、①②③は小分類をなす。これを見れば、継体天皇に至る応神天皇の皇統にB〈ワカヌケフタマタ〉皇子の流れと、D〈ハヤブサワケ〉皇子の流れという二つの系譜記事が同時に存在し、ACを含む四種類の記載方式が併存していたことが知られる。

鎌倉中期に成立した『釈日本紀』は所引の『上宮記』逸文中にB②の系図を記すとともに、巻第四「帝王系図」にB①の系図を掲げている。また、『本朝皇胤紹運録』にはB①ワカヌケフタマタの系図と、Dハヤブサワケの系図が併記されている。『本朝皇胤紹運録』は応永三十三年（一四二六）、内大臣藤原満季が勅命により撰述したもので、皇室関係の系譜としては最もまとまった権威のあるものとされている。長年月にわたる両系統の系譜記事の併存状況を

証するものと言えよう。

『水鏡』の系譜記事を系図に直せば、前掲Dのようになる。したがって、『書紀』の出自記事に倣ってA①の記載方式を取った『略記』と、Dのハヤブサワケの系譜を記す『水鏡』は、それぞれ異なる系譜を選び、異なる典拠文献・史料に基づいて記述したということになる。そこには両者の皇統の認識、歴史観の相違が存在したと見なければならない。

それでは、『水鏡』はいかなる文献・史料に基づいて継体天皇の系譜記事を記したのであろうか。そのことについて考察するに当たり注目されるのは、『水鏡』より先に成立したと考えられるC『簾中抄』と『歴代皇紀』の原態の存在である。

三　『簾中抄』の位置

『簾中抄』は公家の日常生活に必要な事項の要点を記した有職故実書で、少納言藤原資隆が八条院（鳥羽天皇の皇女暲子）のために撰述したものである。暲子内親王は保延三年（一一三七）の生まれで、生母は美福門院得子である。父上皇の鍾愛を受け、久安二年（一一四六）に准三宮の宣旨を蒙り、応保元年（一一六一）には二条天皇の准母の儀をもって院号宣下を受けて、八条院と称した。資隆は八条院の生母美福門院に近侍していた。(4)『愚管抄』巻第四「後白河」の条によれば、久寿二年（一一五五）の近衛天皇の崩御時には、その継嗣に思い悩んだ鳥羽院の意向で、八条院を女帝に据えることも検討されたという。

近衛院ノアネノ八条院ヒメ宮ナルヲ女帝カ、新院一ノ宮カ、コノ四宮ノ御子二条院ノヲサナクヲハシマスカナドヤウ〳〵ニヲボシメシテ、……

同様の記載は『今鏡』三「虫の音」にも見られる。

『簾中抄』を撰述した資隆は治承三年（一一七九）に没しており、『簾中抄』成立の下限は治承三年であるが、(5)その原態の成立期は崇徳天皇が近衛天皇に譲位した永治元年（一一四一）から、後白河天皇の即位、鳥羽法皇が崩御になった保元元年（一一五六）に至る時期とされている。(6)暲子内親王が女帝に擬せられることもあった久寿二年（一一五五）までに撰述・献上されたと考えられる。『水鏡』より三、四十年前の成立になる。『略記』の著者皇円は資隆の実弟である。『簾中抄』と『水鏡』との直接の受容関係は明らかではないが、承久二年（一二二〇）成立の『愚管抄』には多くの所引記事の存在が認められている。(7)

『簾中抄』は少納言資隆が命により鳥羽上皇鍾愛の暲子内親王のために撰述した、いわば公的な有職故実書である。洛東観勝寺の僧行誉が文安二年（一四四五）頃に撰述した『壒添壒嚢鈔』巻一にも、

資隆卿（スケタカキヤウ）ノ八条ノ院へ書進スル簾中鈔（レンチウシヤウ）ニモ此定也。彼ノ鈔名物（メイブツ）也。豈ニ浮（ウ）ケル事アランヤ。(8)

とあり、室町時代でも『簾中抄』は由緒ある書として高く評価されていた。その書において、資隆が継体天皇の出自の系譜としてワカヌケフタマタの系譜ではなく、ハヤブサワケの系譜を記載した意味は重視されなければならない。同じくハヤブサワケの系譜を記す『歴代皇紀』も『愚管抄』の典拠とされたことが明らかにされている。(9)

『書紀』仁徳天皇四十年二月条によれば、天皇が雌鳥皇女を妃にしようとして隼総別皇子を遣わしたところ、皇子はひそかに皇女を妻として復命せず、天皇に叛意があったために殺されたという。儒教的徳治主義を柱に据えた『書紀』の編者が、謀反の罪をもって誅殺された者の後裔を帝位に即けることはありえない。したがって、管見では古代史研究においてハヤブサワケの系譜が検討対象にされたことはない。

また、『公卿補任』によれば、『水鏡』の著者中山忠親は久安六年（一一五〇）に十九歳で近衛天皇の蔵人に補せられ、次いで久寿二年（一一五五）には二十四歳で皇継の後白河天皇の蔵人に叙任されている。保元の乱の因をなした近衛から後白河への皇位継承問題を抱えて、揺れる宮廷社会に身を置いた藤原資隆と中山忠親が、ともに継体天皇の出自としてワカヌケフタマタの系譜ではなく、謀反の罪で誅殺されたというハヤブサワケの系譜を記載したのは偶合であろうか。慈円の『愚管抄』も『略記』の記事に従わず、ハヤブサワケの系譜を記している。そこには三者が信ずるに足る共通の文献・史料が存在したはずである。

言うまでもなく、『簾中抄』『歴代皇紀』を参看したとしても、その記事内容から『水鏡』『愚管抄』の系譜記事を導くことはできない。また、ハヤブサワケを始祖とする系譜がいかなる経緯を経て成立したのかは不明である。『簾中抄』『歴代皇紀』の存在が重要な意味を有するのは、『水鏡』『愚管抄』の成立時期に先立ってハヤブサワケを始祖とする系譜が確実に存在し、公的な書籍に記載され、ワカヌケフタマタの系譜と共に南北朝期まで書き継がれたという史的事実にあると言ってよい。『水鏡』の系譜記事はそれに従って記されたのである。

四　年代記と系図

『水鏡』の作者が継体天皇の系譜を記すにあたって典拠としたと想定される文献・史料は、言うまでもなく当時披見可能であった年代記・系図類であると考えられる。

年代記には『略記』『帝王編年記』のような三十巻に及ぶ書物も含まれる。『愚管抄』の巻第一、二は「皇帝年代記」と題されている。しかし、一般には座右に置くように作られた簡便な通史類を指し、平安時代後期から盛んに作られるようになったという。天皇名を見出しとし、年号の下に事象を配列することから、『皇代記』『皇代略記』などの書名を持つことが多く、同名でも記述内容に精粗の差があり、いわゆる同名異書、異名同書が多い。公家や神社など権門の必備の日常便覧として、『簾中抄』や『書紀』以下の歴史書から抄録し、伝写され、増補されてきたと考えられている。[10]

一方、皇室、皇統への関心が高まり、様々な皇室系図が編まれた。中に「帝王系図」「帝皇系図」と名づけられたものもある。

皇室の系図は、『続日本紀』養老四年（七二〇）五月癸酉条に、

一品舎人親王奉ㇾ勅修㆓日本紀㆒。至ㇾ是功成奏上。紀卅巻、系図一巻。

とあり、『書紀』三十巻と系図一巻が元正天皇に撰進されている。しかし、この系図は九世紀末には散逸したという。

『水鏡』「廿四代飯豊天皇」には、

このみかどをば系図などにもいれたてまつらぬとかやぞうけ給はる。されども日本紀にはいれたてまつりて侍なれば。次第に申侍也。

とあるが、この「系図」は『書紀』に付載の「系図一巻」を指し、平安末期に通行していた系図類は披見しえたと思われる。『本朝書籍目録』（一二七七〜七九の間に成立）には、次のような系図の存在が記されている。

帝王系図一巻舎人親王撰
帝王系図一巻菅為長卿撰
帝王広系図百巻基親卿撰
帝王系図一巻兼直宿禰抄
帝王系図二巻神武以降至白川院記代々君臣事中原撰

この中には『水鏡』の作者が披見した系図が存在するかも知れない。しかし、これらの系図はすべて亡失しており、明確にこれに相当するとみられる書物は伝わらないという。

先に掲出したように、『書紀』以後、南北朝期に至るまで、数多くの年代記、系図類が作成されたが、その多くは散逸し、各資料間の抄録、伝写、書継ぎ、増補などの相関関係も不明である。『略記』の成立事情について、平田氏は次のように述べている。

『扶桑略記』の前篇は『帝王系図』の類の年代記を根本とし、これに『和漢年代記』を書入れ、さらにそののち、六国史以下の実録、とくに僧伝、縁起等の仏教関係の記事を書入れて編されたものと推定されるのである。[(11)]

『水鏡』が『略記』を主な典拠として成立したことに疑問の余地はない。しかし、「廿八代継体天皇」の系譜記事は、前述のような二系統の系譜記事が併存する中で、当時通行の年代記、系図類から、作者が信ずるに足ると思われるものを典拠として記されたと考えなければならないと思われるのである。

注

（1）平田俊春著『私撰国史の批判的研究』（一九八二年、国書刊行会）所収の「水鏡の批判」に拠る。
（2）青木洋志「『水鏡』の依拠資料について」（『二松学舎大学人文論叢』四七輯、一九九一年一〇月）。
（3）増淵勝一「水鏡研究史」（『歴史物語講座　第五巻　水鏡』一九九七年、風間書房）。
（4）『冷泉家時雨亭叢書48巻　簾中抄・中世事典・年代記』（二〇〇〇年、朝日新聞社）「解題」（熱田公）。
（5）和田英松著『本朝書籍目録考証』（一九三六年、明治書院）。友田吉之助「愚管抄皇帝年代記の原拠について」（『島根大学論集・人文科学』三号、一九五三年三月）。
（6）注（4）に同じ。
（7）日本古典文学大系86『愚管抄』「解説」（赤松俊秀）。注（5）の友田吉之助論文。尾崎勇『『愚管抄』の方法と『水鏡』（『熊本短大論集』四三巻一号、一九九二年一〇月）。
（8）『塵添壒囊鈔・壒囊鈔』（一九六八年、臨川書店）。

（9）注（5）の友田吉之助論文。日本古典文学大系86『愚管抄』「解説」（赤松俊秀）。
（10）『国史大辞典』、注（4）の「解題」を参照した。
（11）注（1）の平田著第二篇第四章「扶桑略記前篇と帝王系図」。

第二節　水鏡の皇陵名
――『扶桑略記』唯一典拠説をめぐって（2）――

一　問題の所在

『水鏡』の研究がその典拠文献の確定考証とともに進められてきたことはいうまでもない。その研究史において決定的な影響力を有するのは、前掲の「『水鏡』は『扶桑略記』のみを基として抄訳したものである。」とする平田俊春氏の所説である。[1]

しかし、『扶桑略記』（以下、『略記』と略称）を唯一の典拠として『水鏡』の記載内容と読み比べていくとき、多くの疑問が存在することに気がつく。そのうち、『水鏡』「廿八代継体天皇」の系譜記事をめぐる問題については前節で検討を加えた。本節では、各天皇の紀の帝紀を構成する基本的な記載事項から、歴代天皇の皇陵名をめぐる問題について考察したい。

今日、『略記』は三十巻本のうち、十六巻分が完成形態（以下、「完本」）をなすが、『水鏡』と時代が重なる「第一代神武天皇」から「五十五代仁明天皇」に至る部分について見ると、『略記』の第二から第六までの五巻、すなわち「神功天皇」条から「聖武天皇上」条に至る三十一代が完成形態をなしており、「神武天皇」条から「仲哀天皇」条に至る十四代、および「聖武天皇下」条から「平城天皇」条に至る七代が抄本となっている。嵯峨天皇から仁明天皇に至る三代は欠巻である。

『略記』と『水鏡』に記された歴代の皇陵名について見ると、『略記』の完本部分に記された皇陵名三十基のうち、『水鏡』と同一表記十四基、典拠を異にすると考えられるもの七基、誤写その他存疑のもの九基に分けられる。

次に、『略記』の抄本部分に記された二基は、『水鏡』も同一表記をなしている。

さらに、『略記』の抄本部分については、平田氏が古書旧記の中に引用された『略記』の逸文を収集して『略記』の復原に努められた[2]。その逸文部分の皇陵名記載は十五基あり、『水鏡』と同一表記十基、典拠を異にすると考えられるもの四基、誤写・存疑のもの一基となる。

略記の形態	同一表記	別典拠	誤写・存疑
略記・完本部分	14基	7基	9基
略記・抄本部分	2基	0基	0基
略記・逸文部分	10基	4基	1基

以下、典拠を異にすると考えられるもの十一基と、誤写・存疑のもの十基について考察を加えてみたい。考察対象には①～㉑の通し番号を付する。

陵墓研究の基礎的史料のうち、『略記』『水鏡』に先立つものは『古事記』（以下、『記』）、『日本書紀』（以下、『書紀』）、『延喜式諸陵寮』（以下、『諸陵式』）であるとされている。[3] 本節では、『水鏡』の典拠とされた可能性のある文献・史料として、これらに『続日本紀』『先代旧事本紀』（以下、『旧事紀』）、『日本紀略』（以下、『紀略』）、『歴代皇紀』、および『本朝皇胤紹運録』（以下、『紹運録』）を検討対象に加えることにしたい。

・『記』……………現存する最古の歴史書。七一二年献上。
・『書紀』…………七二〇年撰上。日本最古の官撰正史。陵墓関係史料としては最も貴重なもの。
・『続日本紀』……『書紀』に続く勅撰正史。七九七年撰進。
・『旧事紀』………九世紀末には成立。
・『諸陵式』………九二七年完成。「諸陵寮」は山陵研究上最重要な文献。基本的に『書紀』の山陵名を踏襲。六九一年以前に成立していた山陵表をもとに整理・整備。
・『**略記**』…………一〇九四年以後の成立。
・『紀略』…………平安末期の成立。前・後編に分かれ、前編は六国史の抄録。『紀略』は『略記』の材料になってはいないと考えられているが、『水鏡』との関係は未検討というのが現状。
・『**水鏡**』…………一一八五～九五年の成立。
・『歴代皇紀』……一三五七年以前の成立。原態は一二二〇年成立の『愚管抄』に所引記事が認められるが、[4]『水鏡』との関係は不明。
・『紹運録』………一四二六年撰述。皇室関係の系図としては最もまとまった権威あるもの。

また、鎌倉から室町中期にいたる年代記類の動向を確認するために、管見に入った限りで皇陵名を記載する以下の史料の記載内容を確認しておきたい[5]。

・『皇代記』……………………………一二七四〜八七年
・『一代要記』（以下、『要記』）…………一二七四〜八七年
・『帝王編年記』（以下、『編年記』）……一三五二〜七一年
・『仁寿鏡』…………………………鎌倉末期の成立
・『皇年代私記』……………………一三八二〜一四一二年
・『皇代略記』………………………一四二八〜六四年
・『皇年代略記』……………………一五〇〇〜二六年

最後に、参考として宮内庁書陵部発行の『陵墓要覧』（平成五年）に記された皇陵名を挙げておく。

二　皇陵名の検討（一）――『略記』完本部分――

まず、『略記』の完本部分において、『略記』と『水鏡』の典拠が異なると思われる皇陵名七基について考察したい。なお、検討の対象とした天皇の御名・代数は『水鏡』の記載に従うこととする。

①二十二代雄略天皇

略記……葬二于河内国丹遅郡北高鷲原陵一。

水鏡……葬二河内国高鷲原陵一。

・記…………御陵、在二河内之多治比高鸇一也。

・書紀…………（清寧紀）葬二大泊瀬天皇于丹比高鷲原陵一。

・旧事紀………葬二大泊瀬天皇於丹比高鶴原陵一。

・諸陵式………丹比高鷲原陵。

・紀略…………葬二大泊瀬天皇于丹比高鷲原陵一。

・皇代記………葬二丹比高鷲原陵一。

・要記…………葬二河内国丹比郡高鷲原陵一。

以下、『編年記』『仁寿鏡』『皇年代私記』『紹運録』『皇代略記』『皇年代略記』はともに『皇代記』と同一の記載内容となっている。

『略記』の皇陵名「北高鷲原陵」と同じ記載内容を有する文献・史料は、『略記』以前・以後ともに見当たらない。『水鏡』をはじめ、それ以後の史書・年代記類はすべて『書紀』または『諸陵式』を踏襲していると考えられる。『要覧』には「丹比高鷲原陵（たじひのたかわしのはらのみささぎ）」とある。

②二十四代飯豊天皇

略記……葬㆓于大和国葛木埴口丘陵㆒。一云。葬㆓河内国古市郡坂門原南陵㆒(6)。

水鏡……葬㆓大和国垣内丘陵㆒。

・書紀……（顕宗紀）葬㆓葛城埴口丘陵㆒。

・旧事紀……葬㆓葛城埴口丘陵㆒。

・諸陵式……埴口墓（ハニクチノ）。

・要記……葬㆓大和国葛上郡垣日丘陵㆒。

・仁寿鏡……葬垣日丘陵。

『略記』は国史大系の頭注に、

口、原作田、拠書紀北野本旧事紀諸陵式改(7)

とあり、「埴田」とあったのを国史大系の校勘者が『書紀』『旧事紀』『諸陵式』の記載を踏まえて「埴口」と変えたことがわかる。「埴田」と記した『略記』の出典は不明である。

一方、国史大系『旧事紀』の頭注には、

埴、原作垣、拠延本及書紀改(8)

とあり、神宮文庫本『旧事紀』の原本には「垣口丘陵」とあったのを、国史大系の校勘者が誤りとして、渡会延佳校正『鼇頭旧事紀』と『書紀』の記載を踏まえて「垣」を「埴」に変更したことがわかる。

したがって、『水鏡』は『略記』の「埴田丘陵」という皇陵名を踏襲せず、神宮文庫本『旧事紀』を踏まえて記載していることになる。「垣口」を「垣内」としたのは誤写と考えられる。『要記』『仁寿鏡』に「垣日」という記載があり、年代記類の中に神宮文庫本『旧事紀』に拠った記載が伝写されていたことも推測される。

③二十五代顕宗天皇

略記……葬二于大和国葛下郡傍(カタ)丘磐坏丘南陵一。

水鏡……葬二大和国磐坏丘陵一。

・記……………御陵、在二片岡之石坏岡上一也。

・書紀…………(仁賢紀) 葬二弘計天皇于傍丘磐杯丘陵一。

・旧事紀………葬二雄計天皇于傍丘磐坏丘陵一。

・諸陵式………傍丘磐杯丘南陵。

・紀略…………(仁賢紀) 葬二雄〔顕宗〕計天皇于傍丘磐杯丘陵一。

・皇代記………葬二片崗磐築丘上陵一。

・要記…………葬二大和国葛下郡磐林(杯イ)丘陵一。

・編年記………葬二大和国葛下郡片岡磐築岡上陵一。

・仁寿鏡……葬磐林丘陵。
・皇年代私記…葬㆓行山岡磐築丘(岳イ)上陵㆒、（山イ）。
・紹運録……葬㆓於傍(カタ)岳盤坏丘陵㆒。
・皇年代略記…葬㆓片岡磐築丘上陵㆒。

『略記』と同じ「南陵」という皇陵名を記すのは『諸陵式』のみであり、『略記』は『諸陵式』を踏まえて記載したと考えられる。一方、『水鏡』は『書紀』または『旧事紀』を踏まえていると考えられる。『諸陵式』以後の史書・年代記類も『書紀』または『旧事紀』の皇陵名を踏襲している。『要覧』には「傍丘磐坏丘南陵(かたおかのいわつきのおかのみなみのみささぎ)」とある。

④三十五代推古天皇
略記……山陵。河内国石川郡科長山田。或本云。山陵。大和国高市郡。
水鏡……葬㆓磯長山田陵㆒。
・記……御陵、在㆓大野岡上㆒、後遷㆓科長大陵㆒也。
・書紀……葬㆓竹田皇子之陵㆒。
・諸陵式……磯長山田陵。
・紀略……葬㆓彼皇子之陵㆒。
・皇代記……葬㆓越智陵㆒。
・要記……葬㆓于大和国高市郡越智山陵㆒。

・歴代皇紀……葬越智陵。
・編年記……葬㆓于河内国石河郡磯長陵㆒。
・仁寿鏡……葬磯長山田陵。

以下、『皇年代私記』『皇代略記』『皇年代略記』はともに『皇代記』と同一の記載内容となっている。『略記』は『記』の記載に従ったかと考えられるが、『記』の記載内容から「山田」の地名を導くことはできない。『水鏡』は「科長」という『略記』の記載内容を採らず、『諸陵式』により記載したと考えられる。ただし、『略記』の国史大系頭注には、

科、岩本作磯[9]

とあり、『水鏡』の作者は「磯長山田」と記した『略記』（岩崎文庫所蔵古写本）の記載に従ったと見ることもできる。『要覧』には「磯長山田陵（しながのやまだのみささぎ）」とある。

⑤三十六代舒明天皇
略記……葬㆓滑谷岡㆒。改㆓葬大和国城上郡押坂山陵㆒。
水鏡……葬㆓押坂内陵㆒。
・書紀……（皇極紀）葬㆓息長足日広額天皇于滑谷岡㆒。

（同）葬二息長足日広額天皇于押坂陵一。

・諸陵式………押坂内陵。

・紀略…………（皇極紀）葬二于滑谷岡（ナメハサマノ）一。

（同）葬二舒明天皇於押坂陵一。

・皇代記………葬二押坂陵一。

以下、『要記』『編年記』『仁寿鏡』『皇年代私記』『紹運録』[10]『皇代略記』『皇年代略記』はともに『皇代記』と同一の記載内容となっている。

『略記』の皇陵名「押坂山陵」に相当する文献・史料は見当たらない。『書紀』以後の史書・年代記類の皇陵名は「押坂陵」であり、『諸陵式』と『水鏡』のみが「押坂内陵」で一致するから、『水鏡』は『諸陵式』により記載したと考えられる。『要覧』には「押坂内陵（おさかのうちのみささぎ）」とある。

⑥三十九代斉明天皇

略記……山陵朝倉山。改二葬大和国高市郡越智（ヲチ）大握間山陵一。

水鏡……葬二越智太間陵一。

・書紀…………（天智紀）合下葬天豊財重日足姫天皇与二間人皇女一於小市岡上陵上。

・諸陵式………越智崗上陵。

・紀略…………（天智紀）合下葬斉明天皇与二間人皇女一於小市岡上陵上。

・皇代記……葬二越智大堀間陵一。
・要記……葬二大和国高市郡越智大屋間陵一。
・歴代皇紀……葬越智大握間陵。
・編年記……奉レ葬二大和国越智岡上山陵一。
・仁寿鏡……葬山代山階陵。
・皇年代私記…葬二越智大堀（握イ）間陵一。
・皇代略記……葬越智大間陵。
・皇年代略記…葬二越智大握間陵一。

『書紀』『紀略』に「小市岡上陵」、『諸陵式』に「越智崗上陵」とあり、「小市」は「越智」と同じであると考えられる。『略記』の「大握間山陵」、『水鏡』の「太間陵」ともに出典は不明である。しかし、『皇代記』以後の皇陵名は『書紀』『諸陵式』の皇陵名を踏襲せず、『略記』もしくは『水鏡』の記載内容と重なる。したがって、『略記』『水鏡』はそれぞれ「大握間山陵」「太間陵」と記載する先行文献を踏まえて記載したと考えられる。「大堀間陵」「大屋間陵」は誤写であろう。『要覧』には「越智崗上陵（おちのおかのえのみささぎ）」とある。

⑦四十四代元明天皇
略記……火二葬于椎山陵一。
水鏡……葬二大和国添上郡椎山陵一。

・諸陵式……奈保山東陵。
・続日本紀……（元正紀）太上天皇葬二於大和国添上郡椎山陵一。
・紀略……（元正紀）葬二太上天皇於大倭国添上郡椎山陵一。
・皇代記……葬二稚山陵一。
・要記……葬二椎山陵一。
・編年記……奉レ葬二大和国添上郡椎山陵一。
・紹運録……葬二奈保山陵一。

以下、『仁寿鏡』『皇年代私記』『皇代略記』『皇年代略記』は『要記』と同一の記載内容となっている。『略記』の皇陵名表記から「添上郡」の地名を導くことはできない。したがって、『水鏡』は『続日本紀』に従って皇陵名を記載したと考えられる。『要覧』には「奈保山東陵（なほやまのひがしのみささぎ）」とある。

三　皇陵名の検討（二）――完本部分の存疑のもの――

次に、『略記』の完本部分のうち、『水鏡』作者の誤記、脱字などの存疑のもの九基について考察する。

⑧三十三代用明天皇
略記……山陵大和国磐余池上。改二葬河内国石河郡磯長原山陵一。

水鏡……葬㆓大和国磐余池上陵㆒。

・書紀………葬㆓于磐余池上陵㆒。

（推古紀）改㆓葬橘豊日天皇於河内磯長陵㆒。

・旧事紀………葬㆓于磐余池上陵㆒。

（推古紀）改㆓葬橘豊日天皇於河内磯長陵㆒。

・諸陵式………河内磯長原陵。

・紀略…………（推古紀）改㆑葬用明天皇於河内磯長陵㆒。

・皇代記………葬㆓磐余池上陵㆒。改葬㆓河内磯長陵㆒。

・紹運録………葬㆓于磐余池上陵㆒。

以下、『編年記』『皇年代私記』『皇代略記』『皇年代略記』はともに『皇代記』と同一の記載内容となっている。『水鏡』は『略記』に記された二つの皇陵名の一つを採ったとも考えられるが、『書紀』または『旧事紀』に従って記載したと解するのが妥当であると思われる。『要覧』には「河内磯長原陵（こうちのしながのはらのみささぎ）」とある。

⑨十六代応神天皇

略記……葬㆓于河内国志紀郡恵我藻伏（モフシ）陵㆒。

水鏡……葬㆓河内国恵我藻・陵㆒。

⑩十七代仁徳天皇

略記……葬二于和泉国大鳥郡百舌鳥耳原中陵一。
水鏡……葬二和泉国百舌鳥原中陵一。

⑪十八代履中天皇
略記……葬二于和泉国大鳥郡百舌鳥耳原南陵一。
水鏡……葬二和泉国百舌鳥原南陵一。

⑫四十代天智天皇
略記……山陵山城国宇治郡山科郷北山。
水鏡……葬二山城国山科北・陵一。

右の四皇陵については、『水鏡』の作者がそれぞれ「伏」「耳」「山」字を脱落させたものであると思われる。しかし、⑫天智天皇陵については『書紀』に記載がなく、『諸陵式』の皇陵名は「山科陵」である。したがって、『略記』『水鏡』の典拠史料は厳密には不明であり、それぞれ異なる典拠に基づいて皇陵名を記載したとも考えうる。

⑬二十六代仁賢天皇
略記……葬二于河内国丹遅郡埴生坂本陵一。
水鏡……葬二河内国垣生坂本陵一。

⑭三十四代崇峻天皇
略記……山陵。大和国城上郡倉梯岡。異本云。葬二添上郡一。無二山陵一。

　水鏡……葬㆓大和国倉橋山岡陵㆒。

⑮三十八代孝徳天皇

略記……山陵河内国石川郡大坂磯長。　十二月葬㆓磯長山陵㆒。

水鏡……葬㆓河内国刀坂磯長陵㆒。

⑯四十三代文武天皇

略記……山陵大和国高市郡檜前安古岡上。

水鏡……葬㆓大和国檜前安昌岡上陵㆒。

右の四皇陵については、『水鏡』の作者がそれぞれ「埴生」を「垣生」、「崗」を「山岡」、「大坂」を「刀坂」、「安古岡」を「安昌岡」と誤記したものと思われる。ただし、⑭崇峻天皇陵について、『略記』の国史大系頭注に、

　崗、原作山岡二字、今従書紀[11]

とあり、『水鏡』の作者は「山岡」と記した『略記』（文政三年刊本）の原本記載に従ったと見ることもできる。

四　皇陵名の検討（三）――『略記』逸文部分――

『略記』の『水鏡』と重なる時代について見るとき、神武天皇から仲哀天皇に至る部分は抄本を伝えているにすぎ

ない。そこで、平田氏は各種の古書旧記の中に引用された『略記』の逸文を収集して『略記』の復原に努められた。その逸文中に、『編年記』に引用された十五基の皇陵名記載記事が見られる。

『略記』と『編年記』の引証関係について、平田氏は次のように説いている。

『水鏡』が『扶桑略記』の完全な抄出であることは本篇第五章において明らかにした如くであるから、『帝王編年記』と『水鏡』と共通する部分で、『水鏡』と一致する部分は『扶桑略記』の逸文であることは明確であるので、これを抄記した。[12]

そこで、平田氏の所説を踏まえて十五基の皇陵名をみると、陵名の異なるもの三基、存疑二基の存在が認められる。逸文については、典拠考証の参考として考察を加えることとする。

⑰六代孝安天皇

略記……葬㆓玉手山岳上陵㆒。（編年記）

水鏡……葬㆓大和国玉手岳上陵㆒。

・記…………御陵、在㆓玉手岡上㆒也。

・書紀…………（孝霊紀）葬㆓日本足彦国押人天皇于玉手丘上陵㆒。

・諸陵式………玉手丘上陵。

・紀略…………（孝霊紀）葬㆓于玉手丘上陵㆒。

・皇代記………葬二玉手丘上陵一。

以下、『歴代皇紀』『仁寿鏡』『皇年代私記』『紹運録』『皇代略記』『皇年代略記』はともに『皇代記』と同一の記載内容となっている。

『略記』逸文の皇陵名「玉手山」と同じ記載内容を有する文献・史料は、『略記』以前・以後ともに見当たらない。『水鏡』をはじめ、それ以後の史書・年代記類はすべて『書紀』または『諸陵式』を踏襲していると考えられる。『要覧』には「玉手丘上陵（たまてのおかのえのみささぎ）」とある。

⑱九代開化天皇

略記……葬二春日率河坂本陵一。（編年記）

水鏡……葬二大和国春日率川坂上陵一。

・記…………御陵、在二伊耶河之坂上一也。

・書紀………葬二于春日率川坂本陵一。　一云、坂上陵。

・旧事紀………葬二於春日率川坂本陵一。　亦云坂上。

・諸陵式………春日率川（イサカハ）坂上陵。

・紀略………葬二于春日率川坂本陵一。

・皇代記………葬二率川坂上陵一。

・仁寿鏡………葬春日率川坂上陵。

・皇年代私記…葬二率（川イ）・坂（本イ）上陵一。
・紹運録………葬二春日率（イサ）川阪本陵一。
・皇年代略記…葬二春日率川坂本陵一。

『略記』逸文は『書紀』または『旧事紀』の記載に従ったと考えられるが、『水鏡』は『略記』の皇陵名を採らず、『諸陵式』によって記載したと考えられる。また、『書紀』に「一云、坂上陵。」、『旧事紀』に「亦云坂上。」とあり、『書紀』の成立時から「坂本陵」「坂上陵」という二つの皇陵名が存在していたことがわかる。『略記』と『水鏡』はそれぞれ異なる典拠に基づいて異なる皇陵名を記載したのである。『要覧』には「春日率川坂上陵（かすがのいざかわのさかのえのみささぎ）」とある。

⑲十代崇神天皇

略記……葬二山辺道勾山陵一。（編年記）
水鏡……葬二大和国山辺道上陵一。
・記…………御陵、在二山辺道勾之岡上一也。
・書紀………葬二于山辺道上陵一。
・旧事紀……葬二于山辺道上陵一。
・諸陵式……山辺道上陵。
・紀略………葬二于山辺道上陵一。
（垂仁紀）葬二御間城天皇於山辺道上陵一。

・皇代記……葬二山辺道上山陵一。
・歴代皇紀……葬山辺勾山陵。
・仁寿鏡……葬山辺道上陵。
・皇年代私記…葬二山辺勾(マカリノ)山陵一、明年八月葬二山辺道上陵一。
・紹運録……葬二山辺道勾(マカリ)山陵一。
・皇代略記……葬山辺向山陵。
・皇年代略記…葬二山辺道上陵一。

『略記』逸文は『記』に基づいて「勾山陵」と記したと考えられる。これに対して、『書紀』『旧事紀』『諸陵式』は「山辺道上陵」となっており、『水鏡』がこれらを踏まえて「上陵」と記したことは疑いがない。『略記』以後の史書・年代記類には「勾山陵」と「上陵」の二系列の伝写が認められるが、詳細は不明である。『要覧』には「山辺道勾(やまべのみちのまがりの)岡上陵(おかのえのみささぎ)」とある。

⑳十三代成務天皇
略記……葬二狭城楯列陵一。（編年記）
水鏡……葬二大和国狭城楯列池後陵一。
・記……………御陵、在二沙紀之多他那美一也。
・書紀…………（仲哀紀）葬二于倭国狭城盾列陵一。

・諸陵式……狭城盾列池後陵（サキタテナミノ）。
・紀略……（仲哀紀）葬二于倭国狭城楯列陵一。
・皇代記……葬二狭城盾列陵一。
・要記……葬大和国添下郡狭城楯列池後陵。
・皇年代私記……葬二狭城者列（活別イ）（盾列敷）陵一。

以下、『仁寿鏡』『紹運録』『皇代略記』『皇年代略記』はともに『皇代記』と同一の記載内容となっている。『略記』逸文は『書紀』の記載に従ったと考えられるが、『水鏡』は『略記』の皇陵名を採らず、『諸陵式』により記載したと考えられる。『要覧』には「狭城盾列池後陵（さきのたたなみのいけじりのみささぎ）」とある。

㉑二代綏靖天皇

略記……葬二倭桃華鳥田丘上陵一。（編年記）
水鏡……葬二大和国桃花鳥田岳陵一。
・記……御陵、在二衝田岡一也。
・書紀……（安寧紀）葬二神渟名川耳天皇於倭桃花鳥田丘上陵一。
・旧事紀……奉レ葬二於倭桃花鳥田岳上陵一。
・諸陵式……桃花（イトミハナ）鳥田丘上陵。
・紀略……（安寧紀）葬二綏靖天皇於倭桃花鳥田丘上陵一。

・皇代記………葬二倭高市郡桃花鳥田丘上陵一。
・歴代皇紀……葬倭桃花鳥田丘陵。
・仁寿鏡………葬桃花鳥日田丘上陵。
・皇年代私記…葬二倭桃花鳥田丘（岳イ）上陵一。

以下、『紹運録』『皇代略記』『皇年代略記』はともに『歴代皇紀』と同一の記載内容となっている。『略記』『水鏡』に先立つ史料はすべて「丘（岳）上陵」と記載しており、『水鏡』は「上」字を脱落させたと考えられる。『略記』以後の史書・年代記類には「丘上陵」と「丘陵」の二系列の伝写が認められるが、詳細は不明である。『要覧』には「桃花鳥田丘上陵（つきだのおかのえのみささぎ）」とある。

五　まとめ

右に検討したように、『略記』と『水鏡』の皇陵名が異なる十一基については、『水鏡』の作者が『略記』と異なる文献・史料に基づいて記載したと考えなければならない。そこで、『水鏡』の作者が典拠にしたと推定される現存文献・史料の推定考証を行ったが、それで問題が解決するわけではない。

陵墓研究における現存の一級史料は『書紀』と『延喜式諸陵寮』（諸陵式）である。

まず、『書紀』と『略記』の関係について見ると、『略記』の完本部分である「神功天皇」から「持統天皇」に至る皇陵名二十七基のうち、

・『書紀』と同一表記のもの　……………六基
・『書紀』と表記の異なるもの　…………十四基
・誤写・存疑のもの　……………………四基
・『書紀』に皇陵名記載のないもの　………三基

となる。また、『諸陵式』と『略記』の関係では、『略記』の完本部分である「神功天皇」から「元正天皇」に至る皇陵名三十基のうち、

・『諸陵式』と同一表記のもの　…………十八基
・『諸陵式』と表記の異なるもの　…………三基
・誤写・存疑のもの　……………………四基
・典拠不明のもの　………………………五基

となる。

一方、平田氏は『略記』に抄出する『書紀』の記事に誤りが多いことを指摘し、『略記』は『書紀』を抄出するにあたり非常に粗雑であり、かつ抄記する際に作為を加えていることが知られる。

（略）『書紀』に関する限り『略記』の記事は余り役立たないというべきであろう。[13]

と断じている。また、氏は『略記』の材料となった国史・実録類、伝記類、霊験記・往生伝類、縁起類、雑類の書名百四点を挙げているが、[14]その中に『諸陵式』『旧事紀』は含まれていない。したがって、平田説に従うならば前述の③顕宗天皇陵、⑱開化天皇陵についての考証は成り立たないことになり、皇陵名の記載にあたり『略記』が依拠した典拠文献は不明であると言わなければならない。

同様に、『書紀』と『水鏡』の関係について見ると、「神武天皇」から「持統天皇」に至る三十八基のうち、

・『書紀』と同一表記のもの ……………十一基
・『書紀』と表記の異なるもの …………二十基
・誤写・存疑のもの ……………………六基
・『書紀』に皇陵名記載のないもの ………三基

となる。また、『諸陵式』と『水鏡』の関係では、「神武天皇」から「仁明天皇」に至る五十一基のうち、

・『諸陵式』と同一表記のもの ………二十八基
・『諸陵式』と表記の異なるもの …………四基
・誤写・存疑のもの ……………………十七基

・『諸陵式』に皇陵名記載のないもの　……二基

となる。

一方、平田説に従って『水鏡』が『略記』を唯一の典拠として皇陵名を記載したと考えた場合、前述したように二十一基に及ぶ皇陵名の違いと存疑のものが存在することを見逃すことはできない。また、④推古天皇陵においては『略記』の「岩崎文庫所蔵古写本」を用い、⑭崇峻天皇陵では同じく「文政三年刊本」の原本を用いたことになる。その場合、複数の『略記』写本を手許に置いて記述したことになるが、天皇陵ごとに表記の異なる写本を選んだ理由や基準についてはどのように考えるべきであろうか。

また『水鏡』の皇陵名記載の典拠に想定される『書紀』『諸陵式』および『略記』との関係が右のように確認されるとき、『水鏡』は上記の三文献を典拠として歴代の皇陵名を選択し、記載したと考えなければならないことになる。そのように想定することが可能であるならば、『水鏡』作者の皇陵名選択の理由や基準はどのように考えるべきなのであろうか。

平田氏は前記の典拠に基づくものを除いた『略記』の典拠不明記事について、和田英松氏が収録・紹介された『帝王系図』『帝皇系図』の逸文[15]との考証により、出典として両書の可能性に言及している。すなわち、「この『帝王系図』は単なる系図ではなく、『扶桑略記』に類似の年代記であ」り、

『扶桑略記』は堀河天皇の御代にできたが、それ以前に、中原氏によって、神武天皇より白河院までの『帝王系図』ができており、恐らくこれに類する年代記を基本としたと考えられよう。そして、『略記』には「一云」、

「一説云」として、異説を掲げているのにより、数種の『帝王系図』を参考していると考えられる。と説いている。(16)

平田氏はその所説で歴代の皇陵名の異同の問題には触れていない。また、和田氏の紹介された『帝王系図』『帝皇系図』の逸文には、本稿で取り上げた皇陵名に関わる記事は見られない。したがって、『水鏡』の皇陵名記載に関わる典拠文献と、その確定考証に関わる問題は不明としなければならないのであるが、平田氏が『略記』の典拠文献について説かれたように、『水鏡』においても平安中期から多く成立した年代記類との関係について考察していくことが不可欠であると思われるのである。

注

（1）平田俊春著『私撰国史の批判的研究』（一九八二年、国書刊行会）「水鏡の批判」に拠る。
（2）注（1）の平田著第三篇第一章「扶桑略記の復原」。
（3）藤井利幸「陵墓関係史料紹介」（『「天皇陵」総覧』一九九四年、人物往来社）。
（4）日本古典文学大系86『愚管抄』「解説」（赤松俊秀）、友田吉之助「愚管抄皇帝年代記の原拠について」（『島根大学論集・人文科学』三号、一九五三年三月）。尾崎勇『『愚管抄』の方法と『水鏡』』（『熊本短大論集』四三巻一号、一九九二年一〇月）。
（5）『皇年代私記』と『皇年代略記』は異名同書として扱われるのが通例であるが、本節の対象とする皇陵名には相違があり、独立書として扱うこととする。
（6）以下、割注はすべて一行書きとする。
（7）新訂増補国史大系12『扶桑略記・帝王編年記』二一一頁頭注。

(8)　新訂増補国史大系7『古事記・先代旧事本紀・神道五部書』一二三頁頭注。
(9)　注（7）四七頁頭注。
(10)『紹運録』は「押阪陵」。
(11)　注（7）三八頁頭注。
(12)　注（2）に同じ。
(13)　注（1）の平田著第二篇第二章第一節「出典を記すもの」。
(14)　注（1）の平田著第二篇第四章第一節「扶桑略記の材料となった書」。
(15)　和田英松編『国書逸文』（一九四〇年）「八　氏族」。
(16)　注（1）の平田著第二篇第四章第三節「扶桑略記前篇と帝王系図との関係」。

第三節　水鏡の帝紀的記事
――『扶桑略記』唯一典拠説をめぐって（3）――

一　問題の所在

本節では、前節に続いて、『水鏡』における歴代天皇の記録である帝紀を構成する基本的事項（帝紀的記事）の記載内容をめぐる問題について考察したい。

従来、『水鏡』は『扶桑略記』（以下、『略記』と略称）のみを典拠として成立したと考えられてきた。そこで、両者の帝紀をなす記載事項の基本的な構成を掲げると、次のようになる。

◇略記
・歴代名
・（分註）代数、諡号、治世、皇子女の数、即位者数、（生誕年）

・（前紀）父母の名、即位年月日、即位年齢、都
・（後紀）崩年月日、宝算、皇陵、中国および仏滅年代
・立太子年月日、立太子年齢は前代の記事中に記載

◇水鏡
・代数、歴代名
・（分註）崩年月日、宝算、皇陵
・（前紀）天皇名、父母の名、立太子年月日、立太子年齢、即位年月日、即位年齢、治世
・（後紀）中国および仏滅年代

この各事項における両者の記載内容を確認すると、歴代名、父母の名、立太子年月日、立太子年齢、即位年月日、即位年齢、治世、崩年月日、宝算、皇陵名など、帝紀を構成する記載事項の全体にわたり多数の相違箇所の存在が認められる。このうち、皇陵名十一墓の相違については前節に考察した。歴代名については第四節に詳述する。本節において考察の対象とする相違記事三十四点には、①〜㉞の通し番号を付する。

検討にあたっては、『水鏡』の成立に先立って成立したと考えられる以下の文献・史料の記載内容との比較検討により、『略記』と異なる記載をなした『水鏡』作者の意図と、想定される現存の典拠文献について考察することにしたい。

『古事記』（同、『記』）……………………………………七一二年献上

『日本書紀』（同、『書紀』）……………………………………七二〇年撰進
『続日本紀』（同、『続紀』）……………………………………七九七年撰進
『先代旧事本紀』（同、『旧事紀』）……………………………九世紀末には成立
『公卿補任』（同、『補任』）……………………………………九九五年以前の成立
『**略記**』……………………………………………………………一〇九四年以後の成立
『簾中抄』……………………………………原態の成立は一一四一～五六年の間
『日本紀略』（同、『紀略』）……………………………………平安末期の成立
『**水鏡**』……………………………………………………………一一八五～九五年の成立

また、鎌倉から室町中期にいたる年代記類の動向を確認するために、管見に入った限りで以下の史書・年代記類の記載内容を確認しておきたい。

『歴代皇紀』……一三五七年以前の成立。原態は『愚管抄』に所引記事
『愚管抄』……………………………………………………………一二二〇年成立
『皇代記』……………………………………………………………一二七四～八七年
『一代要記』（同、『要記』）……………………………………一二七四～八七年
『仁寿鏡』……………………………………………………………鎌倉末期の成立
『神皇正統記』（同、『正統記』）………………………………一三三九年撰進

『帝王編年記』（同、『編年記』）…………一三五二〜七一年
『神皇正統録』…………南北朝時代（一三三六〜九二年）前後
『神明鏡』…………南北朝時代末期
『皇年代私記』…………一三八二〜一四一二年
『本朝皇胤紹運録』（同、『紹運録』）…………一四二六年成立
『皇代略記』…………一四二八〜六四年
『皇年代略記』(1)…………一五〇〇〜二六年

二　帝紀的記事の比較検討（一）――『略記』完本部分――

まず、『略記』の完本部分（「神功天皇」から「聖武天皇上」に至る三十一代）について、『略記』と『水鏡』の典拠が異なると思われる記載事項について考察したい。なお、検討の対象とした各天皇の御名・代数は『水鏡』の記載に従うこととする。

◇十六代応神天皇―①即位年齢
略記……庚寅歳正月丁亥（朔）日。行年七十即位。
水鏡……庚寅の歳正月丁亥日位につきおはしましき。御とし七十一。
・七十歳……紀略、皇代記

・七十一歳……愚管抄、編年記、神皇正統録、皇年代私記、皇代略記、皇年代略記
・記載なし……記、書紀、旧事紀、補任、簾中抄、歴代皇紀、仁寿鏡、正統記、神明鏡、紹運録

七十歳説は『書紀』応神天皇即位前紀の次の記事を根拠としたと考えられる。

皇太后摂政之三年、立為㆓皇太子㆒。時年三。[2]
（神功皇后）摂政六十九年夏四月、皇太后崩。時年百歳。
（応神天皇）元年春正月丁亥朔、皇太子即位。

神功皇后の摂政三年（西紀二〇三）に三歳で立太子したのであるから、摂政六十九年（二六九）の神功皇后の崩年には六十九歳になる。したがって、翌年正月の即位であるから七十歳即位と数える。しかし、『略記』「神功天皇」には、

（神功天皇摂政）三年癸未正月。誉田皇子立㆓皇太子㆒。年始四歳。応神天皇是也。

という記載があり、「行年七十即位。」と整合していない。

これに対して、七十一歳説は『書紀』神功皇后紀に、

（仲哀天皇九年）十二月戊戌朔辛亥、生㆓誉田天皇（注、応神）於筑紫㆒。

とあることを踏まえて、神功皇后の摂政の前年（二〇〇）十二月の出生であるから、摂政三年の立太子の時は四歳、摂政六十九年時点では七十歳となる。翌年正月の即位であるから、七十一歳が正しいということになる。『水鏡』「十六代応神天皇」には、

　神功皇后の御世三年に東宮にたち給。御とし四歳なり。

とある。

現存の文献・史料で、『略記』『水鏡』以前に応神天皇の即位年齢を記載したものは確認しえない。したがって、『書紀』応神天皇即位前紀の「時年三。」という割注をそのまま踏まえて「行年七十即位。」と記した『略記』に対して、『水鏡』の作者が『書紀』神功皇后紀の記載に立ち戻って検討・確認し、『書紀』の「時年三。」という割注の誤りを正したと見ることができる。

◇十七代仁徳天皇―②父母の名

略記……母皇后中姫也。

水鏡……御母皇后仲姫（ナカツヒメ）なり。

・記……………（応神記）此天皇、娶㆓品它真若王之女、三柱女王㆒。一名、高木之入日売命。次、中日売命（なかつひめのみこと）。

・書紀…………（応神紀）二年春三月庚戌朔壬子、立㆓仲姫㆒為㆓皇后㆒。

（仁徳紀）母曰㆓仲姫命㆒。

・旧事紀………母曰㆓皇后仲媛命㆒。

・紀略…………書紀（仁徳紀）に同じ。

・簾中抄………母皇太后沖（仲）姫命。

・仲姫命………歴代皇紀、愚管抄、皇代記、要記、仁寿鏡、正統記、編年記、神皇正統録、神明鏡、皇年代私記、紹運録、皇代略記、皇年代略記

『略記』は『記』に拠ったか。『略記』以後の文献に仁徳天皇生母として「中姫」の名は見出しえない。『水鏡』は『書紀』（応神紀）または『紀略』に拠って記載したと考えられる。他の文献・史料はすべて『書紀』（仁徳紀）の記載に従ったと考えられる。

◇二十代允恭天皇―③治世

略記……治卌二年。

水鏡……よをしり給事四十二年なり。

・書紀…………（允恭天皇）四十二年春正月乙亥朔戊子、天皇崩。

・補任…………允恭[二十]天皇御世　治三十二年。

・簾中抄………治四十二[六イ]年。

・紀略…………癸巳卌二年春正月乙亥朔戊子[十四]。天皇崩。

・四十二年……歴代皇紀、愚管抄、皇代記、要記、仁寿鏡、正統記、編年記、神皇正統録、神明鏡、皇年代私記、紹運録、皇代略記、皇年代略記

・記載なし……記、旧事紀

『略記』は『補任』に拠ったと考えられる。しかし、『略記』「允恭天皇」の記事中には、

壬子歳十二月。行年卅九即位。

卌二年癸巳正月十四日。天皇春秋八十崩。

という記載がある。これに拠れば、允恭天皇は壬子年（四一二）に三十九歳で即位し、允恭天皇四十二年癸巳年（四五三）に八十歳で崩じたことになり、その治世は四十二年ということになる。「治卅二年」という分註の記事と統一がとれていない。『水鏡』は『書紀』または『簾中抄』『紀略』により確認し、『略記』分註の誤りを正したと考えられる。

しかし、『略記』の国史大系頭注には、

治卅二年、拠抄本補(3)

という注記があり、治世記載は「抄本」に拠って補ったものであることがわかる。したがって、『水鏡』の作者が披

見した『略記』原本に治世記載そのものが存在したか否かも不明である。

◇二十一代安康天皇―④即位年月日

略記……癸巳歳十二月十四日壬午。生年五十三即位。明年甲午為二元年一。

水鏡……甲午のとし十月に。御あにの東宮をうしなひたてまつりて。十二月十四日に位にはつき給し也。

・書紀…………(允恭天皇四十二年）十二月己巳朔壬午、穴穂皇子（注、安康）即天皇位。

・紀略…………書紀に同じ。

・旧事紀………(安康天皇）元年十二月己巳朔壬午。穴穂皇子即二天皇位一。

・「癸巳」歳 …愚管抄「元年 癸巳（みずのとゐ）（甲午イ）」、要記、編年記、皇年代私記、紹運録、皇代略記、皇年代略記

・「甲午」歳 …歴代皇紀、皇代記、仁寿鏡、正統記、神皇正統録

・記載なし……記、補任、簾中抄、神明鏡

「癸巳」年は西暦四五三年、「甲午」年は四五四年に当たる。『略記』には「明年甲午為二元年一。」という割注がある。安康天皇元年（甲午）であれば、即位は一年遅れることになる。『書紀』の「(允恭天皇）四十二年」は「癸巳」であるから、『略記』は『書紀』に従って記載したと考えられる。『水鏡』は『略記』の記載内容を採らず、『旧事紀』に従って「甲午」年即位と記したと考えられる。『水鏡』以後の史書・年代記類では「癸巳」歳と「甲午」歳がともに伝写されたが、詳細は不明である。

◇二十三代清寧天皇

⑤立太子年齢

略記……（雄略天皇）廿二年戊午正月。以白髪皇子。立皇太子。生年卅五。

水鏡……雄略天皇の御世廿二年正月に東宮にたち給。御とし廿五。

・三十五歳……皇年代私記、紹運録、皇代略記、皇年代略記

・記載なし……記、書紀、旧事紀、補任、簾中抄、紀略、歴代皇紀、愚管抄、皇代記、仁寿鏡、正統記、編年記、神皇正統録、神明鏡

『略記』『水鏡』ともに『書紀』の、

二十二年春正月乙酉朔、以白髪皇子為皇太子。

という記事を踏まえている。しかし、『書紀』に清寧天皇の立太子年齢の記載がないため、両書に先立つ文献・史料にも記載が見られない。したがって、両書はそれぞれ「三十五歳」「二十五歳」と記した別個の文献に依拠したと考えられるが、典拠文献は不明である。なお、『水鏡』の国史大系頭注には「廿、尾本作卅」(4)という注記がある。

⑥即位年齢

略記……生年卅五即位。一云。卅七歳即位。

水鏡……御とし卅七。
・三十五歳……編年記
・三十七歳……要記、皇年代私記、紹運録、皇代略記、皇年代略記
・その他……愚管抄「卅九即位或卅七（一イ）」、神皇正統録「御年三十八」
・記載なし……記、書紀、旧事紀、補任、簾中抄、紀略、歴代皇紀、皇代記、仁寿鏡、正統記、神明鏡

前項と同じく『書紀』に清寧天皇の即位年齢の記載がないため、両書に先立つ文献・史料にも記載が見られない。したがって、両書はそれぞれ「三十五歳」「三十七歳」と記した別個の文献に依拠したと考えられるが、典拠文献は不明である。『水鏡』が『略記』の「一云。」以下に従って「卅七」と記載したことも考えられるが、その場合はなぜ『略記』本文の記事を記載しなかったのかという疑問が生じることになる。

⑦宝算
略記……天皇春秋卅九崩。一云卅一崩。
水鏡……年四十一。
・書紀……天皇崩于宮。時年若干。
・簾中抄……御年四十二（一イ）。
・三十九歳……正統記、神明鏡
・四十一歳……要記、皇年代私記、紹運録、皇代略記、皇年代略記

・四十二歳……皇代記、神皇正統録
・その他………仁寿鏡「年六十。（卅九イ）」
・記載なし……記、旧事紀、補任、紀略、愚管抄、編年記

『書紀』は清寧天皇の宝算を「時年若干。」として、具体的な年齢を明記していない。したがって、両書に先立つ文献では『簾中抄』を除いて記載が見られない。両書はそれぞれ「三十九歳」「四十一歳」と記した別個の文献に依拠したと考えられるが、典拠文献は不明である。『水鏡』が『略記』の「一云。」以下に従って「四十一」と記載したとも考えられるが、その場合は前項に同じく、なぜ『略記』本文の記事を記載しなかったのかという疑問を生じることになる。『簾中抄』の異本に従った可能性も残る。『水鏡』以後の史書・年代記類では「三十九歳」「四十一歳」「四十二歳」ともに伝写されたが、詳細は不明である。

◇二十五代顕宗天皇
⑧即位年齢
略記……乙丑年正月一日己巳。生年四十六即位。
水鏡……乙丑歳正月一日位につきたまふ。御とし卅六。
・四十六歳……歴代皇紀、皇代記、神皇正統録、皇年代私記、皇代略記、皇年代略記
・三十六歳……愚管抄
・記載なし……記、書紀、旧事紀、補任、簾中抄、紀略、要記、仁寿鏡、正統記、編年記、神明鏡、紹運録

『書紀』に顕宗天皇の即位年齢の記載がないため、両書に先立つ文献・史料にも記載が見られない。両書はそれぞれ「四十六歳」「三十六歳」と記した別個の文献に依拠したと考えられるが、典拠文献は不明である。『水鏡』以後の史書・年代記類では「四十六歳」「三十六歳」ともに伝写されたが、詳細は不明である。

なお、国史大系所収の『略記』本文には「三十六即位」とあるが、同書頭注に、

三、原作四、今従紹運録(5)

という注記があり、国史大系校勘者が『紹運録』の宝算を根拠として底本の「四十六」を「三十六」に改変したことがわかる。

⑨宝算

略記……三年丁卯四月。天皇卅八歳崩。

水鏡……三年崩。年卅八。

・記…………天皇御年、参拾捌歳（注、三十八歳）

・四十八歳……簾中抄、歴代皇紀、愚管抄、皇代記、要記、仁寿鏡、正統記、神皇正統録、神明鏡、皇年代私記、皇年代略記

・三十八歳……紹運録

・その他……編年記「天皇崩。年三十一。」
・記載なし……書紀、旧事紀、補任、紀略、皇代略記

『水鏡』は『記』に従ったと考えられる。『略記』の典拠文献は不明である。『水鏡』以後の史書・年代記類では「四十八歳」「三十八歳」「三十一歳」ともに伝写されたが、詳細は不明である。

なお、国史大系所収の『略記』本文には「卅八歳崩」とあるが、同書頭注に、

　卌、原作卅、今従紹運録(6)

という注記があり、国史大系校勘者が『紹運録』を根拠として「卅八」を「卌八」に改変したことがわかる。

◇三十代宣化天皇―⑩宝算
略記……四年己未二月十日。天皇春秋七十二崩。
水鏡……年七十三。
・書紀…………(宣化天皇)四年春二月乙酉朔甲午、天皇崩于檜隈廬入野宮。時年七十三。
・旧事紀…………三年春二月乙酉朔甲午。天皇崩于廬入野宮。年七十三。
・簾中抄…………御年七十三。六イ
・七十三歳……紀略、歴代皇紀、愚管抄、皇代記、要記、仁寿鏡、正統記、編年記、神明鏡、皇年代私記(五イ)、

皇代略記
・七十二歳……神皇正統録、紹運録、皇年代略記
・記載なし……記、補任

『略記』の典拠文献は不明である。『水鏡』は『書紀』または『旧事紀』『簾中抄』『紀略』により確認し、『略記』の誤りを正したと考えられる。『水鏡』以後の史書・年代記類では「七十二歳」「七十三歳」ともに伝写されたが、詳細は不明である。

◇三十六代舒明天皇―⑪即位年齢
略記……己丑歳正月四日丙午。年卌七即位。
水鏡……つちのとのうしのとし正月四日くらゐにつき給。御年四十七。
・三十七歳……愚管抄、要記、神皇正統録、紹運録、皇年代私記、皇代略記、皇年代略記
・記載なし……書紀、補任、簾中抄、紀略、歴代皇紀、皇代記、仁寿鏡、正統記、編年記、神明鏡

現存の文献史料で『略記』『水鏡』以前に舒明天皇の即位年齢を記載したものは確認しえず、『略記』『水鏡』ともに典拠文献は不明である。年代記類はすべて「三十七歳」とする。『略記』は即位年齢「卌七」、「治十三年」、したがって崩年齢を「年卌九」と記している。これに対して、『水鏡』では即位年齢「御年四十七」、「よをしり給事十三年也。」と記すが、崩年齢欄は「年」とあるのみで、年齢記載はない。理由は不明である。

◇三十九代斉明天皇―⑫宝算

略記……記載なし。

水鏡……年六十八。

・書紀…………記載なし。

・簾中抄………六十八歟。

・六十八歳……要記、正統記、神皇正統録、皇年代私記、紹運録、皇代略記、皇年代略記

・その他………編年記「御年六十一。」

・記載なし……紀略、歴代皇紀、愚管抄、皇代記、仁寿鏡、神明鏡

『書紀』『略記』『紀略』に宝算の記載が見られず、『水鏡』は『簾中抄』に従って記載したと考えられる。

◇四十二代持統天皇―⑬崩年月日

略記……（文武天皇）（大宝二年十二月）廿二日甲寅。太上天皇崩。持統。

水鏡……大宝二年十二月十日崩。

・続紀…………（文武天皇）（大宝二年十二月）甲寅（二十二日）、太上天皇崩りましぬ。

・補任…………（文武）大宝二年壬寅十二月廿二日太上天皇崩（持統天皇也）。

・二十二日……紀略

・十日…………歴代皇紀、皇代記、要記、編年記、皇年代私記、皇年代略記

・記載なし……簾中抄、愚管抄、仁寿鏡、正統記、神皇正統録、神明鏡

『略記』は『続紀』または『補任』に従って記載したと考えられる。『水鏡』の典拠文献は不明であるが、『略記』の国史大系頭注に、

　廿二日、尾本抄本作十日、蓋官本拠続紀改者(7)

という注記があり、「十日」と記した『略記』の一本を披見した可能性も残る。

◇四十五代元正天皇―⑭即位年月日

略記……和銅八年乙卯九月二日庚辰。生年卅五即位。

水鏡……(元明天皇)(和銅)八年九月三日くらゐを御むすめの元正天皇の氷高内親王ときこえ(ママ)・しにゆづりたてまつりたまひき。

　(元正天皇)和銅八年九月三日くらゐにつき給ふ。

・続紀…………(元明紀)(霊亀元年)九月庚辰(二日)、天皇、位を氷高内親王に禅りたまふ。

　(元正紀)霊亀元年九月庚辰(己卯朔二日)、禅を受けて大極殿に即位きたまふ。

・補任…………和銅(元明)八年乙卯九月二(三イ)日元正天皇受禅。

・紀略…………続紀に同じ。
・二日…………紹運録、皇年代私記（三ィ）
・三日…………歴代皇紀、愚管抄、皇代記、要記、仁寿鏡、編年記、皇代略記、皇年代略記
・記載なし……簾中抄、正統記、神皇正統録、神明鏡

『略記』は『続紀』または『補任』に従って記載したと考えられる。『水鏡』の典拠文献は不明である。しかし、『略記』の国史大系頭注に、

二、原作三、今推改(8)

という注記があり、『水鏡』の作者が披見した『略記』には「三日」と記されていた可能性も残る。『水鏡』以後の史書・年代記類では「二日」と「三日」がともに伝写されたが、詳細は不明である。

三　帝紀的記事の比較検討（二）――『略記』抄本部分――

次に、『略記』の抄本部分（「神武天皇」から「仲哀天皇」に至る十四代、および「聖武天皇下」から「平城天皇」に至る七代）についても同様の考察を行うこととする。

◇第一代神武天皇―⑮父母の名

略記……神世第七帝王之第三子。

水鏡……うのかやふきあはせすのみことの第四の御子なり。

・記……………天津日高日子波限建鵜葺草葺不合命（あまつひたかひこなぎさたけうかやふきあへずのみこと）。

・書紀…………彦波瀲武鸕鷀草葺不合尊（ひこなぎさたけうかやふきあへずのみこと）第四子也。

・旧事紀・紀略…書紀に同じ。

・簾中抄………うのはふきあハせすの尊の第四子。

・記載なし……補任、紹運録

以下、『水鏡』以後の史書・年代記類の記載はすべて『書紀』と同じ（省略形も含む）である。『略記』（抄本）の典拠文献は不明である。『水鏡』は「ふきあはせす」とあり、『簾中抄』に従ったと考えられる。

◇二代綏靖天皇―⑯治世

略記……治卅二年。

水鏡……世をたもち給事卅三年。

・書紀…………（綏靖天皇）三十三年夏五月、天皇不予。癸酉、崩。

・旧事紀、紀略…書紀に同じ。

・補任…………綏靖天皇御世　治卅三年。

・簾中抄……治世三十三年。
・三十三年……愚管抄、皇代記、仁寿鏡、正統記、編年記、神皇正統録、神明鏡、皇年代私記、紹運録、皇代略記、皇年代略記
・記載なし……記

『略記』（抄本）の典拠文献は不明である。『水鏡』は『書紀』または『旧事紀』『補任』『簾中抄』『紀略』により確認し、『略記』の誤りを正したと考えられる。

◇七代孝霊天皇―⑰父母の名

略記……母皇后姉押姫也。
水鏡……御母皇太后姉押姫なり。
・書紀……母曰押媛。
・旧事紀……母曰皇后「姫」押媛命。
・簾中抄……母皇太后姉押姫命。
・紀略……書紀に同じ。
・母皇太后姉押姫（命）…歴代皇紀、愚管抄、皇代記、仁寿鏡、編年記、神明鏡、皇年代私記、紹運録、皇代略記、皇年代略記
・母押姫……正統記、神皇正統録

・記載なし……補任

『略記』（抄本）の典拠文献は不明である。『水鏡』は『簾中抄』に拠ったと考えられる。『水鏡』以後の史書・年代記類では「母皇太后姉押姫（命）」「母押姫」ともに伝写されたが、詳細は不明である。

◇十代崇神天皇―⑱父母の名

略記……母皇后伊香色謎姫也。

水鏡……御母皇后伊香色謎命（イカシコメノミコト）なり。

・記…………（開化記）娶二庶母伊迦賀色許売命（いかがしこめのみこと）一、生御子、御真木入日子印恵命（注、崇神）。

・書紀…………（孝元紀）妃伊香色謎命生二彦太忍信命一。

（開化紀）立二伊香色謎命一為二皇后一。

（崇神紀）母曰二伊香色謎命一、物部氏遠祖大綜麻杵之女也。

・旧事紀、紀略…書紀（崇神紀）に同じ。

・簾中抄………母皇太后伊香色謎（継）姫命。

・伊香色謎命…愚管抄、皇代記、編年記、神皇正統録、神明鏡、皇年代私記、紹運録、皇代略記、皇年代略記

・伊香色謎姫…正統記

・その他………歴代皇紀（簾中抄に同じ）、仁寿鏡「伊香陁謎命」

『略記』の国史大系頭注には、

　謎、拠書紀補(9)

という注記があり、『水鏡』の作者が披見した完本『略記』には「伊香色姫」と記載されていたとも考えられる。『略記』の典拠文献は不明である。『水鏡』は『書紀』または『旧事紀』『紀略』により記載したと考えられる。

◇十二代景行天皇―⑲立太子年月日

略記……（垂仁天皇）卌七年戊辰正月。立㆓皇太子㆒。年廿一也。一云。八歳。立㆓東宮坊㆒。景行天皇是也。

水鏡……垂仁天皇の御世卌年正月甲子日東宮にたち給。

・書紀…………（垂仁紀）（垂仁天皇）三十七年春正月戊寅朔、立㆓大足彦尊（注、景行）㆒為㆓皇太子㆒。
（景行紀）活目入彦五十狭茅天皇（注、垂仁）三十七年、立為㆓皇太子㆒。時年二十一。

・旧事紀………（垂仁天皇）卌七年春正月戊寅朔。大足彦命立為㆓皇太子㆒。

・紀略…………（垂仁天皇）戊辰卌七年春正月戊寅朔。立㆓大足彦尊〔景行〕㆒為㆓皇太子㆒。年廿一。

・三十七年……簾中抄、歴代皇紀、愚管抄、皇代記、神皇正統録、紹運録、皇年代略記

・記載なし……記、補任、仁寿鏡、正統記、編年記、神明鏡

『略記』（抄本）は『書紀』または『旧事紀』の記載に従ったと考えられるが、「一云。」以下の記事の典拠は不明で

ある。

　これに対して、『水鏡』は立太子記事に続けて次のような逸話を記している。

ちゝみかどふたりの御子に申給やう。をの〳〵こゝろになにをかえんとおもふとの給に。あにのみこ。われはゆみやなんほしく侍と申給。おとゝのみこは。われは皇位をなんえむと思と申たまふ。このことにしたがひて。このかみの御子にはゆみやをたてまつり。おとゝのみこをば東宮にたて〳〵まつり給へりし也。

『書紀』垂仁天皇三十年春正月己未朔甲子条に記された有名な皇位継承説話であるが、『書紀』では立太子を七年後の垂仁天皇三十七年の事と記している。しかし、『水鏡』は『略記』の記載に従わず、『書紀』の皇位継承説話を踏まえて、立太子年月日を説話に設定された「垂仁天皇の御世卅年正月甲子日」と記している。

◇四十六代聖武天皇―⑳崩年月日

略記……（天平勝宝）八年五月二日。太上法皇聖武。春秋五十七崩。

水鏡……天平勝宝七年五月二日崩。年五十七。

・続紀…………（天平勝宝八歳）五月乙卯（甲寅朔二日）。是の日、太上天皇、寝殿に崩りましぬ。

・補任…………天平勝宝八年五月乙卯太上天皇崩（聖武）。

・簾中抄………勝宝元年に位をおりて後八年おハします。

・紀略…………続紀に同じ。

・八年………歴代皇紀、皇代記、要記、仁寿鏡、編年記、神皇正統録、皇年代私記、紹運録、皇代略記、皇年代略記
・記載なし……愚管抄、正統記、神明鏡

『略記』は『続紀』または『補任』の記載に従ったと考えられる。『水鏡』の典拠文献は不明である。

◇四十七代孝謙・四十九代称徳天皇―㉑治世
略記……孝謙「治九年」、称徳「治五年前後合十四年」
水鏡……孝謙「治十年」、称徳「よをしりたまふこと五年なり」
・孝謙「十年」、称徳「五年」…簾中抄、愚管抄、皇代記、要記、正統記、編年記、神皇正統録、神明鏡、皇年代私記、紹運録、皇代略記、皇年代略記
・その他………歴代皇紀（孝謙「十年」、称徳「六年」）、仁寿鏡（孝謙「治九十」、称徳「治五」）
・記載なし……続紀、紀略

『略記』（抄本）の記載内容に相当する文献・史料は見当たらない。ただし、『補任』は天平二十一年（七四九）から天平勝宝九年（七五七）に至る九年の天皇名を「孝謙」と記し、翌天平宝字二年（七五八）から天平宝字八年（七六四）に至る七年については「大炊」、翌天平宝字九年（七六五）から神護景雲三年（七六九）に至る五年を「称徳」と記しているから、これに拠ったと思われる。

『続紀』によれば、孝謙天皇は天平勝宝元年（七四九）「秋七月（癸巳朔二）甲午、皇太子、禅を受けて、大極殿に即位きたまふ。」、天平宝字二年（七五八）「八月庚子の朔、高野天皇、位を皇太子に禅りたまふ。」とあり、その在位期間は十年一ヶ月にわたる。また、称徳天皇としての在位期間は天平宝字八年（七六四）十月壬申（九日）の詔により前帝を廃して自ら重祚し、宝亀元年（七七〇）八月癸巳（四日）崩ずるまでの五年十ヶ月ということになる（ただし、重祚年月日は不詳）。『水鏡』は『簾中抄』に拠ったと考えられる。

◇四十八代廃帝―㉒治世

略記……治七年。

水鏡……位にて六年ぞおはしまし〵。

・簾中抄………治六年。

・七年…………補任、歴代皇紀「治七（或六）年」、要記「治七（六イ）年」

・六年…………愚管抄、皇代記、仁寿鏡、正統記、編年記、神皇正統録、神明鏡、皇年代私記、紹運録、皇代略記、皇年代略記

・記載なし……続紀、紀略

前述したように、『続紀』に天平宝字二年八月、孝謙天皇の譲位記事があり、天平宝字八年十月九日壬申の詔に、

故是以（カレコヽヲモテ）帝位（ミカドノクラキ）方退賜（シリゾケタマヒ）天親王（ミコ）乃位（クラキ）賜（タマヒ）天淡路国（アハヂノクニ）乃公（キミ）止退賜（シゾケタマフ）。

とある。したがって廃帝の在位期間は天平宝字二年（七五八）八月一日から、天平宝字八年（七六四）十月九日までの七年二ヶ月ということになる。『略記』（抄本）は前述のように『補任』の記事に基づいて七年と計算したのであろう。

これに対して、『水鏡』は『略記』の記載内容を採らず、『簾中抄』に拠り記載したと考えられる。『水鏡』以後の史書・年代記類では「七年」「六年」がともに伝写されたが、詳細は不明である。

◇四十九代称徳天皇―㉓宝算

略記……春秋五十三。
水鏡……年五十二。

・続紀………春秋五十三。
・簾中抄………御年五十二（三イ）。
・五十三歳……紀略、歴代皇紀、愚管抄、皇代記、仁寿鏡、編年記、紹運録、皇代略記、皇年代略記
・五十二歳……要記、神皇正統録、皇年代私記
・その他………正統記「五十七歳」
・記載なし……補任、神明鏡

『略記』（抄本）は『続紀』に基づいて記載し、『水鏡』は『簾中抄』に拠り記載したと考えられる。『水鏡』以後の

史書・年代記類では「五十二歳」「五十三歳」「五十七歳」がともに伝写されたが、詳細は不明である。

◇五十代光仁天皇―㉔父母の名

略記……天智天皇孫也。一品志貴皇子六男也。

水鏡……天智天皇の御子に施基皇子と申し第六子におはす。

・続紀………田原天皇の第六の皇子なり。（国史大系本には「施基皇子也」とある）

・簾中抄………天智のむまこ施基皇子第六子。

・紀略………田原天皇施基天子第六皇子也。

・施基皇子……歴代皇紀、愚管抄、皇代記、要記、仁寿鏡、正統記、編年記、神皇正統録、神明鏡、紹運録

・田原施基皇子…皇年代私記、皇代略記、皇年代略記

・記載なし……補任

施基皇子は『万葉集』一四一八「石走る垂水の上のさわらびの」と見える著名な歌人で、芝貴、志貴、志紀とも記される。『略記』（抄本）の典拠文献は不明であるが、『水鏡』は『簾中抄』『紀略』に拠って記したと考えられる。『水鏡』以後の史書・年代記類では「施基皇子」「田原施基皇子」ともに伝写されたが、詳細は不明である。

◇五十一代桓武天皇―㉕即位年月日

略記……天応元年辛酉四月三日辛卯。生年四十五践祚。

水鏡……天応元年四月廿五日位につき給。御年四十五。
・続紀…………(天応元年四月)辛卯[三日]。(略)是の日、皇太子、禅を受けて即位きたまふ。
・補任…………天応元年。四月一日辛卯桓武天皇受禅即位(年四十五)。
・紀略…………続紀に同じ。
・三日(受禅)…愚管抄
・天応元年四月三日受禅、同廿五日即位…歴代皇紀、皇代記、要記、編年記、紹運録、皇代略記
・その他………仁寿鏡・神皇正統録(四月三日即位)、皇年代私記・皇年代略記(四月三日受禅、十五日即位)
・記載なし……簾中抄、正統記、神明鏡

『略記』(抄本)は『続紀』の記載に従ったと考えられる。『続紀』に二十五日即位の記事はなく、『水鏡』の典拠文献は不明である。しかし、『皇代記』以降「天応元年四月三日受禅、同二十五日即位」という記載が伝写されており、『水鏡』の成立時に同様記載の文献が存在していたならば、『水鏡』は践祚年月日ではなく、即位年月日を記載したことになる。

四　帝紀的記事の比較検討(三)――『略記』逸文部分――

次に、前節と同様に、平田俊春氏が『略記』の逸文として紹介された記事について[10]、『水鏡』の典拠考証の参考のために考察を加えることとする。『水鏡』以後の年代記類との比較検討は省略する。(編年記)は『略記』逸文の所載

書名である。

◇七代孝霊天皇

㉖即位年齢

略記……辛未歳正月癸卯即位、年三十五。（編年記）

水鏡……ちゝみかどうせ給てつぎのとし正月二日にぞ位につき給し。御とし五十三。

・記載なし……記、書紀、旧事紀、補任、簾中抄、紀略

『書紀』孝安天皇紀七十六年（前三一七）春正月条の立太子記事に「年二十六」とあり、同百二年（前二九一）春正月条の孝安天皇崩御時は五十二歳、翌年春の即位であるから、即位年齢は五十三歳となる。『水鏡』は右の立太子、崩御、即位記事を踏まえて即位年齢を算出したと考えられる。『略記』逸文の典拠文献は不明である。

㉗宝算

略記……七十六年丙戌二月、天皇崩、年百十。（編年記）

水鏡……七十六年崩。年百卅四。

・記……………天皇御年、壱佰陸歳（注、百六歳）。

・簾中抄………御年百十。二十八イ

・紀略…………年百十。

・記載なし……書紀、旧事紀、補任、紀略

前述のとおり、『書紀』記事に基づく孝霊天皇の即位年齢は五十三歳であり、孝霊天皇七十六年二月の崩御であるから、宝算は百二十八歳となる。[11]『略記』逸文、『水鏡』の典拠文献はともに不明である。

◇八代孝元天皇―㉘即位年月日、㉙即位年齢

略記……㉘丁亥歳正月即位、㉙年六十一。（編年記）

水鏡……㉘丁亥のとし正月十四日に位につき給。㉙御とし六十。

・書紀…………（孝元天皇）元年春正月辛未朔甲申、太子即天皇位。（略）是年也、太歳丁亥。

・旧事紀………書紀に同じ。

・紀略…………（孝元天皇）元年丁亥春正月辛未朔甲申。十四 太子即天皇位。六十一。

・記載なし……補任、簾中抄

『略記』逸文㉘は『書紀』または『旧事紀』に拠って即位年月を記載したと考えられるが、「正月即位」と記すにとどまり、『水鏡』の「十四日」という日付記事を導くことはできない。『書紀』の即位記事の「甲申」は「十四日」であり、『水鏡』は『書紀』または『旧事紀』に従ったと考えられる。

また、『書紀』孝元天皇即位前紀に、

(孝霊天皇)三十六年春正月、立為㆓皇太子㆒。年十九。

とあり、孝霊天皇七十六年春二月条の孝霊崩御、翌孝元天皇元年春正月の即位であるから、即位年齢は六十歳となる。『水鏡』は『書紀』または『旧事紀』の記事に従って即位年月日を記し、即位年齢を算出したか。『略記』逸文㉙即位年齢の典拠文献は不明である。

◇九代開化天皇—㉚即位年月日、㉛即位年齢

略記……㉚癸未歳十一月即位、㉛年五十五。(編年記)

水鏡……㉚癸未のとし十一月十二日位につき給。㉛御とし五十一。

・書紀…………(孝元天皇五十七年)冬十一月辛未朔壬午、太子即天皇位。

・旧事紀………元年癸未春二月。皇太子尊即㆓天皇位㆒。

・紀略…………(孝元天皇)五十七年冬十一月辛未朔壬午〔十二〕。即天皇位。年五十六。

・記載なし……記、補任、簾中抄

『略記』逸文㉚は『書紀』に従ったと考えられるが、『略記』の記載内容「十一月即位」から『水鏡』の「十二日」という日付記事を導くことはできない。『書紀』の「壬午」は「十二日」にあたるから、『水鏡』は『書紀』または『紀略』を踏まえて即位年月日を記載したと考えられる。

また、『書紀』孝元天皇紀に、

二十二年春正月己巳朔壬午、立二稚日本根子彦大日日尊（注、開化）一、為二皇太子一。年十六。

とあり、孝元天皇二十二年（前一九三）に十六歳で立太子、同五十七年（前一五八）十一月に即位したのであるから、即位年齢は五十一歳となる。『水鏡』は『書紀』の記事に従って即位年齢を算出したか。『略記』逸文㉛即位年齢の典拠文献は不明である。

◇十代崇神天皇―㉜宝算

略記……六十八年辛卯十二月、天皇崩、年一百二十。（編年記）

水鏡……六十八年崩。年百十九。

・記……………天皇御歳、壱佰陸拾捌歳（注、百六十八歳）。

・書紀…………（崇神）天皇践祚六十八年冬十二月戊申朔壬子、崩。時年百二十歳。

・旧事紀、紀略…書紀に同じ。

・簾中抄………御年百廿（九イ）。

・記載なし……補任

『書紀』開化天皇紀二十八年（前一三〇）春正月癸巳朔丁酉条の立太子記事に「年十九」とあり、同六十年夏四月丙辰朔甲子条の開化崩御、翌崇神天皇元年（前九七）春正月壬午朔甲午条の即位記事、六十八年（前三〇）冬十二月戊

申朔壬子条の崩御記事を踏まえれば、宝算百十九歳となる。[12]『略記』逸文は『書紀』または『旧事紀』に拠り、『水鏡』は前述の『書紀』の記事に従って崩年齢を算出したと考えられる。

◇十二代景行天皇―㉝宝算

略記……六十年庚午十一月、天皇崩、年一百六。（編年記）

水鏡……六十年崩。年百卌三。

・記……此大帯日子天皇（注、景行）之御年、壱佰参拾漆歳（注、百三十七歳）。

・書紀……（景行天皇）六十年冬十一月乙酉朔辛卯、天皇崩二於高穴穂宮一。時年一百六歳。

・旧事紀、紀略…書紀に同じ。

・簾中抄……御年百六。

・記載なし……補任

新編日本古典文学全集『日本書紀①』の頭注に、次のような注記がある。

崩御が百六歳とすると、即位の年は四十七歳。立太子が垂仁三十七年で、その時は生れていないことになる。景行即位前紀の垂仁三十七年の立太子記事の注「時に年二十一なり」によると、即位は八十四歳、崩御は百四十三歳となる。[13]

『略記』逸文は『書紀』または『旧事紀』の記事に拠り、『水鏡』の作者は前掲頭注のような計算に基づき、百四十三歳という崩年齢を算出したと考えられる。

◇十三代成務天皇―㉞宝算

略記……六十一年辛未六月十一日、天皇崩、年一百七。(編年記)

水鏡……六十一年崩。年百九。

・記…………天皇御年、玖拾伍歳(注、九十五歳)。

・書紀…………(成務天皇)六十年夏六月己巳朔乙卯、天皇崩。時年一百七歳。

・旧事紀、紀略…書紀に同じ。

・簾中抄………御年百七(九イ)。

・記載なし……補任

『書紀』成務天皇即位前紀に、

大足彦天皇(注、景行)四十六年、立為二太子一。年二十四。

同景行紀には、

五十一年秋八月己酉朔壬子、立二稚足彦尊（注、成務）一為二皇太子一。

とあり、『書紀』の両立太子記事は合わない。成務天皇即位前紀の立太子記事に従えば、景行天皇六十年（一三〇）冬十一月条の景行崩御、翌成務天皇元年春正月の即位、同六十年（一九〇）夏六月の崩御であるから、宝算九十八歳となる。[14]『略記』逸文は『書紀』または『旧事紀』に従ったと考えられる。『水鏡』の典拠文献は不明であるが、『簾中抄』の異本に拠った可能性も残る。

五　まとめ

右に検討したように、『略記』と『水鏡』における父母の名、立太子年月日、立太子年齢、即位年月日、即位年齢、治世、崩年月日、宝算などの具体的な記載内容に相違が確認された三十四点については、『水鏡』の作者が『略記』を典拠として記載したことは認められない。また、これらはいずれも帝紀を構成する基本的事項であり、具体的な数値による記載である以上、『水鏡』作者の恣意的な、あるいは不注意に基づく誤記載であることも考えがたい。

したがって、これらは『水鏡』の作者が『略記』と異なる文献・史料に基づいて記載、もしくは『書紀』の記事に基づいて算出、または『書紀』の記載の修正を行ったと考えなければならない。そこで、披見しえた現存文献・史料から『水鏡』の作者の記載意図と、典拠にしたと推定される文献名を明示することに意を用いたが、それで問題が解決したわけではない。

まず、検討過程で注目されたことの第一は、『略記』『水鏡』ともに現存の文献・史料に基づく推定考証においては、

「典拠不明」と判断せざるをえない事項が数多く見られたことである。

・『略記』……①⑤⑥⑦⑧⑨⑩⑪⑮⑯⑰⑱㉑㉔㉖㉗㉙㉛　三十四点中十八点（略記㉖以下は逸文）
・『水鏡』……⑤⑥⑦⑧⑪⑬⑭⑳㉕㉗㉞　三十四点中十一点

したがって、右の三十点については、それぞれ現存しない典拠文献が存在し、それを披見したと考えなければならない。しかし、『略記』の⑩⑯、および『水鏡』の㉞が正史である『書紀』の記載に拠らず、『略記』㉔、『水鏡』⑬⑭⑳㉕が同じく正史である『続紀』に従わずに、現存しない文献を典拠とした事情は不明である。

第二に、『略記』『水鏡』ともに事項によっては複数の典拠文献が挙げられるが、典拠としたと考えられる文献・史料の取捨選択に統一的な方針や、理由を判断しがたいことが指摘される。

現存の文献・史料のうち、各天皇の帝紀を構成する基本的事項（帝紀的記事）に関わる一級史料は、正史である『書紀』および『続紀』である。

まず、『略記』について見ると、典拠不明事項十八点を除く十六点のうち、

・『書紀』を典拠としたと考えられるもの……④⑲㉘㉚㉜㉝㉞
・『続紀』を典拠としたと考えられるもの……⑬⑭⑳㉓㉕
・その他の文献・史料を典拠としたと考えられるもの……②（記）、③㉑㉒（補任）

となる。

しかし、右のうち⑲㉘㉜㉝㉞は『旧事紀』、⑬⑭⑳は『補任』に拠った可能性も認められる。また、なぜ③が『書紀』の記載に従わず『補任』に拠ったのか、その事情も不明である。

平田氏は『略記』の典拠考証において、『略記』の材料となった文献名百四点を挙げているが、その中に『旧事紀』『補任』は含まれていない。[15] したがって、平田氏に従えば、『略記』③㉑㉒も典拠不明ということになる。

また、本稿の典拠考証においては、『略記』記事の典拠文献として、

③允恭天皇の「治世」…………補任
④安康天皇の「即位年月日」……書紀
⑭元正天皇の「即位年月日」……続紀・補任

のように考証したが、平田氏はこの三点を含む『略記』の当該記事を典拠不詳記事として挙げており、[16] これらの記事が『書紀』『補任』『続紀』に拠ることを認めていない。これも平田氏の所説に従えば、『略記』の典拠不明記事は今回取り上げた三十四点中、二十三点にのぼることになる。

これに対して、『水鏡』の典拠不明事項十二点を除く二十二点について見ると、

・『書紀』を典拠としたと考えられるもの ……………②③⑩⑯⑱⑲㉘㉚
・『続紀』を典拠としたと考えられるもの ……………………㉔

・その他の文献・史料を典拠としたと考えられるもの……④（旧事紀）、⑨（記）、⑫⑮⑰㉑㉒㉓（簾中抄）
・独自の計算に基づいて記載したと考えられるもの……㉖㉙㉛㉜㉝

となる。

しかし、右のうち②は『紀略』、③㉔は『簾中抄』『紀略』、⑩は『旧事紀』『簾中抄』『紀略』、⑯は『旧事紀』『補任』『簾中抄』『紀略』、⑱は『旧事紀』『紀略』、㉘は『旧事紀』に拠った可能性も認められる。典拠と推定される現存文献の名は八種を数えることになる。

また、なぜ④では正史である『書紀』に従わず『旧事紀』を、⑰では『書紀』に従わず『簾中抄』を採ったか。なぜ㉓では同じく正史である『続紀』に従わずに『簾中抄』に拠ったのか。『水鏡』作者の典拠文献の取捨選択の方針や理由については、不明というほかはない。⑭からは『水鏡』の作者が『続紀』を披見していない可能性も指摘される。

さらに、『略記』を典拠としたことも想定される⑬⑭の記事は、⑬「新井白石旧蔵抄本」または「尾張真福寺本」、⑭「文政三年刊本」という独立した写本、刊本のみに見られる記載内容である。『水鏡』の作者がこれら独立した写本類を披見して稿を成したことは想定しがたい。したがって、③⑧⑨⑬⑭の事実は『水鏡』の作者が披見した『略記』原本には、帝紀を構成する記事についていかなる記載がなされていたのかが問われることになる。そのことはまた、国史大系所載の校訂本『略記』本文を基に『水鏡』の典拠考証を進め、『略記』を唯一の典拠と位置づけてきた定説的通説の方法に対する疑義を呈することともなるであろう。

『水鏡』の作者が複数の年代記類を披見したことは、「卌六代聖武天皇」の次の一節により明らかである。

（天平）廿一年正月に陸奥よりこがね九百両をたてまつれりき。日本国にこがねいでくる事これよりはじまれりき。これによりて四月十八日に年号を天平感宝元年とかへられにき。されどもこの年号はやがて又かはりにしかば。年代記などにはいりはべらざるなり。

『続紀』によれば、聖武天皇の天平二十一年二月に陸奥国から初めて黄金が貢進された。これにより同年四月「天平廿一年を改めて天平感宝元年と為」したが、秋七月の皇太子（孝謙）受禅にともない「この日、感宝元年を改めて勝宝元年」と改元された。わずか三ヶ月弱の年号であるから年代記類には見られないというのである。この記事からは『水鏡』の作者がそれらの年代記類を直接披見して、天平感宝への改元の事実が記載されていないことを確認したことがわかる。『水鏡』の作者が披見した「年代記など」の具体的な書名は不明である。

一方、平田氏は『略記』の成立事情として、その前篇は逸文の存在が明らかにされた『帝王系図』の類の年代記を根本とし、これに『和漢年代記』を書入れ、さらにそのごち、六国史以下の実録、とくに僧伝、縁起等の仏教関係の記事を書入れて編されたものと推定される」と説いている。[17]『略記』の帝紀的記事の基本事項のうち、今回取り上げた三十四点中で二十三点が典拠不明記事であることも、それらが『帝王系図』をはじめとする現存しない年代記類に依拠したことは推定されよう。同様の事情は、『略記』と異なる記載事項三十四点中十二点が典拠不明記事と判断される『水鏡』にも相当する。

また、先に掲出した鎌倉から室町中期に至る年代記類の伝写の様相に明らかなように、各事項における伝写の流れは殆ど一〜二系統を形成しており、『略記』『水鏡』もそのいずれかの系統の初期に属するものと見なすことができる。

年代記類の伝写の流れは複雑であり、現存の文献・史料のみでは解明しがたいが、平田氏が説かれたように『略記』の帝紀的記事の基本事項が『帝王系図』をはじめとする散逸した年代記類に依拠したと想定されるならば、『水鏡』の帝紀を構成する基本事項もまた『略記』をはじめとする現存の文献・史料に依拠したのではなく、『帝王系図』をはじめとする散逸した年代記類に依拠したと想定することも排除しえないことになるであろう。

注

(1)『皇年代私記』と『皇年代略記』は異名同書として扱われるのが通例であるが、本稿の対象とする記載内容には相違があり、独立書として扱うこととする。
(2) 以下、割注は全て一行書きとする。
(3) 新訂増補国史大系12『扶桑略記・帝王編年記』一三頁頭注。なお、「抄本」は「宮内省図書寮所蔵新井白石旧蔵抄本」を指す（国史大系凡例による）。
(4) 新訂増補国史大系21上『水鏡・大鏡』二六頁頭注。
(5) 注（3）に同じ。二一頁頭注。
(6) 注（3）に同じ。二二頁頭注。
(7) 注（3）に同じ。七三頁頭注。なお、「尾本」は「無窮会所蔵影尾張真福寺本」（国史大系凡例による）。「抄本」は前掲。
(8) 注（3）に同じ。八一頁頭注。
(9) 注（3）に同じ。三頁頭注。
(10) 平田俊春著『私撰国史の批判的研究』（一九八二年、国書刊行会）第三篇第一章「扶桑略記の復原」。
(11) 新編日本古典文学全集2『日本書紀①』二五九頁頭注三参照。
(12) 注（11）に同じ。二九五頁頭注一〇参照。

(13) 注(11)に同じ。三九三頁頭注一四。
(14) 注(11)に同じ。三九七頁頭注二三参照。
(15) 注(10)の平田著第二篇第四章第一節「扶桑略記の材料となった書」。
(16) 注(10)の平田著第二篇第四章第二節「六国史時代の出典の明らかでない記事」。
(17) 注(10)の平田著第二篇第四章第三節「扶桑略記前篇と帝王系図との関係」。

第四節　水鏡の歴代名

――『扶桑略記』唯一典拠説をめぐって（4）――

一　はじめに

『水鏡』は鏡物の一つ、〈歴史物語〉である。一方、他の三鏡とは異なり、歴代天皇の帝紀記事を中心とした〈年代記〉の系譜に連なる作品であるという特徴も存在する。従来『水鏡』は『扶桑略記』（以下、『略記』と略称）のみを典拠とし、和文脈による翻案作品であるとする評価が通説となっている。

しかし、『水鏡』を年代記の系譜に連なる作品として見るとき、その記載内容のうち歴代の天皇名（御名）は基本事項である。『略記』との関係について考えるとき、次の三天皇の御名に関わる問題については詳細な検討が必要である。

一、第十五代天皇について、『略記』はその御名を「神功天皇」と記しているが、『水鏡』は『略記』に準拠せず、

「神功皇后」と記していること。

二、『略記』『水鏡』ともに「飯豊天皇」を第二十四代天皇として歴代に位置づけていること。

三、『略記（抄）』は第四十八代天皇としてその御名を「大炊天皇」と記している。これに対して『水鏡』は代数記載を『略記』に従っているものの、その御名は『略記』に準拠せず「廃帝」と記していること。

二　神功皇后

まず、『略記』の「神功天皇」という御名に関わって、『略記』『水鏡』に先立つ文献・史料の御名記載を見ると、次のようになる。

・古事記（以下、『記』）（西紀七一二年撰上）……………………息長帯比売命（おきながたらしひめのみこと）
・常陸国風土記（七一五〜一八年の成立）……………………息長帯比売天皇（おきながたらしひめのすめらみこと）
・日本書紀（以下、『書紀』）（七二〇年撰上）…………気長足姫尊（おきながたらしひめのみこと）・神功皇后
・先代旧事本紀（以下、『旧事紀』）（九世紀中頃成立）…………神功皇后
・延喜式諸陵寮（以下、『諸陵式』）（九二七年成立）…………神功皇后
・宋史・日本伝（以下、『宋史』）……………………………神功天皇
・公卿補任（九九五年以前の成立）……………………………十五神功天皇
・新唐書・日本伝（以下、『新唐書』）（一〇六〇年成立）……………神功為王

・**略記**（一〇九四〜一一〇六年の成立）……………………十五代神功天皇
・簾中抄（一一七七〜八一年の成立）……………………神功皇后
・**水鏡**（一一八五〜九五年の成立）……………………十五代神功皇后

また、鎌倉から室町中期に至る史書・年代記・系図類の記載内容を確認するために、管見に入った限りでその内容を分類すると、次のようになる。

・十五（代）神功皇后……日本紀略、歴代皇紀、愚管抄、日本皇帝系図、興福寺略年代記、神皇正統記、帝王編年記、神皇正統録、東寺王代記、神明鏡、本朝皇胤紹運録
・神功皇后……皇代記、釈日本紀、皇胤系図、仁寿鏡、皇年代私記（皇年代略記）、皇代略記

右に掲げたように、『略記』を境として、それ以前は「息長帯比売命」「息長帯比売天皇」「神功皇后」、および「神功天皇」の四種の表記が認められるが、『簾中抄』『水鏡』をはじめ、平安末期以後に成立した史書・年代記・系図類はすべて「神功皇后」で表記が統一されていることがわかる。

『略記』以前について見ると、『記』は仲哀天皇記に神の託宣を信じなかったために崩じた夫の仲哀天皇に代わって、神の命を受けた皇后「息長帯比売命（おきながたらしひめのみこと）」が新羅親征の途にのぼった経緯が記されるが、「神功皇后」「神功天皇」の名は見られない。

次に、日本最古の官撰正史である『書紀』は「気長足姫尊（おきながたらしひめのみこと）　神功皇后」として、独立した紀を立てている。神

功皇后は夫仲哀天皇崩後「皇太后（おほきさき）」になり、六十九年にわたり「摂政」として統治したとある。『記』に摂政統治の記述は見られない。

　また、記紀と同時期に成立した風土記について、栗田寛纂訂『纂訂古風土記逸文』（一八九八年）を見ると、

・播磨国風土記……息長帯日女ノ命
・伊予国風土記……大后息長帯姫命（オキナガタラシヒメノミコト）、息長足日女ノ命
・筑前国風土記……気長足姫ノ尊（オキナガタラシヒメ）（三例）
・豊前国風土記……気長足姫尊
・筑紫風土記………息長足比売ノ命
・土佐国風土記……神功皇后

とあり、記紀に準じた記載となっている。

一方、『常陸国風土記』「茨城郡」の条には、

　茨城の国造が初祖、多祁許呂命（たけころのみこと）は息長帯比売天皇（おきながたらしひめのすめらみこと）の朝に仕へて、品太天皇（ほむたのすめらみこと）（注、応神天皇）の誕（あ）れまし時に至るまで当れり。(1)

とあり、『摂津国風土記』逸文にも「息長足比売天皇（オキナガタラシビメノスメラミコト）」（二例）が見られる。

同じく、天平三年（七三一）成立、延暦八年（七八九）職判の記載がある『住吉大社神代記』には、「気息長姫皇后」に「気息長姫天皇。諱神功。天皇第十五代。」という割注が見られる。(2) 延喜六年（七八七）閏十二月の延喜講書の折の竟宴和歌『日本紀竟宴和歌』に「気長足姫天皇」の題があり、地の文に「この天皇新羅にむかひたまふときに。」とあるから、(3) 八世紀前半には「気長足姫尊」が「天皇（すめらみこと）」に位置づけられていたことがわかる。

神功皇后を「女帝」と記した事例については、承平六年（九三六）の日本書紀講筵の講義記録『日本書紀私記（丁本）』に、

天照大神者。始祖陰神也。神功皇后者。又女帝也。(4)

という記事が見られる。この講筵には時の摂政太政大臣藤原仲平、権大納言藤原師輔らが参加したといわれる。(5)

また、『宋史』によれば、宋の太宗の雍熙元年（九八四）に東大寺の僧奝然が宋に渡り、日本の『職員令』と『王年代紀』と呼ばれる年代記を献じたことが記されている。(6)

雍熙元年日本国僧奝然与其徒五六人浮海而至献銅器十余事并本国職員令王年代紀各一巻。

雍熙元年、日本国の僧奝然（ちょうねん）、その徒五、六人と海に浮んで至り、銅器十余事ならびに本国の『職員令』、『王年代紀』各一巻を献ず。

その「日本伝」に当該年代記に基づく歴代の事蹟の記述があり、その中に、

神功天皇開化天皇之曾孫女又謂之息長足姫天皇
　神功天皇、開化天皇の曾孫女なり、またこれを息長足姫天皇という。

とある。さらに、宋の欧陽脩らが仁宗の詔により嘉祐五年（一〇六〇）に編纂した唐の正史『新唐書』「東夷」伝の「日本」の項は奝然の持参した『王年代紀』を典拠としたと考えられているが、そこには、

神武立、更以「天皇」為号、（略）仲哀死、以開化曾孫女神功為王。(7)

とあり、神功皇后は「天皇」に位置づけられている。これらによれば、奝然の持参した年代記には「神功天皇」「息長足姫天皇」と記されていたことが推定される。

管見では「神功天皇」の用例は前掲の『宋史』と、平安中期に廷臣間で用いられていた『公卿補任』(8)に「神功天皇」とあることにとどまるが、奈良・平安期を通じて「神功皇后」は知識層の人々に「天皇」「女帝」として認識されており、「神功天皇」という表記も特別なものではなかったと考えられる。『歴代皇紀』（原態は一二二〇年以前）は「十五神功皇后」という記載に「天皇カ」とルビを付しており、鎌倉初期に至るまで「神功天皇」の呼び名は残存していたことになる。

文芸書に目を転じて見ると、『略記』に先立って成立したと考えられる『狭衣物語』(9)巻四に、

襁褓にくゝまれ給へる、女帝にゆづり置き、(以下略)
まだおむつにくるまれなさる幼いお方(応神天皇)を、女帝(神功皇后)のお世話をお任せ申して置き、[10](以下略)

とあり、神功皇后は平安後期の宮廷社会で「女帝」と認識されていたことが確認される。このことは『略記』の分註に「女帝始レ之」と記載されていることに符合する。また、室町時代末期に成立した御伽草子「さゞれいし」には次のような記載が見られる。

成務天皇　仲哀天皇　神功天皇　応神天皇[11](以下略)

この記載も鎌倉・室町期まで「神功天皇」の呼び名が社会一般に残存していたことを示していよう。
ところで、『略記』の典拠には奝然が宋に持参した『王年代紀』や『公卿補任』が考えられるが、『略記』の精細な出典考証を行った平田俊春氏が『略記』の典拠文献として挙げた百四点の書名中にこの二書は含まれていない。[12]したがって、平田説に従うならば『略記』がいかなる文献を典拠として「神功天皇」と記載したかは不明であるが、氏は『略記』の出典不明記事について、

われわれは『扶桑略記』がある書―すなわち一種の年代記を基にしていることを知りうるのである。[13]

と述べて、当時通行していた年代記類に依拠したものであることを想定している。次いで、平田氏は和田英松氏が収

集・紹介された『帝王系図』『帝皇系図』逸文[14]と『略記』との関係考証を踏まえて、この両書が『略記』に類似の年代記であり、『略記』中の典拠不明の記事が「これに類する年代記類を基本にしたと考えられ」ると説いている。[15]平田氏が挙げられた『略記』の出典不明記事の最初にあるのが「神功天皇」とその帝紀記事である。

一方、『水鏡』の成立に前後する平安末期以後の史書・年代記・系図類には「神功皇后」という表記が定着しており、それ以後も「神功天皇」という記載は見られない。『水鏡』は『略記』に準拠せず、正史である『書紀』に従って「神功皇后」と記したと考えられるが、一面で『簾中抄』をはじめとする当時通行の年代記類の表記を踏まえたものである可能性についても考慮されるべきであると思われる。

三　飯豊天皇

次に、「飯豊天皇」という御名に関わって、『略記』『水鏡』に先立つ文献・史料の御名記載を見ると、次のようになる。

- 記……………記載なし
- 書紀…………顕宗天皇即位前紀に「飯豊青尊」の記事
- 旧事紀………顕宗天皇即位前紀に「飯豊青尊」の記事
- 諸陵式………飯豊皇女
- 宋史…………記載なし

・公卿補任……記載なし
・新唐書……記載なし
・**略記**……廿四代飯豊天皇
・簾中抄……記載なし
・**水鏡**……廿四代飯豊天皇

また、鎌倉から室町中期に至る史書・年代記・系図類の記載内容は、次のように分類される。

・代数に数えずに「飯豊天皇」の項…歴代皇紀、一代要記、日本皇帝系図、興福寺略年代記、本朝皇胤紹運録
・「顕宗天皇」の項に「飯豊天皇」の記事…日本紀略、皇代記、神皇正統記、神皇正統録
・「飯豊天皇」の項…仁寿鏡、皇年代私記、皇代略記
・その他
　愚管抄……「仁賢天皇」条に「飯豊天皇」の記事
　皇胤系図……飯豊青尊
　神明鏡……第廿四飯豊天皇
　記載なし……二中歴、釈日本紀、帝王編年記、東寺王代記

管見によれば、『水鏡』に第二十四代として歴代に加えられた「飯豊天皇」については、『略記』に「廿四代飯豊天

皇」として即位を認められ、歴代に位置づけられたのを初見とする。『略記』以前では『記』『公卿補任』にその名が見られず、『宋史』に記載が見られないことから前掲の渡宋僧奝然の持参した『王年代紀』の扱いも同様であったと推測される。

一方、正史である『書紀』顕宗天皇即位前紀の清寧天皇五年春正月条には、

> 五年春正月、白髪天皇（注、清寧）崩。
> 是月、皇太子億計王与二天皇一譲レ位、久而不レ処。由レ是天皇姉飯豊青皇女於二忍海角刺宮一、臨朝秉政、自称二忍海飯豊青尊一。（略）冬十一月、飯豊青尊崩。葬二葛城埴口丘陵一。
>
> 五年の春正月に、白髪天皇崩ります。
> 是の月に、皇太子億計王、天皇と位を譲り、久にして処たまはず。是に由りて、天皇の姉飯豊青皇女、忍海角刺宮にして、臨朝秉政し、自ら忍海飯豊青尊と称りたまふ。（略）冬十一月に、飯豊青尊崩ります。葛城埴口丘陵に葬りまつる。

とあり、清寧天皇が没したあと、億計・弘計二王が譲り合って皇位継承者が定まらず、久しく空位が続いたので、姉の飯豊青皇女が忍海角刺宮で自ら「忍海飯豊青尊」と称して「臨朝秉政」したと記されている。新編日本古典文学全集の頭注には、

> 自称とはいえ「尊」の尊称をもち、次の十一月条には「崩」「陵」と、天皇に準ずる表現がなされる。後世の史

書『扶桑略記』は「飯豊天皇、廿四代、女帝、无二天子一、清寧天皇養子、履中女」とするが、そのような見方のできる一例[16]。

とある。

『略記』の「飯豊天皇」条には、

> 甲子歳春二月。生年四十五即位。顕宗天皇。仁賢天皇。兄弟相譲。不レ即二皇位一。仍以二其姉飯豊青姫一。令レ秉二天下之政一矣。

とあり、『書紀』に記された「臨朝秉政」の事実により即位したと解している。『水鏡』も「廿四代飯豊天皇」に、

> 甲子のとし二月に位につき給。御年四十五。このみかどの御おとゝふたり。かたみに位をゆづりてつき給はざりしほどに。御いもうとを位につけたてまつり給へりし也。

とあり、『略記』に準拠して即位の事実を明記している。

中継ぎの女帝としてその即位を認めるか否かは、掲出したように後代の史書・年代記・系図類にも重い課題であった。ちなみに、『諸陵式』は「埴口墓（飯豊皇女）」として、天皇・皇后・皇太后・太皇太后の墓所である「陵」には位置づけていない。

「飯豊天皇」については、『略記』『水鏡』のように代数に数える史料や年代記・系図は『神明鏡』を除いて見られず、代数に数えずに「飯豊天皇」の名を記して即位を認め、その登極の事情に言及するという方式が大半をなしている。『神明鏡』は「水鏡ニハ入奉ル也」とあり、『水鏡』に準拠して歴代に位置づけているが、飯豊・顕宗両天皇を第二十四代に位置づけるという苦肉の処置を取っている。

このことから見れば、『略記』と『水鏡』が「廿四代飯豊天皇」としてその即位を認め、以後の代数を繰り下げる処置を取っているのは極めて特異であり、『水鏡』の記載内容が『略記』に準拠したものであることも認められよう。『略記』は「飯豊天皇」を立てて歴代に加える根拠として、次のように注記している。

此天皇。不レ載二諸皇之系図一。但和銅五年上奏日本紀載レ之。仍註二伝之一。

この注記によれば、当時実在し皇円が披見し得た「諸皇之系図」には「飯豊天皇」の御名は見られないが、「和銅五年上奏日本紀」に「飯豊天皇」の即位記事があり、それに従うのであるということになる。「和銅五年上奏日本紀」については議論があり定説を見ないが、著者皇円の史料準拠の方針を明記したものとして、「和銅五年上奏日本紀」が実在し、それに従ったとする著者皇円の記載を踏まえるべきではなかろうか。(17)

この注記は『歴代皇紀（皇代暦）』もそのまま踏襲しており、「飯豊天皇」と記して歴代数に数えずに即位を認める以後の年代記類には、「扶桑畧記入之」と記して『略記』の注記をそのまま転写するか、「皇代暦曰」として『歴代皇紀（皇代暦）』の転写であることを明示しているものも見られる。(18)

『水鏡』にも、

このみかどをば系図などにもいれたてまつらぬとかやぞうけ給はる。されども日本紀にはいれたてまつりて侍なれば、次第に申侍也。

という注記があり、「諸皇之系図」については確認し得ないが、「日本紀にはいれたてまつりて侍」るとあり、「和銅五年上奏日本紀」を披見したことを窺わせる記述となっている。いま「和銅五年上奏日本紀」は披見し得ないが、『水鏡』の注記が『略記』の記事の単なる和文による翻訳であると考えられてきたことには、留保が必要であると思われるのである。『興福寺略年代記』には「不入王代記」という注記があるが、『王代記』という単独の著作物を指すか、年代記類一般を示す記述であるかは不明である。

『神皇正統記』は、「飯豊天皇」の即位を認めつつ歴代の列次から省く理由として、

相共ニ譲マシ〳〵シカバ、同母ノ御姉飯豊ノ尊シバラク位ニ居給キ。サレドモヤガテ顕宗定リマシ〳〵シニヨリテ、飯豊天皇ヲバ日嗣ニハカゾヘタテマツラヌ也。

と記している。即位を認めつつも、特殊な事例として記載する史書・年代記・系図類の処置を解説したものであると見ることができよう。

平田氏は、『略記』飯豊天皇記の記文は前後二段に分けられるが、「この前後紀は『略記』の基になった『帝王系図』の記事のままであろうと推定される。」と述べて、「飯豊天皇」という御名をはじめ、「和銅五年上奏日本紀」の部分

もすべて『帝王系図』という「原年代記のままに忠実に記し」たものであると説いている。(19)

四　廃帝

明治三年（一八七〇）七月二十四日、布告をもって「淳仁天皇」の名を追贈された第四十七代（『略記』『水鏡』は四十八代）の帝王については、管見に入った古代・中古の史書・年代記・系図類に「廃帝」「大炊天皇」、および「淡路廃帝」の三種の記載が認められる。

・続日本紀……廃帝
・類聚国史……廃帝
・諸陵式………廃帝
・宋史…………天炊天皇
・公卿補任……大炊天皇
・政事要略……廃帝
・新唐書………大炊立
・**略記**…………冊八代大炊天皇
・簾中抄………淡路廃帝
・**水鏡**…………冊八代廃帝

また、鎌倉から室町中期に至る史書・年代記・系図類の記載内容は、次のように分類される。

・四十七（代）淡路廃帝……日本紀略、歴代皇紀、愚管抄、一代要記、神皇正統記、帝王編年記、東寺王代記、神明鏡、本朝皇胤紹運録
・淡路廃帝……皇代記、皇胤系図、仁寿鏡
・廃帝……皇年代私記、皇代略記
・その他
　二中歴……大炊廃帝
　神皇正統録…四十七代廃帝天皇
　日本皇帝系図…四十七崇道天皇諱大炊

『略記』以前について見ると、第二の官撰正史『続日本紀』（七九七）は淳仁天皇の紀をすべて「廃帝」の名のもとに歴代に加えており、『諸陵式』の記載も同様である。『類聚国史』（八九二）は『続日本紀』からの抄出記事すべてに「廃帝」の名を冠して記載しており、『政事要略』（一〇〇二）も、

国史云。廃帝天平宝字三年六月丙辰。百官及師位僧等。奉二去五月九日勅一。[20]

と記して『続日本紀』『類聚国史』の記載に従っている。

一方、『宋史』には「天炊天皇」とあり、「天炊」は「大炊」の誤記であると思われる。同じく奝然の持参した『王年代紀』を典拠とした『新唐書』も「大炊立」と記しており、『王年代紀』には「大炊天皇」と記載されていたと推定される。同時期に廷臣間で用いられた『公卿補任』も、

　天平宝字（大炊天皇）二年戊戌八月一日庚子大炊王受禅即位。

と記している。

管見では、現存の文献における「大炊天皇」という御名の初出は『日本霊異記』（以下、『霊異記』）の事例であると思われる。その下巻三十八縁に、

　宝字八年十月、大炊天皇、為㆓皇后㆒所㆑賊、掇㆓天皇位㆒、退㆓於淡路国㆒、……
　宝字（ほうじ）八年十月（かみなづき）に、大炊天皇（おほひ）、皇后（きさき）に賊（う）たれ、天皇の位（くらゐ）を掇（や）め、淡路国（あはぢのくに）に退（しりぞ）きたまふ。

とあり、同書の中巻三十九縁、四十一縁、四十二縁にそれぞれ「大炊天皇（おほひ）の御世（みよ）」とする説話が載せられている。『霊異記』は弘仁年間（八一〇～八二四）に現存形態が成立したと推定されており[21]、廃帝の死から六十年後には成立したことになる。

このことから、『略記』は『霊異記』『公卿補任』もしくは奝然が宋に持参した『王年代紀』等の年代記類の記載を

踏まえて「大炊天皇」と記載したと推定される。しかし、平田氏は『霊異記』を『略記』の典拠文献に加えているが、『公卿補任』『王年代紀』は典拠として認めていない。したがって、平田説に従えば、『略記』の直接の典拠は『霊異記』ということになる。

『略記』以前では、「平安時代の末、西暦一〇三〇年代か四〇年代頃」の成立とされる[22]『今昔物語集』の巻第十二―十二、巻第十六―十に「大炊ノ天皇ノ御代」として説話が語られている。同じく『略記』と重なる時期の成立と考えられる『大鏡』の「太政大臣道長（藤原氏物語）」にも、

不比等大臣の二郎、房前、宰相にて二十年。大炊天皇の御時、天平宝字四年庚子八月七日、贈太政大臣になりたまふ。

とある。

『水鏡』より成立年次は下るが、小山田和夫氏は『古事談』第一―一の説話中に「大炊天皇御宇」「移大炊天皇於淡路国」という記載が見られること[23]、および平安末期の成立になる国語辞書『伊呂波字類抄』の室町時代初期書写本に出る『略記』逸文に「大炊天皇」の御名が出ていることを紹介された。

・岡寺　扶桑略曰　大炊天皇之時越前国封五十戸施入之
・岡本寺　扶桑略曰　大炊天皇御宇封百戸施入之
・小治田寺　扶桑略曰　大炊天皇封五十戸施入之[24]

これらの事例を見れば、平安末期には「大炊天皇」の御名は一般に流布・定着していたと考えられる。

これに対して、『水鏡』の作者は『略記』の「大炊天皇」という御名を踏襲せず、『続日本紀』または『類聚国史』『諸陵式』『政事要略』などを踏まえて「廃帝」と記したと考えられる。

管見では歴代名として「淡路廃帝」の名を位置づけた初見は『簾中抄』であるが、その称徳天皇条には、

　大炊天皇をなかして我また位にゐさせ給へり。

という記事があり、『水鏡』の「四十九代称徳天皇」には「淡路廃帝」という表記が見られる。『水鏡』以後も、「大炊帝」（歴代皇紀）、「大炊廃帝」（二中歴）、「諱大炊天皇」（仁寿鏡）、「御諱大炊天皇」（神皇正統録）、「奉号大炊天皇」（東寺王代記）、「譲二位於皇太子一。大炊天皇」（帝王編年記）など、記事中に「大炊天皇」の御名を記す方式は南北朝時代まで残存している。『皇年代私記』『皇代略記』のように、歴代名は「廃帝」と表記しつつも「称二淡路廃帝一」と併記する事例も見られる。藤原為相の『古今集註』には「淡路（廃帝）天皇」とある。(25)『歴代皇紀』『一代要記』には「廣仁天皇」の呼名が記されている。

五　まとめ

歴代天皇の御名記載について検討を加えていくとき、まず『略記』に記載された「神功天皇」という歴代名につい

ては、新訂増補国史大系の頭注に、

天皇、原作皇后、暫従抄本(26)

という注記があることに留意しておく必要がある。この注記によれば、新訂増補国史大系の底本とされた「文政三年刊本」には「神功皇后」と記されていたのを、新訂増補国史大系の校勘者が「抄本」（同書凡例「宮内省図書寮所蔵新井白石旧蔵抄本」）に拠り、「神功天皇」と改めたことがわかる。

この問題について、小山田氏は次のように説いている。

『扶桑略記』第二の冒頭の「神功天皇」（新訂増補国史大系第一二巻、五頁）は、専修寺本『水鏡』巻上には「十五代　神功皇后（中略）次のみかど神功皇后と申き」として掲げ、新訂増補国史大系第一二巻所収『扶桑略記』五頁に、「天皇、原作皇后、暫従抄本」という頭注が見られ、その抄本である天理図書館所蔵金勝院本『扶桑略記』にも「神功天皇」とあるという問題もあり、『扶桑略記』の原本には、「神功皇后」とあったのか「神功天皇」とあったのかということも明らかではないが、専修寺本『水鏡』上は、これを「神功皇后」として記載していることは間違いなく、『扶桑略記』原本に「神功天皇」とあったならば、これまた「廃帝」と同様、書き改めたこととなる。この問題は、これ以上解明することは困難であるので、しばらく置くこととし、「飯豊天皇」と「廃帝」との表記上の問題、その一方を踏襲し、一方には従わないということは、『扶桑略記』の「号淡路廃帝」という記載箇所から、導き出すことの可能な記述範囲にあるものとは言え、『続日本紀』が記載する「廃帝」と同様な表記をした点には、注意を払う必要がある。[27]

『水鏡』における「飯豊天皇」「廃帝」という御名記載の問題については後述するが、新訂増補国史大系『略記』の校勘者による注記の問題について見ると、小山田氏が指摘されたように、『略記』の原本にはもともと「神功皇后」とあり、『水鏡』の作者は『略記』に記された御名を踏襲して「神功皇后」と記載した、という可能性も残ることになる。また、『略記』の原本に「神功天皇」と記載されていたと推定されるならば、言うまでもなく、『水鏡』の作者は自らの意志に基づいてこれを「神功皇后」と書き改めたことになる。

新訂増補国史大系十二巻所収『略記』の「凡例」（黒板勝美識）には「文政三年の刊本を底本となし」、「神武天皇より神功皇后の初に至る条を新井白石旧蔵抄本に拠って補」ったと記されており、「金勝院本」には触れていない。次に、「新井白石旧蔵抄本」は宮内庁書陵部の架蔵になるが、同抄本の系統、筆写時期について、『図書寮典籍解題歴史篇』（一九五〇年、養徳社）に、次のように記されている。

当本の祖本は金勝院所蔵の平安末期の古写本にして、これはその忠実な摹古本と考へられる。

天理図書館所蔵の「金勝院本」が「平安末期の古写本」であり、「新井白石旧蔵抄本」はその「忠実な摹古本」であるとする「解題」について、『天理図書館善本叢書和書之部13　古代史籍続集』（一九七五年、八木書店）の「解題」において、田中卓氏は右の解題の文は「正鵠を射ている。」と評している。また、「金勝院本」は「平安時代末期から鎌倉時代初期に成るとみて大過ない」のであり、「恐らくは現存写本中、最古に近いと思われ」、「新井白石旧蔵本は、記述の如く本書（注、金勝院本）を忠実に臨写したものである」と述べている。一方、『国史大系書目解題下巻』（二〇〇一年、吉川弘文館）の「扶桑略記」の項で堀越光信氏は、「金勝院本」が皇円の自筆原本である可能性に言及している。

『略記』の場合には後述の天理大学附属図書館所蔵の抄本が存在するので、皇円がその作者と考えることはできないであろうか。（略）その成立年代を考え合わせればこの金勝院本が皇円の自筆原本の可能性さえも出てくるのではないだろうか。

これらの考証と所説を踏まえるならば、現存最古の古写本で、『略記』原本の成立時期に近接する「金勝院本」と、その忠実な臨写本である「新井白石旧蔵抄本」には『略記』原本の記事が最も忠実に筆写されたと想定されるのであり、その「金勝院本」「新井白石旧蔵抄本」に「神功天皇」と記されていることから見れば、『略記』原本には「神功天皇」と記載されていたと考えなければなるまい。

前掲の国史大系の注記に立ち戻って見れば、『改定史籍集覧第一冊』（一九〇〇年、近藤出版部）の「校本扶桑略記」（近藤瓶城編輯）、ならびに『新註皇学叢書第六巻』（一九二七年、廣文庫刊行会）の「扶桑略記」（物集高見編）の構成と記文が参考になると思われる。

「校本扶桑略記」は「神武天皇」条に先だって「扶桑略記鈔節本」という記載があり、「神武天皇」条から「仲哀天皇」条を「抜萃本」によると注記している。その最後尾は国史大系本の「扶桑略記第二」の「神功天皇」の御名と割注、および「開化天皇曾孫」以下の系譜記事（一行）までを含んでおり、「扶桑略記第二」の初めに「神功皇后」の御名に「巻首闕」とあり、「竟帰日」以下の三韓征伐を中心とした事跡記事が載せられ、「文政三年官刻本」を底本にしたとの注記がある。「神武天皇」条から「神功天皇」の御名、割注、一行の系譜記事まで、一部の語句の脱落があるものの、国史大系本と「鈔節本」の記文に違いは認められない。『新註皇学叢書』も「扶桑略記第一」として「古鈔節本」を用い、それ以後を「文政六年官本」に拠るとするが、その構成・記文は『改定史籍集覧』と同じである。

このことから見れば、国史大系の底本とした「新井白石旧蔵抄本」の最後尾は上記の「鈔節本」と同じく「神功天皇」の御名と割注、および系譜記事一行までが記されており、巻首を欠いた「文政三年刊本」は、その筆写者が伝写の過程でその筆写時における史書・年代記・系図類の御名記載が「神功皇后」で統一されている事実を踏まえて「神功皇后」と書き加えたと解するのが妥当であると思われるのである。

次に、もう一つの手続きとして、『略記』『水鏡』の成立以前、成立以後の文献記載の内容を現存史料等で可能な限り確認することにより、その時期的な変遷、全体的な傾向性を視野に入れて推定・考証を進めることが必要であると思われる。『略記』も『水鏡』も、それが皇位の継承を基軸とした歴史記述を目的としたものであるかぎり、御名記載において先行の史書類に準拠したであろうことは否定し得ないのである。

この問題については、本稿において、『略記』『水鏡』に先立つ文献・史料の御名記載、および管見に入った限りで鎌倉から室町中期に至る現存の史書・年代記・系図類の記載内容を確認したところによれば、『略記』以前には「息長帯比売命」「息長帯比売天皇」「神功皇后」「神功天皇」の四種の表記が認められるが、『簾中抄』『水鏡』をはじめ、平安末期以後に成立した史書・年代記・系図類はすべて「神功皇后」で表記が統一されている。『水鏡』は「神功天皇」と記した『略記』に準拠せず、右の史書類の記載を踏まえ、『書紀』に従って「神功皇后」と記載したのであると思われる。そのことはまた、『略記』と『水鏡』における御名記載の明確な立場の違いを示すものであると解し得ることとなる。

この立場の相違は、「大炊天皇」と「廃帝」という御名記載の違いとしても現れている。

『略記』については、その分註に「号二淡路廃帝一」とあり、『略記』の著者は当時の文献に「淡路廃帝」という記載が一般的であること、また国史である『続日本紀』、『類聚国史』および『政事要略』に「廃帝」とあることを承知のうえで、「大炊天皇」と記載したことになる。最古の写本とされる「金勝院本」にも「大炊天皇」と記載されている。『略記』の現存部分は抄記であるが、後述するように、そこに著者皇円の抱懐する独自の御名記載観の存在を窺うことができよう。

一方、『水鏡』の御名記載について見れば、『略記』の「号二淡路廃帝一」という分註から「廃帝」の語句を導き出すことは物理的に可能であったとしても、これを天皇の歴代名として捉えるとき、その意味内容は根本から異なることになる。「淡路廃帝」とは〈時の政治権力の力学に翻弄されて淡路島に遷謫され、悲憤の生涯を閉じた帝王〉の意であり、明治政府によって「淳仁天皇」の諡を受けた帝王の、いわば固有名詞である。こののちも、承久の乱に連坐して佐渡に流された順徳上皇は「佐渡廃帝」（『六代勝事記』[28]）、淳仁天皇と同じく明治政府によって「仲恭天皇」と追諡された帝王は「九条廃帝」（『皇代記』）、「承久の廃帝」（『増鏡』第二「藤衣」）と呼ばれた。

これに対して、「廃帝」とは〈他の権力により強制的に退位させられた帝王〉の意であり、皇位継承史における特異な事例という意味を有する。『保元物語』下「新院讃州に御遷幸の事」に次のような一節がある。

彼(かれ)は淡路(あはぢ)の絵島(ゑじま)と申せば、大炊(おほい)の廃帝(はいたい)の移(うつ)されて、いくほどなくてかくれさせ給けん所(ところ)にこそと知(しろ)しめす。今は御身一(みひとつ)に思召知(おぼしめしし)られて哀(あはれ)也。

保元の乱に敗れ、讃岐の白峯に配流の身となった崇徳院（新院）が、その道すがら僻遠の地に生涯を閉じる「廃帝」の運命を「大炊の廃帝」の前例に重ねて慨嘆する構図である。また、同書下「新院御経沈めの事付けたり崩御の事」には、崇徳院が後生菩提のために自らの指の血で写した五部の大乗経を京に送ろうとして認めた書簡中に、自らの境遇を「廃帝」と明記した「雨瀝二桐葉一而、廃帝悲二夕露一。（雨桐葉を瀝して、廃帝夕露に悲しむ。）」という一節がある。「廃帝」とは、我が国の皇位継承史に特別な意味を持つ歴史用語なのである。

『水鏡』の作者に想定されている中山忠親は、保元元年（一一五六）七月の保元の乱の折には二十六歳で、乱の直前まで崇徳上皇と対立した後白河天皇の五位蔵人の任にあって戦乱の渦中に身を置いていた。忠親もまた、讃岐という僻遠の地に流される崇徳上皇の運命に、淡路廃帝の前例を重ねる意識は有していたであろう。

しかし、言うまでもないことであるが、歴史上、「廃帝」とはのちに明治政府によって「淳仁天皇」「仲恭天皇」の諡号を贈られた両帝王を指す。したがって、承久三年（一二二一）の承久の乱以前に成立した『続日本紀』『類聚国史』『政事要略』における「廃帝」の語には淡路に遷謫された帝王の固有名詞という意味も含まれる。『続日本紀』『水鏡』が「廃帝」の語を御名として帝紀を立てていることも、その謂いに他ならない。院政期の歌学者顕昭の『古今集注』にも、

十月七日崇道天皇、件国忌近代公家不レ被レ尋レ之、舎人親王諡号也。廃帝父也。

とあり、淡路に遷謫された帝王を「廃帝」と号する表記は院政期に一般的に認められていたと思われる。

右のような考察を踏まえて『略記』と『水鏡』の歴代名記載の立場の違いを纏めるならば、次のようになる。『略記』は現存の抄記の部分も含めて、「神武天皇人代最初」から「今上（堀河）天皇七十四代」に至る歴代名をすべて漢風諡号の「天皇」名で統一し、各天皇の治世の事跡を百余点の文献・史料を基に編年体で撰述した年代記の構成を取っている。「神功天皇十五代」については、『書紀』を典拠とした次の記事を根拠として「天皇」の御名を記載したと考えられる。

十月。群臣尊二皇后一。曰二皇太后一。即令レ摂二政天下一。以二大和国十市（トヲチ）郡磐余（イハレ）稚桜宮一。為二其宮都一。

『略記』には即位記事はないが、その崩御記事も「天皇春秋百歳崩。」と記している。「飯豊天皇廿四代」についても、前述したように「臨朝秉政」の事実をもって即位を明記し歴代に加えている。「大炊天皇卅八代」については前述したとおりである。両天皇に漢風諡号の記載がないのは、そのことを記す典拠文献が存在しなかったためであろう。『略記』の「大炊天皇」・「称徳天皇」は抄本であるためか、淡路配流とその崩御の記事はない。

ちなみに、六七二年の壬申の乱で敗死した大友皇子についても、『略記』第五・天智天皇十年条に、

同十月。立二大友太政大臣一為二皇太子一。〇十二月三日。天皇崩。同十二月五日。大友皇太子。即為二帝位一。生年廿五。

と記して、同年十月の大海人皇子の東宮辞退に伴い、同月中の大友立太子、次いで十二月三日の天智天皇の崩御により、五日に大友皇太子が即位したとする解釈を明示している。歴代に加え得なかったのは、御名に相当する記載例が

他の文献に存在せず、壬申の乱の顚末以外に大友皇子に関わる事跡の記録が存在しなかったことによると考えられる。
　これに対して、『水鏡』は「飯豊天皇」については『略記』の記載に従うとともに、「神功皇后」「廃帝」という御名は『略記』の記載名を踏襲せず、正史である『書紀』『続日本紀』の記載に従っている。その事由については、それぞれ前述のように推定される。大友皇子の立太子・即位については『水鏡』も『略記』の記載に準拠している。
　また、『水鏡』の各帝紀的記事の本文は、次のように歴代名、即位年月日、即位の事実、治世を記す統一的な記載様式を採用している。

　次のみかど〇〇天皇と申き。（略）〇〇年〇〇月〇〇日くらゐにつきたまふ。世をしりたまふ事〇〇年なり。

　神功皇后の帝紀的記事のみは「次のみかど神功皇后と申き。」とあるが、即位年月日、即位の事実、治世についてては、

　辛巳のとし十月二日位につき給き。女帝はこの御時はじまりしなり。世をたもち給事六十九年。

とあり、「辛巳のとし」（二〇一）十月二日に即位、治世は六十九年であると記している。管見では『水鏡』以前の文献・史料に神功皇后の即位記事は見られず、それ以後も『愚管抄』に、

一十五　神功皇后　摂政六十九年　元年辛巳　卌二即位。

という記載が見られるのみである。新訂増補国史大系の『略記』には摂政記事は見られるが、前掲のように即位記事はなく、「十月」とあるのみで、「辛巳のとし」「二日」という干支、日付の記載はない。最古の古写本である「金勝院本」には摂政記事の部分が欠落している。したがって、この事実から見ても『水鏡』は『略記』に拠らず『書紀』の次の一節を踏まえて記載したと考えられるのである。

冬十月癸亥朔甲子（二日）、群臣尊㆓皇后㆒曰㆓皇太后㆒。是年也、太歳辛巳。即為㆓摂政元年㆒。

冬十月の癸亥の朔にして甲子に、群臣、皇后を尊びて皇太后と曰す。是年、太歳辛巳にあり。即ち摂政元年とす。

一方、『公卿補任』には、

十五 神功天皇御世　治六十九年　元年辛巳

とあり、神功天皇は元年辛巳歳に即位、治世は六十九年という意味に解されるから、『水鏡』『愚管抄』はともに『公卿補任』をも参照したかと考えられる。

注

(1) 沖森卓也・佐藤信・矢嶋泉編著『常陸国風土記』(二〇〇七年、山川出版社)。
(2)『日本庶民生活史料集成』第二十六巻所収。
(3)『続群書類従』第十五輯上所収。
(4) 新訂増補国史大系8『日本書紀私記・釈日本紀・日本逸史』に拠る。栗林史子『扶桑略記』における女帝記事について―特に推古天皇条の検討を中心に―」(『明治大学人文科学研究所紀要　別冊12』二〇〇一年三月)。
(5) 北川和秀「日本書紀私記」(『国史大系書目解題　下巻』二〇〇一年、吉川弘文館)。
(6) 石原道博編訳『新訂旧唐書倭国日本伝・宋史日本伝・元史日本伝―中国正史日本伝2』(一九八六年、岩波文庫)「巻四九一、列伝二五〇、外国七」に拠る。
(7)『新唐書第二〇冊』(中華書局) 六二〇七・六二〇八頁。
(8)『小右記』長徳元年 (九九五) 四月五日条、寛弘八年 (一〇一一) 七月三〇日条に見える。
(9)『日本古典文学大辞典』(一九八四年、岩波書店) に「延久 (一〇六九―一〇七四) から永保元年 (一〇八一) 頃までの成立と考えられる。」(中田剛直) とある。
(10) 日本古典文学大系79『狭衣物語』四二三頁。
(11) 日本古典文学大系38『御伽草子』二一〇頁。
(12) 平田俊春著『私撰国史の批判的研究』(一九八二年、国書刊行会) 第二篇第四章第一節「扶桑略記の材料となった書」。
(13) 注 (12) の平田著第二篇第四章第二節「六国史時代の出典の明らかでない記事」。
(14) 和田英松編『国書逸文』(一九四〇年)「八　氏族」。
(15) 注 (12) の平田著第二篇第四章第三節「扶桑略記前篇と帝王系図との関係」。
(16) 新編日本古典文学全集3『日本書紀②』二三七頁頭注七 (西宮一民)。
(17) 注 (4) 栗林氏の論に言及がある。
(18)『皇年代私記 (皇年代略記)』

(19) 注（12）の平田著第三篇第二章第二節「扶桑略記飯豊天皇紀の原拠」。
(20) 新訂増補国史大系28『政事要略』巻五十九「交替雑事」。
(21) 新日本古典文学大系30『日本霊異記』「解説」（出雲路修）に拠る。
(22) 新日本古典文学大系35『今昔物語集　三』「解説」（池上洵一）に拠る。
(23) 小山田和夫「水鏡と扶桑略記」（『歴史物語講座第五巻　水鏡』一九九七年、風間書房）の注49参照。新日本古典文学大系『古事談・続古事談』五頁。
(24) 注（23）の小山田論文。『大東急記念文庫善本叢刊　中古中世篇別巻二　伊呂波字類抄第二巻』（二〇一二年、汲古書院）に拠る。
(25) 『京都大学国語国文資料叢書　古今集註』（一九八四年、臨川書店）に拠る。
(26) 新訂増補国史大系12『扶桑略記・帝王編年記』五頁頭注。
(27) 注（23）の小山田論文。
(28) 『六代勝事記・五代帝王物語』（二〇〇〇年、三弥井書店）に拠る。

第二章　天皇紀の解釈

第一節　水鏡「二代綏靖天皇」の問題

一　問題の所在

『水鏡』は、古代歴史の事象を物語の表現様式を用いて記載した歴史物語である。したがって、そこにはいかなる文献・史料を典拠として、歴史の事象をどのような立場・解釈のもとに記述しているのかという問題と、どのような表現方法が用いられているのかという問題が複雑に関わり合っている。その具体的な事例として、「二代綏靖天皇」の記文を取り上げて、『水鏡』が抱える問題の所在を明らかにしたいと思う。

まず、『水鏡』が典拠とした文献・史料からいかなる記事を取り上げ、歴史の事象を記述しているのかという問題について考察するにあたっては、『水鏡』の記載事項の全てが僧皇円の私撰歴史書『扶桑略記』（以下、『略記』と略称）を典拠とするものであり、「他の材料を一切用いていない。」とする平田俊春氏の所説[1]が通説とされていることを踏まえ、他の文献・史料との関わりの有無について具体的な検証を行う手続きが不可欠である。従来、平田氏の所説については疑問を呈する見解もあるが、私見では具体的な検証を基にした批判論や修正意見はあまり見られないようである。

ところで、言うまでもないことであるが、現存の『略記』は完本としては伝わらず、『水鏡』の記事と重なる神武から仁明に至る五十五代[2]の天皇の記においても、神武天皇から仲哀天皇に至る部分と、聖武天皇から平城天皇に至る部分は抄本として伝わり、嵯峨天皇以下の記は欠巻となっている。したがって、綏靖天皇の記についても、新訂増補国史大系所収の『略記』は「新井白石旧蔵抄本」を底本としており、『水鏡』の記文との比較考察が抄本との比較にとどまることに留意しておく必要がある。

一方、綏靖天皇の帝紀に関わる『略記』の活字本は国史大系所収の「新井白石旧蔵抄本」のほかに、『改定史籍集覧第一冊』(一九〇〇年、近藤出版部)の「校本扶桑略記」(鈔節本)、『新註皇学叢書第六巻』(一九二七年、廣文庫刊行会)の「扶桑略記」(古鈔節本)が知られており、天理図書館蔵の「金勝院本」(影印本)が刊行されている。このうち、「金勝院本」は平安末期から鎌倉初期に成立した、現存写本中の最古本であり、「新井白石旧蔵抄本」はその忠実な臨写本であると考えられている。[3]また、改定史籍集覧、新註皇学叢書所収の記文を含めて、綏靖天皇の記について本文の異同は認められない。「金勝院本」については皇円の自筆原本の可能性についても言及されており、[4]綏靖天皇の記については完本に準ずるものとして取り扱うべきであると思われる。

二　帝紀基本事項の問題

『水鏡』「二代綏靖天皇」の構成を見ると、

A　帝紀の基本事項
B　標目「諒闇事」の記事
C　標目「王位四ケ年空事」の記事

の三段落に分けられ、全体が綏靖天皇の即位に関わる事件の顛末の記述に統一されている。

まず、A「帝紀の基本事項」についてみると、『水鏡』には次のように記されている。

二代　綏靖（スヰセイ）天皇①卅三年五月崩。年八十四。十月葬二大和国桃花鳥田岳陵一。

つぎのみかど綏靖天皇と申き。神武天皇第三の御子也。御母事代主神（コトシロヌシノカミ）の御むすめ五十鈴姫（イスヾヒメ）なり。②神武天皇の御よ四十二年正月甲寅日。東宮にたち給。御とし十九。庚辰のとし正月八日己卯位につきたまふ。御とし五十二。③世をたもち給事卅三年。

このうち、傍線部①の「崩御年月」と綏靖天皇の③「治世」の項は、それぞれ「卅三年五月崩」「世をたもち給事卅三年」とあり、②の「立太子年月日」の項には「四十二年正月甲寅日」とある。

これに対して国史大系『略記』の帝紀基本事項は、

綏靖（スイセイ）天皇　第二代　治卅二年　王子　即位

　　神武天皇第三子。母事代主神之女。五十鈴姫也。

　　（末尾）八十四崩云々。

となっており、③治世は「卌二年」、①崩御年月日の記載は見られない。これについては、言うまでもなく、『略記』の現存最古の写本で写本中の「祖本」とされる天理図書館蔵の「金勝院本」（影印本）にも「治卌二年」とある。

一方、国史である『日本書紀』（以下、『書紀』）の綏靖天皇紀の①「崩御年月」記事は、

　　三十三年夏五月、天皇不予。癸酉、崩。時年八十四。

となっており、『水鏡』の記事と同じである。③「治世」の記事はない。

また、②「立太子年月日」については、『略記』「神武天皇」条に、

　　卌二年壬子正月甲子日。立㆓皇太子㆒。生年十九。綏靖天皇是也。

とあるが、国史大系の『略記』頭注には、

　　卌、原作卅、拠狩本改

とあり、底本とした「新井白石旧蔵抄本」には「卅二年」とあったのを、国史大系の校勘者が「狩本」(無窮会所蔵狩谷棭斎校本)の記載に従って「卅二年」に変えたことになる。しかし、前掲の「金勝院本」(影印本)には「卅二年」と明記されており、『略記』の原本には立太子の年が神武天皇「卅二年」と記載されていた可能性が高いことが分かる。[5]

『書紀』神武紀には、

四十有二年春正月壬子朔甲寅、立㆓皇子神渟名川耳尊㆒、為㆓皇太子㆒。

とあり、やはり『水鏡』の記載と重なる。

そこで、披見しえた限りにおいて、『書紀』から室町中期に至る文献・史料の記載内容を掲出すると、次のようになる。

文献名	①崩年月	②立太子年月日	③治世
書紀	三十三年五月	四十有二年春正月壬子朔甲寅	ナシ
先代旧事本紀	卅三年夏五月	三十有二年春正月壬子朔甲寅	ナシ
公卿補任	ナシ	ナシ	卅三年
略記	ナシ	卅二年壬刁正月甲刁日	卅二年
簾中抄	ナシ	ナシ	三十三年

日本紀略	壬子卌三年夏五月	壬寅卌二年春正月壬子朔甲寅[三]	ナシ
水鏡	卌三年五月	四十二年正月甲寅日	卌三年
歴代皇紀	壬子五月	ナシ	三年
愚管抄	ナシ	四十二年正月甲寅日	卌三年
皇代記	卌三年壬子五月癸酉	四十二年正月	卌三年
仁寿鏡	五月	四十二年正月甲寅	卌三
神皇正統記	ナシ	ナシ	三十三年
帝王編年記	三十三年壬子五月	ナシ	三十三年
神皇正統録	五月	ナシ	三十三年
神明鏡	ナシ	ナシ	卌三年
皇年代私記	卌三年壬子五月癸酉	四十二年壬寅正月壬子朔甲辰	三十三年
本朝皇胤紹運録	三十三年五月	四十二年壬寅正月甲寅	三十三年
皇代略記	卌三年壬子五月癸寅	四十二年壬寅正月	卌三年
紹運要略	ナシ	ナシ	卌三年

このうち、『先代旧事本紀』（以下、『旧事紀』）巻第七「神武天皇」条には②「立太子年月日」について、

四十有二年春正月壬子朔甲寅。立二皇子神渟名川耳尊一為二皇太子一。

とあり、『書紀』と同文であるが、国史大系所収の『旧事紀』の頭注には、

四、原作三、拠諸本改

とある。ここでも、『旧事記』の最善本とされる神宮文庫本には「三十有二年」とあったのを、国史大系の校勘者が諸写本を踏まえて「四十有二年」に変えたことが分かる。

そのことを踏まえて前掲の表を見れば、②「立太子年月日」欄における『旧事紀』の「三十有二年」、『略記』の「卅二年」という記事、③「治世」欄における「卅二年」という『略記』の記事は、他の文献・史料と比べて伝写系統の異なる特異な事例であることが分かる。

これを見れば、『水鏡』の②「立太子年月日」、③「治世」の記事は『略記』を直接の典拠としたものではなく、現存の文献史料によれば、①「崩御年月」、②「立太子年月日」の記事は『書紀』または『日本紀略』（以下、『紀略』）を、③「治世」の記事は『公卿補任』または『簾中抄』を典拠として記載されたと考えなければならない。

一方、『略記』の③「治世」記事の典拠文献は不明であり、②「立太子年月日」は『旧事紀』を典拠としたと考えられる。しかし、『略記』の典拠文献について調査された平田氏は計百四点の文献名を挙げておられるが、『旧事紀』は含まれていない。[6] したがって、平田説に従えば、『略記』綏靖天皇記における②「立太子年月日」、③「治世」記事の典拠は不明であるということになる。

三　諒闇の事

次にB標目「諒闇事」について見ると、父神武天皇の諒闇にあたり、皇太子の第三皇子（綏靖）が服喪、その間長兄が朝務を代行していたが、弟の二皇子の暗殺を企み、綏靖が次兄の弓を取って長兄を射殺し、即位する。『水鏡』には、次のように記されている。

B標目「諒闇事」

ちゝみかどうせ給て。諒闇のほど。世のことを御あにのみこに申つけたまへりしを。この御あにのみこの。おとゝたちをうしなひたてまつらんとはかり給へりしを。このおとゝのみこ心え給て。御はてなどすぎて。みかどいまひとりの御あにのみこと御心をあはせて。かのあにのみこをいさせたてまつらせ給に。このあにのみこてをわなゝかして。えいたまはずなりぬ。みかどそのゆみをとりていころし給つ。

C標目「王位四ケ年空事」

このえいずなりぬるあにのみこのゝ給やう。われあになりといへども。心よはくしてその身たへず。なんぢはあしき心もちたるあにをすでにうしなへり。すみやかに位につき給べしと申給しに。かたみに位をゆづりて。たれもつき給はで。よとせすぐし給へりしかども。つゐにこのみかどあにの御すゝめにて位につき給へりしなり。

綏靖の皇位継承をめぐる事件の顛末について、『略記』には記載がない。また、平田氏は『略記』の抄本部分の復原に努められたが、『水鏡』の「諒闇事」に関わる記事は挙げられていない(7)。

一方、『書紀』にはその顚末が詳細に叙述されており、『旧事紀』は『書紀』と同文である。また、『紀略』は『書紀』の引用であることを明記したうえで、事の顚末を簡略に記述している。したがって、現存文献によれば『水鏡』の記事は『書紀』『旧事紀』『紀略』のいずれかに拠ると考えられるが、A「帝紀の基本事項」との関わりで見れば、『水鏡』の記事の全てに関わる典拠文献を特定することはできない。

『書紀』の事件記述は、次のようになる。

至二四十八歳一、神日本磐余彦天皇崩。時神渟名川耳尊孝性純深、悲慕無レ已。特留二心於喪葬之事一焉。其庶兄手研耳命行年已長、久歴二朝機一。故亦委レ事而親之。然其王立操厝懐、本乖二仁義一、遂以諒闇之際、威福自由。苞二蔵禍心一、図レ害二二弟一。于レ時也、太歳己卯。

冬十一月、神渟名川耳尊与二兄神八井耳命一陰知二其志一、而善防之。至二於山陵事畢一、乃使下弓部稚彦造レ弓、倭鍛部天津真浦造二真麛鏃一、矢部作上箭。及二弓矢既成一、神渟名川耳尊欲三以射二殺手研耳命一。会有二手研耳命於片丘大窨中一、独臥二于大牀一。時渟名川耳尊謂二神八井耳命一曰、今適其時也。夫言貴レ密、事宜レ慎。故我之陰謀、本無二預者一。今日之事、唯吾与レ爾自行之耳。吾当三先開二窨戸一。爾其射之。因相随進入、神渟名川耳尊突二開其戸一。神八井耳命則手脚戦慄、不レ能レ放レ矢。時神渟名川耳尊掣二取其兄所レ持弓矢一、而射二手研耳命一。一発中レ胸、再発中レ背、遂殺之。於レ是神八井耳命瀲然自服。譲二於神渟名川耳尊一曰、吾是乃兄、而懦弱不レ能レ致レ果。今汝特挺神武、自誅二元悪一。宜哉乎、汝之光二臨天位一以承二皇祖之業一。吾当下為二汝輔一之、奉中典神祇上者。

四十八歳に至り、神日本磐余彦天皇崩(かむあが)ります。時に神渟名川耳尊(かむぬなかはみみのみこと)、孝性純に深く、悲慕已むこと無し。特に心を喪葬の事に留めたまへり。其の庶兄手研耳命、行年已に長け、久しく朝機を歴たり。故、亦事を委ねて親らせしむ。然るを其の王、立操厝懐、本より仁義に乖き、遂に以ちて諒闇の際に、威福自由なり。禍心を苞蔵みて、二弟を害はむことを図る。時に、太歳己卯にあり。

冬十一月に、神渟名川耳尊と兄神八井耳命とは陰に其の志を知らしめして、善く防きたまふ。山陵の事畢るに至り、乃ち弓部稚彦をして弓を造らしめ、倭鍛部天津真浦をして真麛鏃を造らしめ、矢部をして箭を作かしめたまふ。弓矢既に成るに及りて、神渟名川耳尊、以ちて手研耳命を射殺さむと欲す。会、手研耳命片丘の大窨の中に有り、独り大牀に臥せり。時に渟名川耳尊、神八井耳命に謂りて曰はく、「今し適其の時なり。夫れ、言は密なることを貴び、事は慎むべし。故、我が陰謀に、本より預れる者無し。今日の事、唯に吾と爾と自ら行はまくのみ。吾先づ窨の戸を開かむ。爾其れ射よ」とのたまふ。因りて相随ひて進入み、神渟名川耳尊其の戸を突開きたまふ。神八井耳命則ち手脚戦慄き、矢を放つこと能はず。時に神渟名川耳尊、其の兄の持てる弓矢を掣取りて、手研耳命を射たまふ。一発に胸に中て、再発に背に中て、遂に殺したまふ。是に神八井耳命、懣然えて自服ひぬ。神渟名川耳尊に譲りて曰さく、「吾は是乃の兄なれども、懦弱くして果を致すこと能はず。今し汝特挺れて神武くして、自ら元悪を誅ふ。宣なるかも、汝の天位に光臨みて皇祖の業を承けむこと。吾は汝の輔と為りて、神祇を奉典らむ」とまをす。

これを見れば、『書紀』には事件の全体像が詳細に叙述されているのに対して、『水鏡』の記事は『書紀』の記事の要旨を簡潔にまとめたものであり、皇位継承をめぐる反逆事件の記述としての相違性は認められないようにも思われる。しかし、両記事の相違として、次の三点に注意しておかなければならないであろう。

1、『書紀』においては、長兄手研耳命を妃所生の「庶兄」と記し、皇后所生の神八井耳命・神渟名川耳尊と区別しているが、『水鏡』ではその区別はなく、三皇子ともに同腹で、皇位継承権を有するという条件設定に変えられていること。

2、『書紀』では手研耳命を成敗後、綏靖は次兄の勧めを受けて翌年正月即位しているが、『水鏡』では互いに皇位を譲り合って、綏靖の即位までに四年が経過したとする皇位互譲の設定が加えられていること。

3、『水鏡』では事件の当事者たちを、「みかど」「御あにのみこ」「いまひとりの御あにのみこ」と記して、それぞれの固有名詞を記載していないこと。

まず、1については、前掲のように『書紀』神武天皇四十二年正月には皇后所生の綏靖の立太子記事があり、父神武天皇によって皇嗣と定められていた。したがって、「庶兄」である手研耳命の策謀は皇位の簒奪に当たる。これを成敗した後は皇太子が速やかに即位するのが道理であると思われるが、次兄の即位辞退と服従の意思表示を受けて即位している。いささか齟齬を感じさせるこの筋立てについて、矢嶋泉氏は次のように説いている。

皇后所生子の優位性は一応確保されている。しかし、その系譜的地位によって当初から綏靖優位を前提として語られる『古事記』に対し、『日本書紀』では系譜的立場は絶対的な意味をもつわけではない。（略）タギシミミ・カムヌナカハミミの系譜的立場はほとんど問題とされておらず、むしろ資質の相違が強調されているように見える。(8)

また、その資質については、山田英雄氏が次のように説いている。

綏靖紀では「風姿岐嶷、少有二雄抜之気一、及レ壮容貌魁偉、武芸過レ人、而志尚沈毅」とある。綏靖天皇の経歴の中でこれに合致するのは即位前において庶兄手研耳命を射殺したことのみで、それ以外には何らの伝承もない。(9)

両氏の所説を踏まえるならば、『書紀』においては綏靖の知略と果敢な決断力、およびその実行力を目の当たりにした次兄が畏服して、補弼の表明と即位の勧めとなったと解される。同腹の兄として登極の望みありと疑われることを懸念しての言とも解釈できよう。したがって、『水鏡』のような2の皇位互譲という設定は存在しない。

これに対して、『水鏡』の作者は『書紀』の人物設定の齟齬を正すべく、第一皇子を庶兄とはせず、〈皇后所生の三皇子による皇位継承をめぐる争い〉という設定に変えている。父帝神武の在位中に綏靖は東宮と定められていたが、神武の崩後、長兄が父帝の遺志を無視して即位を望んで謀略を企み、弟の二皇子が協力してこれを倒したとする。以後は年長であることを踏まえながらも、柔弱な性質のために帝位に即く能力がないことを自覚した次兄が、末弟の果断な処置に感服して速やかな即位を促す。しかし、長幼の序を重んじる末弟は固辞し、四年後に即位する。3の事件の当事者の固有名詞を記載しないのも、『水鏡』の作者が綏靖天皇の紀を、〈帝王に値する者の資質〉を中心に、事件の顛末を整理し、記述したことによるのであろう。

四　王位四ケ年空しき事

C標目「王位四ケ年空事」について見ると、『水鏡』には前天皇神武の崩御による服喪から綏靖天皇の即位まで四年間の空位期間があり、互いに皇位を譲り合って四年経過し、次兄の説得により綏靖が即位したという設定になっている。しかし、互いに位を譲り合って四年を経過したとする設定は『書紀』をはじめ、『水鏡』に先立つ文献・史料には見当たらず、いかなる典拠文献が存在したかは不明である。

ところで、『書紀』では神武の服喪期間（諒闇）を三年として、その服喪明けを待って長兄を射殺したと記している。神武の服喪期間については、新編日本古典文学全集『日本書紀①』の頭注（二四二頁）に次のように説明されている。

神武崩御は神武紀七十六年条。この時の干支は丙子なので、「太歳己卯」だとその間満三年経過していることになる。

右の全集の「日本書紀年表」によれば、

前五八五年（神武七六）丙子……………………………神武天皇崩御

前五八二年（綏靖前紀）己卯「于時也、太歳己卯。」……長兄を射殺

前五八一年（綏靖一）庚辰　……………………………………綏靖天皇即位

となり、父帝神武の三年間の喪に服した綏靖は、喪明けの年に反逆を企てた長兄を射殺し、四年目にあたる翌年正月に即位したことになる。三年の服喪期間（諒闇）については、古代中国の『礼記』巻第四十九・喪服四制第四十九に、

其恩厚者、其服重。故為レ父斬衰三年、以レ恩制者也。

其の恩厚き者は、其の服重し。故に父の為に斬衰三年するは、恩を以て制する者なり[10]。

とある。「斬衰」とは喪服の衣装の名で、服喪の期間は三年となる。

これに対して、『水鏡』には、長兄の誅殺後、次兄の即位の勧めに対して末弟が辞退し、

かたみに位をゆづりて。たれもつき給はで。よとせすぐし給へりしかども。つゐにこのみかどあにの御すゝめにて位につき給へりしなり。

と記されている。「かたみに」「たれも」は次兄と綏靖を指すと考えられる。また、綏靖天皇の即位年月日は「庚辰のとし正月八日己卯」であるから、神武天皇の服喪期間が三年間であり、その後四年間が経過したと解することはできない。『水鏡』に先立つ文献では『簾中抄』に「神武うせ給ひて後四年ありて位につき給ふ」とあり、『水鏡』後の『愚管抄』にも「神武天皇ウセ給テ四年トイフニ即位。」と記されている。『水鏡』の「よとせすぐし給へりしかども」

の「よとせ」も『簾中抄』や『愚管抄』と同じく、神武の崩御後、即位までに四年の空位期間が存在したの意であり、長兄の射殺後、天皇としての適性と長幼の序をめぐる議論に一定の冷却期間が置かれたことを示すのであろう。

古代日本における服喪期間は、『養老令』巻第九喪葬令廿八の服紀条に、

凡服紀者。為レ君。父母。及夫。本主一。一年。（下略）
凡そ服紀は、君、父母、及び夫、本主の為に、一年。(11)

と定められている。「君」は天皇・太上天皇を指す。

これに拠れば、神武天皇の諒闇一年、冷却期間三年を経たのち、次兄の勧めに従って綏靖が即位したと解することができる。『略記』の完本が現存する「金勝院本」以下の写本と異なり、三兄弟の皇位継承をめぐる争いの記述が残されていたと仮定しても、その記述内容は他の天皇の帝紀に同じく、国史である『書紀』の記事の骨子を記したものであると推定されるから、2の皇位互譲の記事は『水鏡』の作者の創意になるものであると考えなければなるまい。

それにしても、『水鏡』の作者はなぜ綏靖天皇の即位記事に皇位をめぐる兄弟の互譲という設定を加えたのであろうか。『書紀』における空位期間設定の意義について、江口洌氏は次のように説いている。

『書紀』は天皇紀である。その天皇紀に不備があるとは思われない。『書紀』は、

皇位は一日も空しかるべからず。（「仁徳紀」即位前紀）

と書くように、天皇位は、ひと日たりとも空白にしてはいけないことをしばしば説いている。その思想に則して

言えば、天皇位の空白期間も本来はあり得ない筈である。従って天皇位空白の設定には、そこを空位として記録するだけの理由がある(12)（以下略）

同様の天皇空位関係の記事は、『書紀』允恭天皇即位前紀にも見られる。病弱であること、天皇の器ではないことを挙げて即位を辞退する皇子（允恭）に対して、群臣らは次のように説いて即位を請願している。

夫帝位不レ可ニ以久曠一、天命不レ可ニ以謙距一。今大王留レ時逆レ衆、不レ正ニ号位一、臣等恐ニ百姓望絶一也。願大王雖レ労、猶即天皇位。

夫れ、帝位は、以ちて久しく曠しくあるべからず、天命は、以ちて譲り距むべからず。今し大王、時を留め衆に逆ひて、号位を正したまはずは、臣等、百姓の望絶えなむことを恐る。願はくは、大王、労しと雖も、猶し即天皇位せ。

天皇の位は天命によるもので譲り拒むことはできない。皇位継承の任にある者が正しく皇位を践まなければ、人民の望みが絶えることになるから、ご苦労ではあるが帝位に即いて欲しい。ここには、帝位に即く者は天命によって定まっており、皇位の継承が正しく行われなければ国家の秩序が乱れるとする論理が明確に示されている。

一方、『水鏡』の作者が皇位継承のあるべき姿についていかなる理解や認識を有していたかは明確ではないが、綏靖天皇の紀に皇位互譲の設定を加えていることは注目しておく必要があるであろう。『水鏡』において、皇位継承資格者が即位を辞退し、一定期間を経たのちに群臣らの推挙を受けて位に即いた事例は六例が認められる。そのうち四例には仁慈豊かな帝王像と、国家安寧の記述が加えられている。

十七代仁徳天皇……このみかど御かたちよにすぐれて。御こゝろばえめでたくおはしましき。
廿代允恭天皇………一天下の人よろこびをなしき。
廿五代顕宗天皇……この御時世おさまりたみやすらかに侍き。
廿六代仁賢天皇……御こゝろざまめでたくおはしましき。

残りの二例のうち、廿八代継体天皇については、有力な皇嗣が存在しない緊急事態に直面した群臣らが、応神天皇五代の孫の擁立を図った事件、卅八代孝徳天皇については乙巳の変後の政治の混乱を避けるための処置という特殊な事例ということになる。

これを見れば、前掲の四例には皇位は自らの意志で践むものではなく、天命に従い、朝臣一同の推挙を受けて即くものであるという思想が含まれていることが認められよう。『水鏡』の綏靖天皇の紀に皇位互譲の設定が加えられたことには、皇位継承のあるべき姿を描くことが意図されたと考えられるのである。

注

（1）平田俊春「水鏡の批判」（『私撰国史の批判的研究』一九八二年、国書刊行会）に拠る。
（2）『略記』『水鏡』の代数記載による。
（3）田中卓「解題」（『天理図書館善本叢書和書之部13　古代史籍続集』一九七五年、八木書店）。

（4）堀越光信「扶桑略記」（『国史大系書目解題　下巻』二〇〇一年、吉川弘文館）。
（5）改定史籍集覧（鈔節本）、新註皇学叢書（古鈔節本）はともに「四十二年」とある。
（6）注（1）の平田著第二篇第四章第一節「扶桑略記の材料となった書」。
（7）注（1）の平田著第三篇第一章第三節「扶桑略記逸文集」。
（8）矢嶋泉『『日本書紀』の王権』（『青山学院大学文学部紀要』四三号、二〇〇二年一月）。
（9）山田英雄「日本書紀即位前紀について」（『日本歴史』三六八号、一九七九年一月）。
（10）全釈漢文大系14『礼記　下』（一九七九年、集英社）五一二頁。
（11）日本思想大系3『律令』（一九七六年、岩波書店）四三九頁。
（12）江口洌「天皇空位年設定の意義」（『千葉商大紀要』四一巻、二〇〇三年九月）。

第二節　水鏡「十一代垂仁天皇」の解釈

一　はじめに

記紀の各天皇の事跡記事を見るとき、王権の維持・継承をめぐる謀反や、現体制の転覆を意図した反逆の物語伝承を多く認めることができる。第十一代垂仁天皇の治世に起こった開化天皇の孫狭穂彦王による謀反にあたり、兄とともに夫の天皇の前に死を選んだ皇后狭穂姫の悲劇は、一般に〃サホビメ物語〃と呼ばれ、古代の反乱物語伝承を代表するものとして知られる。『日本書紀』(以下、『書紀』と略称)によれば、事件の概要は以下のようになる。

垂仁天皇の皇后狭穂姫は、同母兄である狭穂彦王から迫られて、皇后の膝を枕に午睡中の天皇を殺そうとするが、果たせない。天皇の夢語りを兄の謀反露顕の前兆と解いた狭穂姫は、涙ながらに兄王の謀反の企てを告白する。天皇は后を許し、ただちに稲城に籠もる狭穂彦を攻め、焼き討ちにする。狭穂姫は所生の皇子誉津別命を天皇に託するとともに、自らの亡きあとの後宮に五人の姫を推薦し、その許しを得て兄とともに死ぬ。

歴史物語『水鏡』の「十一代垂仁天皇」は、狭穂彦の謀反と、兄と夫との二人への愛に引き裂かれた狭穂姫の悲劇的な死を中核に据えて構成されているが、その意図するところは『書紀』と大きく異なる。『水鏡』は僧皇円の私撰歴史書『扶桑略記』（同、『略記』）を直接の典拠として成立したと考えられており、『略記』は『書紀』をはじめ諸資料を踏まえて構成されているが、現存の「垂仁天皇」条は抄本であるためか、狭穂彦の謀反とその顛末については一切記載がない。なお、この悲話は『古事記』（同、『記』）にも縷述されているが、『記』については必要に応じて言及することとする。

そこで、『水鏡』「十一代垂仁天皇」の構成上の特徴を明らかにするために、『書紀』垂仁天皇紀、『略記（抄）』「垂仁天皇」、および『水鏡』の記事の配列を比較すると、次の表のようになる。この表のうち、△印は『書紀』の記事の骨子を部分的に継承した部分、×印は削除したことを示す。点線の下の数字は、それぞれ『書紀』『水鏡』における総字数のパーセントを表している。[1]

書紀	%	略記（抄）	水鏡	%
①誕生と即位	6	①△	①△依父皇夢告立太子事 正月二日即位事	7
②任那と新羅の抗争	11	②×	②×	
③狭穂彦王の謀反	18	③×	③△后欲奉煞帝間事在子細	39
④当麻蹶速と野見宿祢 立后	10	④×	④△相撲始事 乙訓事 （追加）星如雨降事	17
⑤誉津別王	5	⑤×	⑤×	

⑥伊勢の祭祀の始り 出雲の神宝検校	12	⑥△	⑥△太神宮遷伊勢給事	7
⑦殉死の禁令—埴輪	16	⑦×	⑦△土師氏造王人形籠御陵中事	19
⑧石上神宮と神宝	7	⑧×	⑧×	
⑨天の日槍と神宝	9	⑨×	⑨×	
⑩田道間守と非時香菓	6	⑩× （追加）法華験記	⑩× （追加）自天竺仏渡漢土事	11

この表によれば、『書紀』においては③「狭穂彦王の謀反」を中心に、⑦「殉死の禁令」、⑥「伊勢の祭祀の始り」、②「任那と新羅の抗争」など、垂仁天皇の紀を構成する十項目の事跡・事件がバランスよく配置されている。

これに対して、『書紀』と『水鏡』の構成上の相違を見ると、『水鏡』は『書紀』の②外交問題、④日葉酢媛立后の事、⑤誉津別命関係の物語伝承、⑧⑨の神宝貢上の事、および⑩田道間守の常世の国派遣の事などの項を削除し、もっぱら③の狭穂彦王の謀反の顛末に焦点を当てて天皇の紀を構成していることに独自の意図が認められる。一方、『略記（抄）』は『書紀』の垂仁天皇紀を構成する十項目のうちわずか二項目の部分的な継承と、仏教関係記事の追加にとどまる。

したがって、『水鏡』「十一代垂仁天皇」の記載内容の検討にあたっては、右のような現状を踏まえつつ、一つの試論として、『水鏡』の作者も披見したと想定される『書紀』の記載内容に基づき、関係の史書類を参看しつつ分析を進めることが必要である。

二　『扶桑略記』と『水鏡』の記文

『略記（抄）』に狭穂彦・狭穂姫の話が記載されなかった事情について、河北騰氏は次のように説いている。

狭穂姫の、兄への恋と夫への愛とに迷う凄まじい話であるが、これは日本書紀にはかなり詳しいが、扶桑略記には全く採り上げていない。このような天皇家にとって由々しい秘すべき話というのは、扶桑略記は明示するのが応わしくないと考えたのであろう。(2)

河北氏は、『水鏡』の狭穂彦の謀反の顚末記事の典拠についても、次のように述べている。

扶桑略記にはこの話が全くないのだから、水鏡は、前掲の記事を多分、略記ではない文献から引いたのであろう。（略）水鏡はこの話を、日本書紀から引いたかと考えても良いように思う。(3)

現在、『略記』「垂仁天皇」の記は抄本としてのみ伝わっており、『略記』の原本に狭穂彦の謀反の顚末に関わる記事が存在しなかったと結論づけることは難しい。「垂仁天皇」の記について見ると、『略記』の写本・刊本のうち、新訂増補国史大系に所収の『略記』本文は「新井白石旧蔵抄本に拠つ」たものであるが(4)、「新井白石旧蔵抄本」は現存最古の写本で平安末期から鎌倉初期に成立した「金勝院本」(5)（天理図書館所蔵）を「忠実に臨写したものである」(6)と認定されている。『改定史籍集覧第一冊』所収の「校本扶桑略記」[7]（鈔節本）、『新註皇学叢書第六巻』所収の「扶桑略記」[8]（古鈔節本）を含め、管見に入った限りで『略記』「垂仁天皇」の記文に相違が認められないことからすれば、『略記』原本には狭穂彦の謀反の顚末に関わる記事が存在しなかったとする河北氏の推定にも一定の説得性が認められよう。管見では『水鏡』『帝王編年記』（以下、『編年記』）を除いて、『簾中抄』『愚管抄』『神皇正統記』など、『略記』以後の史料・年代記類に狭穂彦の謀反の顚末記事の記載は見られない。

これに対して、『略記』抄本部分の復原を意図された平田俊春氏は、「垂仁天皇」記についても『編年記』からその逸文と見られる記文を紹介された[9]。そのうち、本節に関わる部分は次のとおりである。

A四年乙未九月、皇后与二兄狭穂彦一共謀也。　（帝王編年記）
五年丙申十月、皇后与二兄王一共焼死。　（帝王編年記）

B十五年丙午二月、召二丹波道主王之五女一、一者立レ后、景行天皇母后、号二日葉洲媛命一[10]、余三女並為レ妃、第五竹野姫、其形依レ醜返二于本国一、乃耻自レ轝堕死、因号二其処一曰二堕国一、今謂二乙訓郡一也。　（帝王編年記）

このうち、A狭穂彦の謀反の顚末については、後述するように、『編年記』に所載の記文が『略記』原本に記載されていたとしても、『書紀』の記事を踏まえなければ、『略記』の記事のみを典拠として『水鏡』の狭穂彦の謀反の顚末記事が成立しうるわけではない。

また、Bの「乙訓」地名説話をなす悲話について、『略記』逸文は『書紀』の記事を簡潔に要約した形をなしている。自らの醜貌を恥じて輿から墜死したのも『書紀』の「第五曰二竹野媛一」に同じく「第五竹野姫」と明記されている。

　これに対して、『水鏡』には、

　　をの〱ときめかせ給しに。なかのおと〻のおはせし。かたちいとみにく〻なんおはしければ。もとのくにへかへしつかはし〻ほどに。かつらがはわたりて。心うしとやおぼしけん。車よりおちてやがてはかなくなり給き。あはれに侍し事也。

とあり、「なかのおと〻」の悲劇であると記されている。『書紀』に記された丹波道主王の五女のうち、三女は「真砥野媛」に当たる。

『水鏡』が『書紀』に同じく五女の「竹野媛」とせず、三女の「真砥野媛」の悲話としたのについては、『書紀』の乱れを正したと解しうる。『書紀』の開化天皇六年条に、

　　后生㆓御間城入彦五十瓊殖天皇㆒。先㆑是天皇納㆓丹波竹野媛㆒為㆑妃、生㆓彦湯産隅命㆒。

　　后、御間城入彦五十瓊殖天皇を生みたまふ。是より先に、天皇、丹波竹野媛を納れて妃としたまひ、彦湯産隅命を生む。

とあり、「竹野媛」は垂仁天皇の祖父である開化天皇の妃とされている。『書紀』の垂仁天皇十五年条については、

この二月条は、記紀ともに人名に出入りがあり、人数も異なる。[11]と指摘されている。また、『書紀』の后妃となった四人のうち一女、二女、四女はそれぞれ皇子女を生んでいるが、三女「真砥野媛」のみ出産記事が見られない。『水鏡』の作者は直接『書紀』を披見し、『書紀』に出産記事のない「なかのおとゝ」の悲劇とすることで、『書紀』の人名の乱れを正したと解しなければなるまい。墜死の地名は『略記』逸文には見られず、『書紀』には「葛野」とある。『水鏡』に「かつらがは」とあることから見れば、『水鏡』の作者は『記』の「遂堕二峻淵一而死。」（遂に峻しき淵に堕ちて死にき。）も踏まえて桂川入水を構想したのかもしれない。

三　『水鏡』「十一代垂仁天皇」の構成

『水鏡』「十一代垂仁天皇」は次のように書き出される。

十一代　垂仁（ニン）天皇九十九年崩。年百五十一。葬二大和国添上郡伏見東陵一。

次のみかど垂仁天皇と申き。崇神天皇第三の御子。御母皇后御間城姫（ミマキヒメ）なり。崇神天皇四十八年四月に御ゆめのつげありて。東宮にたて〱まつり給き。御とし二十。壬辰のとし正月二日位につき給。御年四十三。世をしり給事九十九年也。

『水鏡』の標目①「依父皇夢告立太子事・正月二日即位事」（父皇の夢告に依りて太子に立つ事・正月二日即位の事）[12]に

は、先帝との続柄、母后の名、立太子年月と年齢、即位年月日と年齢、在位年数、天皇の崩年と宝算、御陵のことなど、歴代天皇の記録である帝紀の一般的な構成要件が踏まえられている。天皇の生誕年月日を記さず、立太子、即位年月日で統一されているが、これは他の天皇の帝紀的記事にも見られる『水鏡』の一貫した方針であると思われる。その記述内容は『書紀』の記載内容を踏まえたものであると考えられるが、傍線を付したように、細部については相違するところも認められる。

まず、「年百五十一」と記されたその崩御年齢（宝算）について、『書紀』には、

九十九年秋七月戊午朔、天皇崩於纏向宮。時年百四十歳。

とあり、『水鏡』とは一致していない。『水鏡』に先立つ史書・年代記類を見ると、『先代旧事本紀』『日本紀略』は『書紀』と同文、『記』には「壱佰伍拾参歳」（百五十三歳）、『簾中抄』には「百三十歳（四十イ）」とあり、『略記』には該当記事がない。

次に「御とし二十」という立太子年齢について見ると、『書紀』垂仁天皇即位前紀には、

二十四歳、因夢祥、以立為皇太子。

二十四歳にして、夢の祥（しるし）に因（よ）りて、立ちて皇太子（ひつぎのみこ）と為（な）りたまふ。

とあり、『先代旧事本紀』『日本紀略』も同文である。『記』『略記』『簾中抄』には記載がない。

しかし、『書紀』垂仁天皇紀の立太子年齢記載には疑問があり、新編日本古典文学全集『日本書紀①』には次のような指摘がある。

　三行前に崇神二十九年誕生とあるから、この二十四歳は崇神五十二年。だが崇神紀四十八年正月条に「夢相(いめあはせ)」、四月条に立太子の記事があり、これによれば二十歳となり、これも両紀の齟齬の一例。(13)

『書紀』の崇神天皇四十八年条には、次のように記されている。

　四十八年春正月乙卯朔戊子、天皇勅二豊城命・活目尊一曰、汝等二子慈愛共斉。不レ知、曷為レ嗣。各宜レ夢。朕以レ夢占之。二皇子於レ是被レ命、浄沐而祈寐、各得レ夢也。(略)
　四月戊申朔丙寅、立二活目尊一為二皇太子一。以二豊城命一令レ治レ東。

　四十八年の春正月の己卯(きぼう)の朔(つきたち)にして戊子(ぼし)に、天皇(すめらみこと)、豊城命(とよきのみこと)・活目尊(いくめのみこと)に勅(みことのり)して曰(のたま)はく、「汝等二子(いましたちふたりのみこ)、慈愛(うつくしび)共に斉(ひと)し。知らず、曷(いづれ)をか嗣(ひつぎのみこ)とせむといふことを。各(おのもおのも)夢みるべし。朕(われ)夢を以ちて占へむ」とのたまふ。二皇子、是に命(おほみこと)を被(かがふ)り、浄沐(ゆかはあみ)して祈りて寐(い)ね、各夢を得たり。(略)
　四月の戊申(ぼしん)の朔にして丙寅(へいいん)に、活目尊を立てて皇太子(ひつぎのみこ)としたまふ。豊城命を以ちて東(あづまのくに)を治めしめたまふ。

この記事によれば、皇嗣の決定に苦慮した崇神天皇は、皇后所生の活目尊と妃所生の豊城命の夢の占いにより、活目尊を皇太子に立てたという。『水鏡』はその骨子を「崇神天皇四十八年に御ゆめのつげありて、東宮にたてくまつり給き。」と簡明に記している。

　したがって、前掲の指摘を踏まえて見れば、垂仁天皇の立太子年齢は『水鏡』に「御とし二十」とあるのが正しく、『水鏡』の作者が『書紀』崇神紀の四十八年立太子記事との齟齬を正したと見るべきであろう。

　このことを踏まえて見れば、その崩御年齢について、「崇神天皇四十八年」に「二十」歳で立太子したのであれば、『書紀』に同じく崇神天皇二十九年（紀元前六九）の生誕となり、「壬辰のとし」（前二九）に即位、「世をしり給事九十九年」を加えて、西暦七十年の崩御となるから、『書紀』に同じく「百四十歳」が正しい。垂仁天皇の崩御年齢については『水鏡』の成立以前、以後の文献・史料の記載に混乱があり、『水鏡』がいかなる文献を典拠として矛盾した年齢記載をなしたかは詳らかではない。

『書紀』には次いで、垂仁天皇の人物形象を次のように記している。


　生而有二岐嶷之姿一。及レ壮倜儻大度、率レ性任レ真、無レ所二矯飾一。天皇愛之、引二置左右一。

　生れながらにして岐嶷なる姿有り。壮に及りて、倜儻大度にして、性に率ひ真に任せ、矯飾する所無し。天皇愛しびて、左右に引し置きたまふ。


幼くして人に抜きんでた姿、成人して才気が溢れ、大きな度量を持ち、天性に従い誠心にまかせ、物事を歪め飾るところがなく、父崇神天皇の慈愛を受けて育った。天性に優れ、仁慈深く心豊かな聖君主像を描くという『書紀』編者の構想に基づく天皇像の記載である。

　その治世について見ると、②「任那と新羅の抗争」条では敵対していた新羅から「天恩」を給う「聖皇」とされ、

⑥「伊勢の祭祀の始り」条が「伊勢鎮祭を実現した垂仁天皇は、聖君主崇神天皇の正統な後継者であり、理想的な徳治の実践者[14]」として記載され、⑥⑧⑨における神宝貢上を伴う地方支配の推進、⑦「殉死の禁令」にまつわる説話が仁政の実践と民生の安定を印象づける。

松倉文比古氏は次のように説いている。

垂仁紀をみると、崇神紀を承けて神祇祭祀と仁政の実践とを中心として、具体的な「国家経営の事業」を成した聖君主としての天皇を描出しようとしたのではないかと考えられる。[15]

これに対して、『水鏡』には垂仁天皇の具体的な天皇像の記載は見られない。試みに『水鏡』巻上における「卅一代[16]欽明天皇」までの天皇像の記載について見ると、聖天子像の記載が認められるのは、

・十代崇神天皇……おほよそ此みかど御心めでたく。事にをきてくらからずおはしましき。
・十五代神功皇后……御心ばえめでたく。御かたちよにすぐれ給へりき。
・十七代仁徳天皇……このみかど御かたちよにすぐれて。御こゝろばえめでたくおはしましき。
・廿三代清寧天皇……たみをあいし給心ありしを。
・廿六代仁賢天皇……御こゝろざまめでたくおはしましき。

の五例にとどまる。また、その治世が讃えられているのも、

・十九代反正天皇……この御世には雨風もときにしたがひ。世やすらかに。たみゆたかなりき。
・廿五代顕宗天皇……この御時世おさまりたみやすらかに侍き。

の二例を数えるのみである。

一方、垂仁天皇の治世について見ると、『水鏡』は③「后欲奉煞帝間事在子細」（后、帝を殺し奉らんと欲せし間の事、子細在り）における狭穂彦王の謀反の顚末を「ゆゝしくあさましかりし事に侍き。」、④「乙訓事」（乙訓の事）を「あはれに侍し事也。」と記して、天皇家の内紛とその悲惨な結末への驚愕の思いと、自ら命を絶った姫の運命への憐憫の情を吐露している。

また、④「星如雨降事」（星、雨の如く降りし事）には、次のような天異現象記事を載せている。

そのとしの八月に。ほしのあめのことくにてふりしをこそ見侍しか。あさましかりし事に侍り。

この天異現象については、『書紀』『記』『略記』ともに記載がなく、『水鏡全注釈』では「『そのとしの八月に』という記述から、薄幸の姫の死と何か因縁を感じさせる。[17]」と注記している。

『水鏡』における天異現象記事の意義については、福田景道氏が『水鏡』の独自の構想の存在に触れて、「天変は不安定さを立証するもの」であり、おそらく天命思想や讖緯思想に基づきながら「天子としての不適性の一徴標とされている」と説いている。[18] この所説を踏まえるならば、『水鏡』の作者に垂仁天皇の聖君主像を描く意図がなく、『書紀』

の天皇像記載を削除したことは明らかであると言ってよい。前掲の聖天子像を記す『水鏡』の天皇記事に「めでたし」「やすらか」「よにすぐれ」「たみゆたか」「たみやすらか」などの賛仰語句が多用されているのに対して、「垂仁天皇」の記事が「ゆゝし」「あさまし」「あはれ」などの批判的な語句で纏められていることにも、その意図は認められよう。⑥⑧⑨の神宝貢上記事を削除したのも、右の意図によるものであろう。また、②「任那と新羅の抗争」条を削除したことには、『水鏡』全体に認められる外交問題への関心の乏しさと、宮廷社会に限定された作者の閉鎖的な世界観が反映されていると考えられる。

四　狭穂彦王の謀反

次に、③「狭穂彦王の謀反」条について見ると、『書紀』の狭穂彦・狭穂姫の物語は、次のⅠ～Ⅲの三部に分けられる。

Ⅰ狭穂彦は妹の皇后狭穂姫に兄と夫帝とどちらが愛しいかを問い、狭穂姫は兄が愛しいと答える。狭穂彦は容色の衰えによる帝寵の恃みがたさを説いて兄妹統治を誘い、天皇の殺害を求めて匕首を渡す。狭穂姫は困惑し、衣の中に隠す。

Ⅱ五年冬十月、天皇は高宮に行幸し、后狭穂姫の膝を枕に昼寝をする。狭穂姫は殺害を遂行することができず、涙が流れて帝の顔を濡らした。天皇は目覚めて、后に錦色の小蛇と大雨の不吉な夢を語る。もはや策謀を隠しえないと悟った姫は、恐れつつ兄の謀反を語り、苦悩を告白する。

Ⅲ天皇は后の罪を否定し、兵を派遣して狭穂彦を討たせたが、狭穂彦は稲城に籠もって抵抗する。姫はこれを悲しみ、子の誉津別命を抱いて兄王の稲城に入る。天皇は兵を派して稲城を包囲し、皇后と皇子を出すよう勅を発するが、二人が出ないので兵は火を放つ。姫は稲城の上に出て皇子を兵に渡し、帝恩を謝して丹波国の五姉妹を後宮に納れることを願い、兄と共に稲城の中で死ぬ。

このうち、ⅠⅡについては『水鏡』にも『書紀』の記載内容を踏まえた簡略な叙述が見られるが、狭穂姫の死を記すⅢの内容は大きく異なる。

きさきえかくしはて給はで。ふるひをぢおそれ給て。なみだにむせびて。ありのままの事を申たまふを。みかどきこしめして。この事后の御とがにあらずとおほせられながら。このかみの王。又きさきをもうしなはせ給にき。ゆゝしくあさましかりし事に侍き。

『水鏡』における狭穂姫は兄か夫かで逡巡し懊悩する女心を現し、結局、夫の垂仁天皇に兄の謀反の企てを告白する。帝位の簒奪を謀る兄の策略を語ることは、兄の死を自ら求めることであり、夫への愛に生きる事を決意したことを示す。垂仁天皇は自分と兄との間で懊悩し自分への愛を告白した妻を許し、一旦は受け入れた。しかし、兄への思慕の情を抱く后が、兄を夫の手で殺されたのち、再び殺意を抱く事への警戒心からか、結局は両者を殺害する。垂仁天皇の狭量な人間性を印象づける設定であろう。

記紀のサホビメ物語は、〈サホビメが夫ではなく兄に殉じて死んだ話〉である。これに対して、『水鏡』のサホビメ記事は〈サホビメが夫を選び、兄を捨てた話〉であり、物語の基本構造が異なる。夫を選び、兄を捨てたにもかかわらず夫の手にかかって殺されてしまう皇后の悲劇である。そこに、妻の真心を信じ切れない帝王垂仁の人間的限界性が明らかにされる。

狭穂彦は妹狭穂姫の心を動かすために、次のように語る。

　をふとは。わかくいろおとろえずさかりなるほど也。よのなかにかたちよくわれも〳〵とおもふ人こそおほかる事にて侍れ。

すなわち、帝王の寵愛は后の容色盛んな時節だけにすぎず、容貌の衰えとともに他の妃姫に心移りしてしまうというのであり、夫への真心を示した后を殺害する垂仁の冷淡な処置を記して、狭穂彦の言葉にひとつの現実性が与えられていると言ってよい。したがって、サホビメが兄とともに火中に死ぬⅢの話は書かれる必然性がなかったと言える。丹波国に住む五人姉妹を垂仁天皇の後宮に納れたのも、『書紀』では死を目前にした狭穂姫の遺言によるものであるが、『水鏡』はサホビメ物語とは切り離し、独立した悲話を構成している。これも、前述の垂仁像を補完する働きをなすものとして位置づけられたのであろう。

狭穂彦の謀反と狭穂姫の死について、『水鏡』はその名前を一切記していない。古代の著名な伝承・説話を記して欠けるところのない聖君主像を描く『書紀』に対して、『水鏡』の作者の視線は、謀反事件に関わる皇后への対応と、自ら命を断った丹波の姫の哀話を証左として、〈垂仁天皇の君主として欠けるところのある資質を明らかにすること〉に集中している。「十一代垂仁天皇」の全体を垂仁天皇の物語として明確に位置づけており、当事者の心理内面には必要以上に踏み込まない。そこに、記名を含めて、伝承の全体像を記し残すという意味での積極的な物語意識は認められない。

注

（1）『書紀』の項目は新編日本古典文学全集2『日本書紀①』（一九九四年、小学館）頭注の見出し項目に拠り、『水鏡』の項目は新訂増補国史大系21上『水鏡・大鏡』所収の専修寺所蔵本に付せられた標目を用いた。
（2）河北騰著『水鏡全評釈』（二〇一一年、笠間書院）六〇頁。
（3）河北騰著『歴史物語入門』（二〇〇三年、武蔵野書院）一七九頁。
（4）新訂増補国史大系12『扶桑略記・帝王編年記』の「凡例」（黒板勝美識）。
（5）『天理図書館善本叢書和書之部13　古代史籍続集』（一九七五年、八木書店）所収。
（6）注（5）の「解題」（田中卓）。
（7）『改定史籍集覧第一冊』（一九〇〇年、近藤出版部）所収。
（8）『新註皇学叢書第六巻』（一九二七年、廣文庫刊行会）所収。
（9）平田俊春著『私撰国史の批判的研究』（一九八二年、国書刊行会）第三篇第一章第三節「扶桑略記逸文集」。
（10）分註は一行書きにした。
（11）注（1）の『日本書紀①』三一四頁頭注。
（12）金子大麓・松本治久・松村武夫・加藤歌子編『校注水鏡』（一九九一年、新典社）の書き下し文に拠る。
（13）注（1）の『日本書紀①』二九九頁頭注一五（西宮一民）。
（14）松倉文比古「垂仁天皇紀の構成と天皇像（下）」（『龍谷紀要』二五巻一号、二〇〇三年九月）。
（15）松倉文比古「垂仁天皇紀の構成と天皇像（上）」（『龍谷紀要』二四巻二号、二〇〇三年三月）。
（16）代数は『水鏡』の記載による。

（17）　金子大麓・松本治久・松村武夫・加藤歌子校注『水鏡全注釈』（一九九八年、新典社）六三頁語釈七。松村武夫「『水鏡』の方法―十代崇神天皇～十四代仲哀天皇」（『歴史物語論集』所収、二〇〇一年、新典社）にも同様の指摘がある。

（18）　福田景道「水鏡の思想」（『歴史物語講座　第五巻　水鏡』一九九七年、風間書房）。

第三節　水鏡「十八代履中天皇」の問題

一　問題の所在

『水鏡』「十八代履中天皇」は、その即位前に妃黒媛をめぐって展開された弟宮の反乱事件の顚末を記すことで全体が構成されている。先帝との続柄、母后の名、立太子の年と年齢、即位年月日と年齢、在位年数、天皇の崩年と年齢、御陵のことなど、帝紀の一般的な構成要件は踏まえられているが、その治世について触れるところはない。『水鏡』の構成とその概要を挙げておくと、次のようになる。

Ⅰ事件の発端「住吉仲皇子密懐黒媛事」

先帝仁徳の服喪が明けた東宮（履中）は葦田宿禰の娘黒媛を妃に迎えるために、弟宮住吉仲皇子を遣わしたところ、仲皇子は東宮の名を騙って黒媛と姦淫に及んだ。翌日の夜、黒媛のもとを訪れた東宮は、傍らの鈴から仲皇子が黒姫を奸したことを知る。

Ⅱ事件の展開「住吉皇子欲打東宮間事在子細」

東宮に黒媛との姦淫の事を知られたと察した仲皇子は、兵を挙げて東宮の宮殿を焼く。大臣たちは泥酔して就寝中の東宮を馬に乗せて窮地を脱し、大和国に逃れる。石上神宮に到着した東宮は、参上した弟宮瑞歯皇子（反正）を疑い、仲皇子の殺害を命じる。瑞歯皇子は仲皇子の近臣を誘い、仲皇子を殺したならば自らの即位時に大臣に取り立てることを約束する。近臣は皇子が厠に入ったところを刺殺する。

Ⅲ事件の収束「東宮宴歓間切大臣首給事」

瑞歯皇子が仲皇子を謀殺した近臣を連れて参上したところ、東宮は君臣間の倫理を語り、大臣に任じて酒宴を開き、大椀で酒を飲ませてその首を斬る。

Ⅳ皇妃黒媛の死「后俄早世事」

履中天皇五年、天皇が淡路島で遊猟中、空中に風の音に似た声が聞こえる。時を同じくして后黒媛の死が知らされる。

この反乱事件の顚末は『古事記』（以下『記』と略称）、『日本書紀』（同『書紀』）に詳述されているが、その登場人物名、事件の発端、展開の細部については相違も見られる。『水鏡』は直接の典拠とされた『扶桑略記』（同『略記』）を通して、記紀の記載内容を要約した形をなしている。

そこで、まず新編日本古典文学全集の「日本書紀年表」[1]から事件の展開に当たる部分を借用させていただくことにより、事件の全体像と記紀の記載内容の相違点を確認しておきたい。

仁徳八七年（三九九）　一月　天皇（仁徳）、崩御する。
　　　　　　　　　　　十月　天皇を百舌鳥野陵に葬る。
　　　　　　　　　　　　　　この年、住吉仲皇子、皇太子去来穂別尊（履中）を殺そうとするが、誅殺される。
履中元年（四〇〇）　二月　去来穂別尊、磐余稚桜宮で即位する。
　　　　　　　　　　七月　葦田宿禰の娘の黒媛を皇妃に立てる。
同二年（四〇一）　一月　瑞歯別皇子を皇太子に立てる。
同五年（四〇四）　九月　淡路島に行幸中、皇妃黒媛薨ずる。
同六年（四〇五）　三月　天皇、稚桜宮で崩御する。年七十歳。
　　　　　　　　　十月　天皇を百舌鳥耳原陵に葬る。

右の年表は『書紀』の記事を踏まえたものであるが、『記』は履中即位後の天皇に対する反乱であり、王位簒奪未遂事件に相当する。Ⅰ「事件の発端」の黒媛をめぐる姦淫事件の記述はなく、履中天皇と黒比売命との間に生まれた皇子女についてのみ記す。したがって、Ⅳ「皇妃黒媛の死」における皇妃黒媛の奇怪な急死の記述もない。履中記のほぼ全体が反乱の展開と収束の経緯を記すことに費やされている。また、反乱により難波宮を焼かれた天皇は大和国に入り、少女の献言に従って当岐麻道から迂回路を取り石上神宮に辿り着く。

これに対して、『書紀』では履中天皇の即位前紀として語られ、Ⅰ「事件の発端」の黒媛姦淫事件が重要な位置を占める。「日本書紀年表」に拠れば、住吉仲皇子の反逆事件は、西紀三九九年一月に仁徳天皇が崩御され、十月に天皇を百舌鳥野陵に葬ってから、四〇〇年二月、去来穂別尊（履中）が磐余稚桜宮で即位するまでの三ヶ月余の間に起こった反乱事件ということになる。聖帝仁徳の崩御後、皇太子が服喪を終えて、まだ皇位に即かないうちに皇位継承の争いが起こることになる。

仁徳天皇の皇后磐之媛命の同母兄弟である皇太子去来穂別尊と住吉仲皇子（『記』では墨江中王）との皇位継承争いであり、黒媛姦淫をめぐって仲皇子方の計画が失敗に帰する構図をなしている。反乱の折に皇太子を助けた近臣について、『記』は「阿知直」の名のみを挙げるが、『書紀』では「平群木菟宿禰」「物部大前宿禰」「阿知使主」の名を挙げるとともに、仲皇子方として「阿曇連浜子」「倭直吾子籠」の名が出る。

反乱事件は同母弟瑞歯別皇子（『記』では水歯別命）の計略により収束されることになるが、『記』では水歯別命が墨江中王の近臣の隼人「曾婆加里（曾婆訶理）」に中王の謀殺を求め、

若汝従二吾言一者、吾、為二天皇一、汝作二大臣一、治二天下一。
若し汝吾が言に従はば、吾は、天皇と為り、汝を大臣と作して、天の下を治めむ。

と約束する。この約言について、『書紀』は、

為レ我殺二皇子一。我必敦報レ汝、乃脱二錦衣・褌一与之。
我が為に皇子を殺せ。吾必ず敦く汝に報せむとのたまひ、乃ち錦の衣・褌を脱きて与へたまふ。

とあり、自らの即位、大臣への登用等の言辞はない。

『略記』は『記』の同母弟の謀反事件の顚末と、『書紀』の黒媛姦淫記事を合わせて「履中天皇」の記事を構成している。『水鏡』は『略記』の記事を直接の典拠にしたと考えられる。

この事件をめぐる主な登場人物の対照表を掲げておくと、次のようになる。

古事記	日本書紀	扶桑略記	水鏡
天皇	皇太子	皇太子	東宮
水歯別命	瑞歯別皇子	瑞歯皇子	瑞歯皇子
墨江中王	住吉仲皇子	住吉仲皇子	住吉仲皇子
黒比売命	黒媛（皇妃）	黒媛（皇后）	黒媛（后）
曾婆加里（隼人）（曾婆訶理）	刺領巾（隼人）	近習の隼人	住吉仲皇子のちかくつかひ給し人
阿知直	平群木菟宿禰 物部大前宿禰 阿知使主	平群宿禰木菟 物部大前宿禰 阿智使主	大臣たち
	阿曇連浜子 倭直吾子籠		

二　反乱事件の構図

反乱事件の構図を見ると、『記』は皇位簒奪事件であり、墨江中王の反乱は履中天皇の即位後まもなく、新嘗祭の酒宴後天皇が酔って就寝中に起こる。宮殿ごと天皇を焼き殺そうとしたが、天皇は大和国に逃走し、反乱は一応成功した形になっている。

同母弟水歯別命（反正）が天皇の命令を受けて墨江中王を殺すまでの荒筋は『書紀』に似るが、筋立ては簡略である。水歯別命は隼人の曾婆加里を欺いて、中王を殺せば大臣にすると約束して謀殺させる。仮宮を造って酒宴を催し、曾婆加里を大臣に据えて多くの官人に拝礼させるとともに、大椀で酒を飲ませて油断させて首を斬る。大臣の位を授けたのも水歯別命の計略の一環であろうか。曾婆加里を欺いて殺したのも含めて、一切は履中天皇の知らないところで行われた。現天皇の在位中に自らの即位と大臣への任用を約言するのは、極めて危険な行為である。水歯別命の大胆な知略と性格を示すのであろうか。

これに対して、『書紀』は仁徳後の同母三兄弟の皇位継承をめぐる争いとして住江仲皇子の反乱が記される。皇太子が服喪期間が明けるとともに、羽田矢代宿禰の娘黒媛を皇太子妃として迎えようとした。黒媛を妃に迎えることは、その背後の勢力（葛城氏）を味方に付けることを意味する。[2]羽田矢代宿禰が葦田宿禰の誤記であるとすれば、[3]皇太子が服喪明けとともに黒媛との婚礼を急いだのは、葛城一族を後見とすることにより、即位後の治世の安定を図ったためと考えられる。皇太子方には前記の「平群木菟宿禰」（平群氏）、「物部大前宿禰」（物部氏）、「阿智使主」（倭漢氏）に加えて、即位後の国事を担った「蘇賀満智宿禰」（蘇我氏）、「円大使主」（葛城氏）の名が挙げられており、母后の出身氏族である葛城氏とその関係氏族を味方に付けていた(4)。

しかし、婚約を済ませた安堵感からか、皇位継承の当のライバルである仲皇子を使いとして派遣し、黒媛との対面の機会を作ってしまう。皇太子は平群木菟宿禰らの仲皇子反逆の報告を「太子信けたまはず」とあり、弟仲皇子が反逆心を抱いていたことを予想していなかったことになる。

仲皇子の反逆後の展開は、皇太子方と仲皇子方のせめぎ合いになるが、仲皇子は倭直吾子籠とよしみを通じて、皇太子を倒す計略を練っていた。仲皇子方の「倭直吾子籠」（倭氏）、「阿曇連浜子」（阿曇氏）は海人族である(5)。

当二是時一、倭直吾子籠素好二仲皇子一。預知二其謀一、密聚二精兵数百於攪食栗林一、為二仲皇子一将レ拒二太子一。

是の時に当りて、倭直吾子籠、素より仲皇子に好し。預め其の謀を知りて、密に精兵数百を攪食の栗林に聚へて、仲皇子の為に、太子を拒きまつらむとす。

倭直吾子籠は、太子が都から逃亡した時の逃走経路を想定して精兵数百人をあらかじめ栗林に集めて、仲皇子のために皇太子軍を妨げようとした。仲皇子が黒媛の容色に魅惑されて黒媛を姧し、手巻きの鈴を置き忘れたために、皇太子の逃亡を許すこととなり、太子打倒の計略は失敗に帰したことになる。都を制圧し、仲皇子は権力掌握に慢心して無防備の状態だった。そこで、近臣の謀殺を受けることになる。

仲皇子不レ知二太子不レ在、而焚二太子宮一。（略）仲皇子思二太子已逃亡一、而無レ備。

仲皇子、太子の在さざることを知らずして、太子の宮を焚く。（略）仲皇子、太子已に逃亡げたまひたりと思ひて、備無し。

皇太子が瑞歯別皇子を疑い、仲皇子の誅殺を命じる経緯は『記』と同様である。しかし、瑞歯別皇子は自らも疑われることを恐れて、皇太子の腹心木菟宿禰の派遣を受ける。瑞歯別皇子の警戒心の強さと、その後の事態処理の周到さを印象付ける。

瑞歯別皇子が仲皇子の近習の隼人刺領巾を誘い、厚遇を約束して仲皇子を殺すことを指示する。刺領巾の仲皇子謀殺の内容は『記』と同様である。しかし、『書紀』では木菟宿禰が刺領巾を殺す設定であり、『記』にあるような仮宮の設営、大臣への任命、諸官の拝礼、祝宴の場における謀殺などの筋立てはない。

『水鏡』の直接の典拠となった『略記』は、『記』の同母弟による謀反記事と『書紀』の黒媛姦淫記事によって構成されているが、「為二皇太子摂政一之間」（皇太子摂政を為せし間）(6)、「遣二執政木菟宿禰一」（摂政木菟宿禰を遣はし）など、身分・職位の記載に疑問が残る。記紀に去来穂別命の「摂政」の記載は見られないが、いかなる資料に拠ったのであろうか。『水鏡』も記していない。「執政」の語も記紀には見られない。『愚管抄』巻第一「履中天皇」に「執政平群竹宿禰(7)執政起ルレ自リレ此レ。」、『歴代皇紀』に「執政平群木菟宿禰、宗我満知宿禰」とある。『訓註扶桑略記』は「平安時代に入って摂政・関白の別称として用いられたもので、履中天皇代にあった用語ではない。(8)」と説いており、『水鏡』には木菟宿禰は登場しない。

また、『略記』では「七月。以二妃黒媛一立二皇后一。」（七月、妃の黒媛を以ちて皇后に立たしむ）、「皇后黒媛頓崩。」（皇后の黒媛頓に崩ず）など、黒媛を「皇后」と記しているが、『略記』はいかなる資料に拠ったのか、これも不明である。『記』には黒媛の身分を表す記述がなく、『書紀』では「皇妃黒媛」と「皇后草香幡梭皇女」を明確に書き分けている。「皇妃」の語は『書紀』履中天皇紀のみに見られる用例であり、「書紀編纂当時の後宮制度の観念による表現である。」[9]と説明される。『略記』は平安期の用例に従ったか。『水鏡』は「きさき」「后」と記し、『略記』の記述に従っている。

一方、『略記』における瑞歯皇子の隼人への約言を『記』と比べると、ほぼ同文である。

・略記

汝若随二吾言一者。吾為二天皇一之時。以レ汝昇為二大臣一。

汝、若し吾が言に随はば、吾は天皇と為りし時、汝を以ちて昇して大臣と為さむ、と。

・記

若汝従二吾言一者、吾、為二天皇一、汝作二大臣一、治二天下一。

若し汝吾が言に従はば、吾は、天皇と為り、汝を大臣と作して、天の下を治めむ。

管見では『略記』以前に『記』のこの文言を記した文献は見当たらない。『日本紀略』は『書紀』の記事内容を簡略に記述しており、『記』の記事とは異なる。したがって、『略記』はこの部分を直接『記』に拠って書いたと考えなければならない。

『略記』では、瑞歯皇子が隼人を伴って皇太子の前に伺候したとき、皇太子自ら隼人に大臣位を与え、酒宴の場で斬殺する。酒宴の場で大椀に顔の隠れた隼人を斬る筋立ては『記』と同じであるが、皇太子自らの行為とする点は『記』と異なる。いかなる資料に拠ったか不明であるが、『略記』の創作であろうか。『水鏡』もこれに従っている。

三　儒教倫理の問題

記紀とともに詳述されたこの反乱事件について注目されるのは、事件の処理に儒教倫理の問題が明瞭に位置づけられていることである。

『記』について見ると、履中天皇から墨江中王の誅殺を命じられた水歯別命は、中王の近臣の隼人曾婆加里（曾婆訶理）に自らの即位と大臣への登用を約して、中王を謀殺させる。しかし、曾婆加里を伴って天皇の許に急ぐ途中、山口の地で水歯別命の胸中に儒教倫理の問題が浮上する。

　曾婆訶理、為レ吾謂レ有二大功一、既殺二己君一、是不レ義。然、不レ賽二其功一、可レ謂レ無レ信。既行二其信一、還惶二其情一。故、雖レ報二其功一、滅二其正身一。
　曾婆訶理は、吾が為に大き功有れども、既に己が君を殺しつること、是義ならず。然れども、其の功を賽いずは、信無しと謂ひつべし。既に其の信を行はば、還りて其の情に惶りむ。故、其の功を報ゆとも、其の正身を滅さむ。

そこで、水歯別命は急遽山口の地に仮宮を造り、即位の酒宴を開いて曾婆加里に大臣位を与え、百官を拝礼させるとともに、大椀の酒杯に曾婆加里の顔が隠れた時、敷物の下に隠し置いた剣でその首を斬る。

水歯別命の胸中に生じた儒教倫理の問題について、新編日本古典文学全集『古事記』は次のように説く。

「不義」と「無信」との間で水歯別命は悩む。謀略にかけた曾婆加里を斬って捨てるだけでは終わらないのは、天皇が倫理をも担う存在ではなくてはならぬことを示す。水歯別命は信義の倫理を保つことによって天皇たりうることを示したのである。[10]

また、矢嶋泉氏は儒教的規範を前提として臣下の行動に対する評価や処遇に筆が及ぶところに『記』下巻の特質を認めて、次のように説いている。

『古事記』は「義」と「信」という極めて儒教的な倫理観を軸として曾婆訶理を処遇する。すなわち、「信」によって約束どおり大臣の位を与え、しかし「義」に反するとして曾婆訶理の頸を斬るのである。このように、儒教的な規範を前提として臣下の行動に対する評価や処遇に筆が及ぶ例は中巻の反逆物語には認められず、逆にいえば、それが下巻の反乱物語を特徴づける要素といってよい。[11]

儒教倫理の問題は水歯別命と隼人の曾婆加里との間で展開されるのであり、水歯別命は儒教的倫理規範を踏まえて、曾婆加里を大臣に任命し、祝宴を開いて欺いて首を斬る。水歯別命は曾婆加里の行為を君臣間の倫理に基づいて断罪するのであるが、水歯別命の「吾、為二天皇一」という言葉が本心の吐露であったとすれば、密かに皇位を窺うことでは、反逆した墨江中王と同じである。当面のライバルである同母の次兄を葬り、履中天皇から皇位を奪う機会を待つ策略であるとも解せられる。

一皇子にすぎない水歯別命が曾婆加里を大臣に任じ、諸官を拝礼させるとともに、祝宴を開くのであるが、水歯別命の天皇位僭称、大臣位への叙任という僭上行為は不問に付される。すべては墨江中王を殺害するためのはかりごととして、皇位への野心や僭称、僭上行為は闇に葬られ、履中天皇に報告されることはない。儒教倫理の問題はあくまで水歯別命の胸中に秘せられた思いとして、曾婆加里を利用しての次兄殺害と、曾婆加里斬殺の正当化の論理にとどまるとも見なしうる。その倫理観は曾婆加里にも官人たちにも、履中天皇にも語られることはなかった。したがって、曾婆加里謀殺の真意は、信義を完全に実行したならば、自らの治世においてその存在が重きをなし、粗暴な性情が害をなす事態を回避するために排除しようというところにある。

これに対して、『書紀』の儒教的倫理の問題は『記』と異なり、瑞歯別皇子と太子の腹心木菟宿禰の間で展開される。瑞歯別皇子は皇太子に忠誠を誓うも、疑われることを恐れて皇太子の腹心の派遣を求め、木菟宿禰が指名される。皇太子の疑心を解くことが、瑞歯別皇子が自らの身の安全をはかるための要諦であることを知悉している。したがって、仲皇子の近習の隼人刺領巾に対しては厚遇の約束だけが語られ、具体的な恩賞の言質を取られ、皇太子側の疑念を生むような言葉は発していない。木菟宿禰が瑞歯別皇子に君臣の倫理を語り、隼人の刺領巾を斬るのであり、瑞歯別皇子が刺領巾に語った約束を木菟宿禰が破ることになる。瑞歯別皇子は儒教倫理を語っていないのである。

木菟宿禰は、自分の利益のために信任を得ていた主人の仲皇子を謀殺した人間を皇太子の朝廷に入れたならば禍根を残すことになるから殺してしまうべきだと主張し、自ら手を下している。いわば、瑞歯別皇子の刺領巾に対する儒教倫理の「信」は、木菟宿禰の君臣の論理によって否定されるという構図をなしており、儒教倫理の問題が重く位置づけられているとは見なしがたい。

一方、『略記』の儒教倫理の問題は『記』と同じく、瑞歯皇子と「住吉仲皇子之近習者隼人」（住吉仲皇子の近習の隼人）との間で展開するが、隼人の名は記されない。また、「遣二執政木菟宿祢一。擬レ煞二仲皇子一。」（執政木菟宿禰を遣はし、仲皇子を殺さむことを擬す。）とあるが、木菟宿禰の名、その派遣の事は『記』にはない。したがって、この部分は『書紀』を踏まえた記述と見るべきものである。そのために、瑞歯皇子が「吾為二天皇一之時」（吾天皇に為りし時）と皇位への野望を口にしたのを、皇太子の執政である木菟宿禰に聞かれたことになる。瑞歯皇子も仲皇子と同じく同母兄の皇太子に替わって皇位に即こうとする野心があることが露顕してしまったことになるのであり、木菟宿禰や皇太子にとっては、隼人などより瑞歯皇子こそが警戒し処断すべき相手であったことになる。

また、皇太子に事の顚末が報告され、皇太子が君臣間の倫理を語り、隼人を大臣に任じて祝宴を開き、太子自らこれを斬る。この設定の典拠にされたと考えられる文献は見当たらない。『略記』の独自の設定と考えられる。次の帝位を践む皇太子の言として治世の根幹をなす儒教倫理の表明と解せられるが、その倫理は隼人にのみ向けられる。問われるべきは瑞歯皇子であったはずであるが、瑞歯皇子の皇位僭称、叙任の約束という僭上行為も不問に付されている。記紀の記事を組み合わせて「履中天皇」の記事を構成したために、矛盾の多い記事構成となっている。この問題は、『略記』の設定を踏襲した『水鏡』にも指摘される。

四　『水鏡』の構図

『水鏡』はその全体を『略記』の記事に従って構成しているが、黒媛の死をもって一篇の納めとする構図に注目しておく必要がある。

五年九月に。みかどあはぢのくにゝおはして。かりし給しに。そらにかぜのをとにゝてこゑする物ありしほどに。にはかに人はしりまいりて。きさきうせたまひぬるよし申しこそいとあえなく侍しか。

履中天皇が淡路島で狩をしていた時、風のような音で声が聞こえて、黒媛の頓死を知らせる使者が来る。「いとあえなく侍しか」とは人の命などの脆く儚いの意で、作者の率直な感懐が吐露されている。

しかし、『記』には黒媛の死の記述は見られない。また、『書紀』には、

既而天皇悔下之不レ治二神祟一、而亡中皇妃上、更求二其咎一。
既にして天皇、神の祟を治めたまはずして、皇妃を亡ひしを悔いたまひ、更に其の咎を求めたまふ。

とあって、皇妃の薨去が神の祟りであるというので、その原因を求めて車持君を尋問し、その罪の祓えをさせたという。したがって、『書紀』では仲皇子の謀反・謀殺と黒媛の死とは関連づけられていない。

一方、『略記』は『水鏡』と同じく天皇の淡路島遊猟、風の音のような声、黒媛頓死の使者が来たことは記されるが、車持君、神の祟りの記載はない。反乱事件の記事と黒媛頓死記事の間に、叙任、即位、立后、立太子、宮号、国史の配置などの記事が続いており、仲皇子の謀反・誅殺と黒媛の奇怪な死を関連づける意図は見られない。『日本紀略』も『略記』と同じである。

『水鏡』は『略記』を直接の典拠としているが、右の叙任以下の記事のうち、即位記事と黒媛立后記事のみを加えて、作品の全体を黒媛を間に挟んだ肉親（同母）の皇子兄弟の皇位継承をめぐる争いに統一している。したがって、

黒媛の頓死は「十八代履中天皇」の全体に関わるものとして位置づけられている。

東宮（履中）が黒媛を后に迎えようとして、次弟の住吉仲皇子による黒媛姦淫事件が起こり、仲皇子の謀反事件へと展開する筋立ては『略記』と同様であるが、仲皇子は元々東宮に害意を有していたとは描かれていない。兄の継ぐべき皇位を奪うという謀反の意志もなかった。兄東宮が后に迎えようとしている黒媛の美しさに魅惑され、身分を詐称して過ちを犯し、手に巻いている飾りの鈴を寝所に置き忘れてしまう。その鈴を証拠として兄東宮に黒媛との姦淫の事実を察知され、その手で誅殺されることを恐れた仲皇子は、機先を制して兄東宮を討つべく兵を挙げ、東宮邸を襲い、難波宮を焼いてしまう。

一方、泥酔していた東宮は急を聞いて駆けつけた大臣らの手で馬に乗せられて急場を脱出し、大和の国まで逃げて酔いから醒めて事の次第を知り、さらに石上神宮に逃れ去る。東宮が泥酔したのは、弟宮仲皇子の裏切りの衝撃の激しさと、肉親の弟を誅殺することへのためらいと煩悶のためであろう。

酔いから醒めて、難波宮が仲皇子の手で焼かれたことを知った東宮は、駆けつけた弟宮瑞歯皇子をも疑い、身辺に近づけようとはしなかった。強烈な人間不信に陥った東宮は、瑞歯皇子に忠誠の証しとして仲皇子の誅殺を命じる。瑞歯皇子は仲皇子の近臣を誘い、自らの即位時に大臣に登用することを約して仲皇子を謀殺させる。しかし、瑞歯皇子の報告を受けた東宮は君臣間の倫理を語り、近臣を大臣に据えて酒宴を開き、油断を見澄まして自らその首を斬る。事の展開は記紀に同じであるが、『略記』に従って東宮自らの成敗に設定されている。

仲皇子は肉親の弟宮の計略により、信頼していた近臣の裏切りを受けて誅殺される。聖帝仁徳の後継者であり、皇后磐之媛所生の三皇子が敵味方になって争う。即位した履中の淡路島遊猟の折に虚空に響く不気味な声と、三兄弟の争いの因をなした黒媛の突然の死には、黒媛の命の脆さ、儚さへの慨嘆を越えて、権力闘争をめぐる反逆、憎悪、疑心、謀略などによって形成される歴史への『水鏡』作者の諦念が込められているのではなかろうか。
『記』における履中記の位相について、都倉義孝氏は次のように説いている。

仁徳という偉大な「聖帝」の治世の後を受けた履中の代は、同母弟の謀反という開闢以来の事件によって始まるという不安の時代となった。偉大な安定の次には、その日常的安定の中に隠蔽され醸成されていた歪みとしての罪穢が噴出し、その排除の後に再び安定が戻るのである。仁徳という聖帝の次代ゆえに、同母兄弟間の争闘という恐るべき乱れが置かれたのである。[12]

『水鏡』は「十八代履中天皇」の全体を黒媛を間に挟んだ皇子兄弟の皇位継承争いとして、Ⅰ「事件の発端」からⅣ「皇妃黒媛の死」に至る整然とした構成を保っている。また、滑らかな和文体で、知らずして住吉仲皇子と通じ、謀反事件と仲皇子の滅亡、及び瑞歯皇子の登極への道を開いた黒媛の不慮の死を描いて、印象的な一段となっている。しかし、『記』の儒教倫理を踏まえた反乱事件の解釈や、『書紀』の有力氏族を巻き込んだ皇位争いの厳酷な歴史記述に比べてみれば、作者の関心は歴史的事実よりも物語的・説話的方面に傾き、謀反事件を踏まえた歴史への洞察を欠き、政治的背景への視野が狭まったことは見逃しえないであろう。

注

（1）　新編日本古典文学全集3『日本書紀②』（一九九六年、小学館）六〇三頁。
（2）　日野昭「履中紀の一考察」（『龍谷史壇』六二号、一九六九年一二月）に、

当時の天皇氏の姻族関係によれば、履中天皇の母は葛城襲津彦の女の磐之媛命であり、皇妃は襲津彦の孫にあたる黒媛であって、葛城氏系統の優位性が明らかに看取されるが、（以下、略）

と説いている。また、『記』に「葛城之曾都比古之子、葦田宿禰之女、名黒比売命」とある。

（3）羽田矢代宿禰は第十五代応神天皇三年壬辰（二七二）に百済王辰斯王が日本の天皇に礼を失することありとして派遣された者の中にその名が見える。しかし、年代が違うので合わない。新訂増補国史大系8『釈日本紀』巻十二・述義八に、

兼方案レ之。皇妃者。葦田宿祢之女黒媛也。羽田者。謂二葦田一之義歟。

とある。

（4）山崎かおり「履中天皇・反正天皇」（『歴史読本』五二巻一二号、二〇〇七年一月）。

（5）注（4）に同じ。

（6）『扶桑略記』の本文の引用は、「『訓註　扶桑略記』二」（『明治大学文芸研究』七〇号、一九九三年九月）に拠る。

（7）日本古典文学大系86『愚管抄』（一九六七年、岩波書店）五二頁。

（8）注（6）に同じ。

（9）日本古典文学大系67『日本書紀上』（一九六七年、岩波書店）四二五頁頭注二三。

（10）新編日本古典文学全集1『古事記』（一九九七年、小学館）三一二頁頭注二。

（11）矢嶋泉著『古事記の歴史意識』（二〇〇八年、吉川弘文館）一四七頁。

（12）都倉義孝「履中記の論」（『古代文学の思想と表現』二〇〇〇年、新典社）。

第四節　水鏡「廿一代安康天皇」の解釈

一　はじめに

　歴史物語『水鏡』は、一般に直接の典拠とした私撰歴史書『扶桑略記』（以下『略記』と略称）の記事をもとに抜粋し、漢文体から和文体に翻案したものであり、総じて文学的価値は歴史物語四鏡中で最も低いと評価されてきた。本節で取り上げる「廿一代安康天皇」（代数は『水鏡』による）の記事を構成する三つの事件・物語も『略記』の記事を踏まえ、漢文体から和文体に抜粋・翻案したものであるという特徴に違いはない。(1)

　しかし、『水鏡』の各天皇の紀の文学的価値を見定めるためには、典拠資料の記載内容から『水鏡』の作者が取捨選択した記事内容の確認と、選択抜粋した記事による各天皇の紀構成の意図・主題について考察しておかなければならない。採り用いた記事内容の換骨奪胎の方法と、独自な表現様式の様相、そこに加えられたささやかなコメントや感懐の吐露に込められた作者の歴史観や思想、歴史上の人物・事件への独自の観点にも注目しておかなければなるまい。

『水鏡』「廿一代安康天皇」は、次の三つの事件・物語から構成されている。

Ⅰ安康天皇は允恭天皇の第二皇子であったが、同母兄の皇太子を倒して帝位に即いたこと。（木梨軽皇子の死）

Ⅱ安康天皇が同母弟の大泊瀬皇子（雄略）に叔父の大草香皇子の妹皇女を娶せようとし、大草香皇子も感謝して同意したが、使いの者が承諾の証に奉った宝物を奪い、讒言する。激怒した天皇は大草香皇子を攻め殺し、皇女を大泊瀬皇子に配するとともに、大草香皇子の妻を后としたこと。（大草香皇子事件）

Ⅲ安康天皇と后の会話から、天皇が父大草香皇子の仇であることを知った七歳の眉輪王は、天皇の酔い寝の隙を狙ってこれを殺害し大臣邸に逃れたが、大泊瀬皇子の軍と合戦になり自害したこと。（眉輪王の乱）

これらの事件・物語はいずれも『水鏡』の直接の典拠と見なされる『略記』のみならず、先行文献となる『古事記』（以下『記』）、『日本書紀』（以下『書紀』）にも詳述されている。『水鏡』「廿一代安康天皇」の構成の意図と主題、および作者独自の歴史観は、これら先行文献の記述内容・編纂意図との比較、影響関係の考察を経て明らかになると思われる。

二　木梨軽皇子の死

『水鏡』「廿一代安康天皇」は、次のように書き出される。

廿一代　安康天皇三年崩。年五十六。葬二大和国菅原伏見西陵一。

次のみかど安康天皇と申き。允恭天皇の第二のみこ。御母皇后忍坂大中姫（ヲシサカオホナカツヒメ）なり。甲午のとし十月に。御あにの東宮をうしなひたてまつりて。十二月十四日に位にはつき給し也。御とし五十六。世をしり給事三年也。

歴代天皇の記録である帝紀の一般的な構成要件に従い、[2]『水鏡』においても先帝との続柄、天皇の御名、母后の名、即位年月日、在位年数、天皇の宝算、御陵のことなどが記され、即位に関わる事件の存在が傍線部「御あにの東宮をうしなひたてまつりて」と暗示的に語られている。

まず、Ⅰ項において安康天皇に殺されたと記される「御あにの東宮」は、允恭天皇の皇太子木梨軽皇子（『記』は木梨之軽王）を指しており、木梨軽皇子と同母妹の軽大娘皇女（『記』では軽大郎女）の相姦事件とその破滅の顛末は記紀に縷述され、『略記』においても『書紀』の記述に従い簡略に記されている。

そのうち、『記』允恭天皇記に記された木梨之軽王と軽大郎女の相愛の物語は、長短十二首の恋の相聞歌謡を配した歌物語の形を取っており、『記』を代表する悲恋物語として知られる。また、同母兄妹婚の問題としても研究者の注目を集めてきた。[3]その事件の概要は記紀のあいだに大きな相違が見られるが、いま国史である『書紀』の允恭天皇紀・安康天皇即位前紀の記載に従ってこの事件を年次順に記せば、次のようになる。

〔允恭天皇紀〕

允恭天皇二十三年　三月　木梨軽皇子を皇太子に立てる。

同　　二十四年　六月　天皇の御膳の羹の汁が凍り、卜占により軽太子・軽大娘皇女の相姦が露見し、軽大娘皇女を伊予に配流。
同　　四十二年　正月　十四日　允恭天皇崩御。
同　　　　　　　十月　葬礼。
〔安康天皇即位前紀〕
允恭天皇四十二年　十月　皇太子軽皇子、同母弟の穴穂皇子（允恭天皇第二皇子）に攻められ、自害する（一説に伊予に流されたという）。
同　　　　　　　十二月　十四日　穴穂皇子即位（安康天皇）。

『書紀』允恭天皇紀によれば、皇太子木梨軽皇子が同母妹の軽大娘皇女と淫行に及んだが、皇太子を罰することはできないので、大娘皇女を伊予に移したという。次いで安康天皇即位前紀に軽皇子が死に至った事情が語られる。すなわち、允恭天皇四十二年十月に葬礼が終わったのち、軽太子が暴虐を行い婦女に淫けたために世人はこれを誹謗し、群臣も離反してことごとく穴穂皇子についた。軽太子は穴穂皇子を襲うために密かに兵を集め、穴穂皇子も兵を集めて戦おうとした。軽太子は群臣の離反を知り物部大前宿禰（『記』は大前小前宿禰）の家に隠れたが、宿禰の計らいで戦いは回避され、軽太子は自害した。

『水鏡』の作者が直接の典拠としたと考えられる『略記』においては、允恭天皇二十四年六月条に同母兄妹相姦と、卜占による大娘皇女の伊予配流の顚末が記され、次の「安康天皇」条に「天皇、同腹の兄皇太子木梨軽皇子を殺す。」(4)とあり、軽皇子が同腹の第二皇子穴穂皇子（安康）に殺されたことが記されている。

『略記』は軽太子と穴穂皇子が対立し、戦いに及ぶに至った経緯の記述を削除したために、軽太子が穴穂皇子に殺された事情は不明で読み取りがたいものになっている。『記』では、大前小前宿禰が太子を捕らえて穴穂皇子に差し出し、軽太子は伊予に流されて妹軽大郎女と心中したとあり、『書紀』では大前宿禰の説得に従い自害した（一説に伊予に配流）と記している。記紀ともにこの事件の顛末をいわば軽太子の不身持による自滅事件として捉えていると解されるのであり、穴穂皇子が同母兄の皇太子を自ら弑逆して皇位を奪ったとは解釈していないようである。この点から見れば、『略記』の記述はやや直截に過ぎるように思われる。

これに対して、『水鏡』では軽太子と軽大娘皇女の相姦事件そのものを削除し、『略記』の記事に従って皇太子が同母弟の穴穂皇子（安康）に殺害されたことのみが記される。『水鏡』「廿一代安康天皇」が歴代天皇の記録である帝紀の一般的な構成要件に従い天皇自身については詳しい記述がなされているのに対し、「東宮」木梨軽皇子の名も、安康天皇が同母兄の皇太子を殺害するに至った経緯にも一切触れていないことは異様であると言わなければならないであろう。

『水鏡』の作者が『略記』の記事のみを直接の典拠として安康天皇の帝紀的記事を構成したのであるとすれば、木梨軽皇子と軽大娘皇女の相姦事件と、弟皇子による兄皇太子の殺害事件との関係が不明である以上、両者を切り離して、後者に関わる記事のみを採用したことは推測されよう。後述するように、『水鏡』の典拠問題については検討を要するが、この事件に対する『水鏡』作者の歴史観について見れば、安康天皇の帝紀的記事を構成するにあたり、軽皇子と軽大娘皇女の相姦事件をはじめ、「東宮」の名も、皇子が死に至った経緯の記述も不必要と見なされたのであり、〈安康天皇が正統の皇位継承者である同母兄の皇太子を倒して帝位を簒奪した〉という史的事実のみが関心の対象であったと推測される。

記紀においても軽皇子は最後まで「太子」号を負い続けているので、安康天皇の即位は正当性を持たないことになる。[5]この事件を記す『水鏡』の作者の意図が、天皇の記事を構成するにあたり、なによりも安康天皇の皇位継承の正当性に対する強い疑念を提起することにあったと理解しなければなるまい。

三　大草香皇子事件

次に、第Ⅱ項の大草香皇子事件は、『水鏡』に次のように記されている。

あくるとしの二月に。御おとゝの雄略天皇の大泊瀬（オホハツセ）のみこと申ておはせし。御めになしたてまつらんとて。御をぢの大草香のみこと申し人の御いもうとをたてまつり給へと。みかどおほせことありて。御つかひをつかはしたりしに。この御子よろこびて。身にやまひをうけてひさしくまかりなりぬ。よに侍事けふあすといふことをしらず。この人みなし子にて侍を見をきがたくて。よみぢもやすくまかられざるべきに。そのかたちのみにくきをもきらひ給はず。かゝるおほせをかうぶるかたじけなき事也。この心ざしをあらはしたてまつらんとて。御つかひにつけてめでたきたからをたてまつれるを。この御つかひこれをみて。ふけるこゝろいできて。このたからものをかすめかくしつ。さてかへりまいりて。みかどに申やう。さらにたてまつるべからず。おなじみこたちといふとも。われらがいもうとにていかでかあはせたてまつるべきと申よしをいつはり申しかば。・（ママ）おほきにいかり給て。いくさをつかはしてころし給てき。その・（ママ）めをとりてわがきさきとし給。そのいもうとをめして。本意のごとく大はつせのみこにあはせ給つ。

この事件も記紀に詳述されているが、いま『書紀』安康天皇紀に従って事件の概要を記すと、次のようになる。

①大泊瀬皇子（雄略）が叔父の反正天皇の娘たちを妻にしようとするが、その暴虐性のゆえに恐れられ、逃げられて果たさない。

②安康天皇元年二月、天皇は同母弟大泊瀬皇子（『記』は大長谷王子）に、大草香皇子（『記』は大日下王）の妹幡梭皇女（『記』は若日下王）を妻に迎えさせようとして、根使主（『記』は根臣）を使者に遣わす。大草香皇子は感謝し、承諾の証として宝の押木珠縵を使者に託す。

③使者根使主は、その押木珠縵の美しさに目を奪われて盗み、大草香皇子が妹の婚姻を拒否したと讒言する。

④激怒した安康天皇は大草香皇子を攻めて殺し、その妻中蒂姫（『記』は長田大郎女）を奪って妃とし、幡梭皇女を大泊瀬皇子に娶せる。

⑤大草香皇子が殺された時、仕えていた難波吉師日香蚊父子はその死骸に取りすがって殉死する。

『記』には①⑤に相当する記述は見られないが、②～④の大草香皇子讒死事件の大要の記述に違いは見られない。

また、『書紀』の雄略天皇紀にはこの事件の後日談が以下のように記されている。

雄略天皇十四年四月条によると、皇后幡梭皇女の証言により根使主が押木珠縵を盗み取った次第が明らかとなり、激怒した天皇は逃走した根使主を捕らえて殺すとともに、その子孫を二分して一方は大草香部民として皇后に付け、もう一方は茅渟県主の負嚢者として、難波吉士日香蚊の子孫に大草香部吉士を贈姓したという。大橋信弥氏は記紀に共通する②～④の物語の本来の主題は、大日下王（大草香皇子）の讒死と、若日下部王（幡梭皇女）による名誉回復という点にあったとみられ、『記』では主題がそれて大日下王妃長田大郎女が安康后となる方向にすすむために後日譚が省略されたのであると説いている。(6)

この物語の発端は、安康天皇が弟の大泊瀬皇子の妃として大草香皇子の妹幡梭皇女を配しようとしたにもかかわらず、物語の展開はこれとははずれ、大草香皇子の讒死から、その妻が安康天皇の皇后になるという方向に進んでしまうこと、⑤の内容が草香部吉士氏の祖先功業譚の性格を有すること、『記』の記述に従えば安康天皇とその皇后長田大郎女の婚姻は同母兄弟婚と見なされるなど、多くの矛盾や不合理を内包するものであることが指摘されている。(7)

これに対して、『略記』には『書紀』の記載に従って、前掲の②～⑤の記事が記されている。『水鏡』は『略記』の記事を踏まえて②～④の記事を採り用いたと考えられるが、その記述の特徴として、次の表のように固有名詞の極端な省略と一般名詞化、および安康天皇と大草香皇子との系譜関係を明示する「御をぢの」という語句が挿入されたことが注目される。

古事記	日本書紀	扶桑略記	水　鏡
伊呂弟大長谷王子	大泊瀬皇子	弟大泊瀬皇子	御おとゝの雄略天皇の大泊瀬のみこ
大日下王	大草香皇子	大草香皇子	御をぢの大草香のみこ
汝命之妹若日下王	大草香皇子之妹幡梭皇女	大草香皇子之妹幡梭皇女	御いもうと
其王之嫡妻長田大郎女	大草香皇子之妻中蒂姫	大草香皇子之妻中蒂姫	そのめ
坂本臣等之祖根臣	坂本臣祖根使主	坂本臣祖根使主	御つかひ

	難波吉師日香蚊父子	難波吉師日香蚊父子	
押木珠縵	押木珠縵	押木珠縵	めでたきたから

これを見れば、大草香皇子の讒死事件に関わる登場人物のうち、『水鏡』が採用したのは讒死した大草香皇子と大泊瀬皇子の名のみであり、大草香皇子が婚姻承諾と感謝の証として安康天皇に奉った「押木珠縵」も「めでたきたから」と記すにとどめている。すなわち、『水鏡』の作者にあっては、この事件を記すにあたり安康天皇、大草香皇子、大泊瀬皇子の三者の名が必要であったのであり、それで十分条件をなしていたということである。

また、安康天皇が弟大泊瀬皇子に配するために大草香皇子の妹皇女を求めた部分は、それぞれ次のように記されている。

◇記

天皇、為㆓伊呂弟大長谷王子㆒而、坂本臣等之祖、根臣、遣㆓大日下王之許㆒、令㆑詔者、汝命之妹、若日下王、欲㆑婚㆓大長谷王子㆒。

天皇、いろ弟大長谷王子の為に、坂本臣等が祖、根臣を、大日下王の許に遣して、詔(のりたま)はしめしく、「汝命の妹、若日下王を、大長谷王子に婚(あ)はせむと欲ふ。

◇書紀

天皇、為㆓大泊瀬皇子㆒、欲㆑聘㆓大草香皇子妹幡梭皇女㆒。

天皇、大泊瀬皇子の為に、大草香皇子の妹幡梭皇女を聘(あと)へむと欲(おもほ)す。

◇略記
天皇為㆓弟大泊瀬皇子㆒。欲㆑納㆓大草香皇子之妹幡梭皇女㆒。

　天皇、弟大泊瀬皇子の為に大草香皇子の妹幡梭皇女を納れむと欲す。
◇水鏡
御おとゝの雄略天皇の大泊瀬のみこと申ておはせし。御めになしたてまつらんとて。御をぢの大草香のみこと申し人の御いもうとをたてまつり給へと。みかどおほせことありて。

記紀、『略記』のいずれも安康天皇と大草香皇子との系譜的関係に触れた記述が見られないのに対し、『水鏡』のみが「御をぢの」という語句を加えて、大草香皇子と安康天皇が叔甥の間柄にあることを明示しているのは注目に値する。両者が叔甥の間柄にあることは『書紀』仁徳天皇紀・允恭天皇紀の次のような記述によって知られる。
◇仁徳天皇紀
二年春三月辛未朔戊寅、立㆓磐之媛命㆒為㆓皇后㆒。后生㆓大兄去来穂別天皇・住吉仲皇子・瑞歯別天皇・雄朝津間稚子宿禰天皇㆒。又妃日向髪長媛生㆓大草香皇子・幡梭皇女㆒。

　二年の春三月の辛未の朔にして戊寅に、磐之媛命を立てて皇后としたまふ。后、大兄去来穂別天皇・住吉仲皇子・瑞歯別天皇・雄朝津間稚子宿禰天皇を生みたまふ。又妃日向髪長媛、大草香皇子・幡梭皇女を生めり。
◇允恭天皇紀
方今大鷦鷯天皇之子、雄朝津間稚子宿禰皇子与㆓大草香皇子㆒。然雄朝津間稚子宿禰皇子長之仁孝。

方今し、大鷦鷯天皇の子は、雄朝津間稚子宿禰皇子と大草香皇子となり。然して、雄朝津間稚子宿禰皇子、長にして仁孝にましませり。

これによれば、仁徳天皇には雄朝津間稚子宿禰皇子（允恭）と異母弟大草香皇子の二人の皇位継承候補者があり、仁徳天皇の崩御にあたり群臣の協議により兄皇子が即位したことが知られる。[8]『略記』に該当する記述は見られない。したがって、『水鏡』が『略記』のみを直接の典拠として成立したのであるとすれば、『書紀』の掲出部分に相当する記載のない『略記』を典拠として「御をぢの」という系譜的関係に触れた記述はなしえなかったと推測される。この部分は青木洋志氏が説かれるように、『書紀』を直接の典拠として記載されたと考えられる。[9]

『水鏡』の作者が「御をぢの」という語句を挿入したについては、臣下の讒言を信じて、正統な皇位継承有資格者であり、感謝と恭謙の態度を持して何の落ち度もなく、血縁の叔父に当たる大草香皇子を怒りにまかせて攻め殺すという、〈帝徳を備えるべき天皇の資質を欠いた帝王像を浮き彫りにする意図〉によるものであったと言ってよいであろう。

四　眉輪王の乱

Ⅲ項のいわゆる「眉輪王の乱」について、『水鏡』は次のように記している。

三年と申八月に。みかどろうにのぼり給て。みきなどすゝめてあそび給て。后のみやになにことかおぼす事はあると申給しかば。きさきのみや。みかどの御いとをしみをかうぶれり。なにことをかは思侍べきと申給。みかどおほせられていはく。我身にはおそるゝ事あり。このまゝ子のまゆわの王。おとなしくなりて。わがそのちゝをころしたりとしりなば。さだめてあしき心をおこしてんとの給を。このまゆわの王ろうのしたにあそびありきてきゝ給てけり。さてみかどのゐひて后の御ひざをまくらにして。ひる御とのごもりたるを。かたはらなるたちをとりて。まゆわの王あやまちたてまつりて。にげて大臣のいへにおはしにき。みかどの御おとゝの大はせのみ子このことをきゝて。いくさおをこして。かの大臣のいへをかこみてたゝかひ給き。まゆわのわう。もとよりわれ位につかんとのこゝろなし。たゞちゝのかたきをむくふるなりといひて。みづからくびをきりてしぬ。このまゆわの王七歳になんなり給し。

眉輪王の乱の経緯を『書紀』の記載を踏まえて年次順に記せば、次のようになる。

安康天皇　元年　二月　天皇根使主の讒言を信じ、叔父の大草香皇子を殺し、その妻中蒂姫を妃とし、大草香皇子の妹幡梭皇女を大泊瀬皇子に娶す。
同　　　　二年　一月　中蒂姫を皇后に立てる。
同　　　　三年　八月　大草香皇子と中蒂姫の子眉輪王、天皇を殺す。大泊瀬皇子、八釣白彦皇子を殺害する。葛城円大臣、坂合黒彦皇子と眉輪王を庇うが、大泊瀬皇子により共に焼き殺される。
　　　　　　　　十月　大泊瀬皇子、市辺押磐皇子を狩猟に誘い、射殺する。その弟御馬皇子も処刑される。
　　　　　　　十一月　大泊瀬皇子即位（雄略天皇）。

雄略天皇　元年　三月　幡梭皇女を皇后に立てる。
同　　十四年　十月　天皇、根使主を誅殺する。

『書紀』安康天皇紀は、天皇が眉輪王に殺されたことのみの記述にとどまり、その事情は次の雄略天皇の即位前紀に詳述されている。したがって、眉輪王の乱そのものは眉輪王の仇討ちのいきさつや、天皇の横死に中心があるのではなく、雄略天皇紀を構成する一事件として扱われていると言ってよい。(10) そこでも、事件の発端となった安康天皇の言葉は「吾妹、汝は親昵しと謂も、朕は眉輪王を畏る」とあるのみで、安康天皇が幼い眉輪王を畏れる理由、眉輪王が突然凶刃を振るった事情も記されていない。

一方、眉輪王の乱に対する大泊瀬皇子（雄略）の対応が詳述される。すなわち、大泊瀬皇子は同母兄の皇子たちが背後で眉輪王を操ったかと疑い、兵を率いて自ら先頭に立ち、まず白彦皇子を責め問い斬殺する。次いで黒彦皇子を糾問し眉輪王とともに殺そうとしたが、黒彦皇子は大泊瀬皇子に疑われることを恐れて、眉輪王とともに葛城の円大臣の許に逃げ込む。大泊瀬皇子は円大臣の許に使いを遣わして二人の引き渡しを要求したが、大臣が拒否したので兵をもって大臣宅を包囲する。大臣は娘の韓媛と葛城の屯宅を献上することを条件に命乞いをしたが、大泊瀬皇子は許さずに火を放たせて、大臣、黒彦皇子、眉輪王らを焼き殺す。さらに、大泊瀬皇子は帝位への有力後継者であった市辺押磐皇子を騙して狩りに誘い、自ら射殺するとともに、その弟御馬皇子をも処刑する。

これを見れば、眉輪王の乱を記す『書紀』編者の主たる目的は、この乱を皇位奪取の好機と見た大泊瀬皇子が、皇位継承の対立候補と目される同母兄の白彦、黒彦皇子たち、眉輪王、市辺押磐皇子、およびその後見の位置にある葛城氏の討滅を図った事件として描くことにあったと考えられる。(11)

『書紀』の安康天皇紀は、帝紀的記述に続いて木梨軽太子の自滅事件の顚末、大草香皇子の死の記述、さらに眉輪王の手で殺害されたという簡単な記事で閉じられ、その死に至る顚末は次の雄略天皇即位前紀に詳述される。帝紀の形式は保たれているが、天皇紀としてのまとまりは乏しい。

『記』の安康天皇記は即位の記述から直ちに大日下王の讒死事件、次いで目弱王の復讐と大長谷王子による黒日子王、白日子王殺害、さらに目弱王と庇った都夫良意美の死、皇位継承のライバル市辺之忍歯王の射殺に至る大長谷王子の皇位簒奪の経緯が記される。帝紀の一般的な構成要件に関する記述も見られず、雄略天皇の即位前記と見るべきもので、独立した帝紀の形を有していない[12]。

『水鏡』の直接の主な典拠になったと考えられる『略記』「安康天皇」の記事は、『水鏡』の場合と同じ三つの事件・物語から構成されているが、Ⅲ項の眉輪王の乱については『書紀』の記述内容を踏襲し、雄略天皇の即位前記の様相を呈しており、安康、雄略両天皇関係の記事が併存した形をなしている。

これに対して、『水鏡』「廿一代安康天皇」は、安康天皇の治世三年間の事件・物語に焦点を絞り、甲斐のない帝王の生涯を描く統一した天皇像の記載が意図されている。眉輪王の乱についても、高齢に達した安康天皇の気弱な一言が惨劇を招く構図と、天皇と后の心中を忖度して一種の心理小説的な様相を垣間見せている。

七歳の継子眉輪王が成人して、自分の父を殺したのが継父の安康天皇であると知ったならば、必ず敵討ちを考えるであろう。それは、叔父の大草香皇子を殺してその妻を奪って以来、片時も安康天皇の頭を離れなかった恐れの告白であり、寵愛する后の連れ子であるがゆえに殺して危難を未然に防ぐことができない苦悩の吐露でもあった。

そのことは、現在の平穏な生活が早晩破綻し、鮮血にまみれた惨劇が必然であることを后に察知させることになる。その事はまた、その恐れを未然に取り除くために、眉輪王が成人する前に夫安康天皇の手によって殺害される可能性をも暗示している。安康天皇の不用意な言葉は、母子の心中に自らの危うい立場を如実に感じ取らせたはずである。后の応答には強い警戒心と、それを察知されまいとするさりげない感謝の言葉が連ねられる。

「本意の如く」思い立ったことは即座に実行する安康天皇の暴虐で安易な人間性を目の当たりにしている后の心中を忖度すれば、先に同母兄の皇太子を殺して帝位に即き、今また叔父である夫大草香皇子を殺した残忍な刃が我が子に向けられるのはむしろ当然であった。傍線部「本意の如く」は『水鏡』の作者が加えた迫真の一句であると言ってよい。

五　七歳の意味

最後に眉輪王の年齢が「七歳」であることの意味について考えたい。

眉輪王の年齢記載は『書紀』雄略天皇即位前紀に「眉輪王幼年（としわか）くして、楼の下に遊戯（あそびたはぶ）れ」、『記』安康天皇記に「其の大后の先の子、目弱王、是年七歳なり。」、『略記』に「常に宮中にて養へり。時に年七歳なり。」とあって、『書紀』には具体的な年齢表記は見られず、『記』『略記』では乱の展開を記す中に記載されている。

これに対して、『水鏡』では傍線部のように、「廿一代安康天皇」の末尾に「このまゆわの王七歳になんなり給し。」とあり、全物語を語り終えた最後に独立した一文として据えられている。そこに作者の独自の意図と重い意味が与えられていることは推測されよう。

まず「七歳」という年齢については、『養老律令』の「名例律第一6八虐」に「一に曰はく、反を謀る。謂はく、国家を危せむと謀れるをいふ。」という、君主に対する殺人予備罪の規定がある。また、「名例律第一30」には「九十以上・七歳以下は、死罪有りと謂も、刑加へず。」とあり、九十歳以上と七歳以下の刑の免除規定を表す記述がある。[13]

榎本春香氏は『記』に年齢記載が加えられた意図について、次のように説いている。

名例律の八虐の中には、君主に対する殺人予備罪である謀反条が存在し、謀反を企てるだけで極刑として処することが記されている。目弱王は謀反を企てるだけではなく、天皇暗殺を実行に移していることを鑑みると、当然極刑に処される立場だっただろう。しかし、彼は七歳であるから律令に基づけば刑の免除規定が適用される年齢である。（中略）目弱王を「幼年」とだけ記す『日本書紀』に対し、『古事記』で「七歳」と記されるのは、律令を踏まえたうえで、目弱王の智力の高さを裏付けているとともに、七歳という幼さにして死んでいく御子の悲劇性を強調しているのではないだろうか。[14]

榎本氏の見解は、『水鏡』の年齢記載の解釈にも適合するであろう。のみならず、『水鏡』は七歳の眉輪王が自ら首を斬り自殺したことのみを記し、円大臣の助命嘆願のこと、大臣一族も滅んだこと、大泊瀬皇子が火を放って二人を焼き殺したことも一切記さない。七歳の眉輪王の潔い行動に焦点を当て、〈安康天皇の暴虐性と、そのゆえにわずか三年の治世で幼童に殺害された甲斐のない帝王の生涯〉を際立たせているのである。

また、傍線部「もとよりわれ位につかんとのこゝろなし。たゞちゝのかたきをむくふるなり」という言葉も、眉輪王が皇位継承有資格者であるという事実を暗示するとともに、律令の規定を踏まえて「謀反」には当たらないという解釈を与えている。兄の安康天皇の死を権力奪取の好機とみた大泊瀬皇子の酷薄さ、七歳の幼童をも根絶やしにする帝位への非情な論理を浮き彫りにするとともに、「大悪天皇」と評される次の「廿二代雄略天皇」へと連結させているのである。

『水鏡』「廿一代安康天皇」には、治世三年にとどまった天皇の末路の必然性を三つの事件・物語を配して構成し、天皇の記事としての統一性を保っている。『水鏡』が典拠である『略記』の記事の抜粋・翻案にとどまるという牢固な低評価は訂せられるべきであろう。

注

（1）安康天皇の即位年月日の問題については、第一章第三節「水鏡の帝紀的記事」に詳述。

（2）帝紀の一般的な構成要件については、矢嶋泉著『古事記の歴史意識』（二〇〇八年、吉川弘文館）『古事記』の歴史記述のスタイル」における記紀の帝紀の構成要件に関する研究史の分析、山崎かおり「『大后』長田大郎女考—古事記の安康天皇殺害事件を中心に—」（『古代文学』四三号、二〇〇三年）のまとめを参考にした。

（3）都倉義孝「軽太子物語論—『古事記』の構造に関連して—」（『早稲田商学』三〇五号、一九八四年六月）。矢嶋泉「『古事記』中・下巻の反乱物語」（『日本上代文学論集』一九九〇年、塙書房）。阿部寛子「伝承としての近親婚—『安康記』の意味するもの—」（『調布日本文化』五号、一九九五年三月）など。

（4）下出積與監修『訓註　扶桑略記』一二（『文芸研究』七〇号、一九九三年九月）の訓に従った。

（5）注（2）の矢嶋著「皇統譜から歴史へ」。

（6）大橋信弥著『日本古代国家の成立と息長氏』（一九八四年、吉川弘文館）「第三『帝紀』からみた息長氏」。

（7）注（6）の大橋著。粕谷興紀「大草香皇子事件の虚と実」（『皇學館論叢』一一巻四号、一九七八年）など。

（8）荒木敏夫著『日本古代の皇太子』（一九八五年、吉川弘文館）「ヒツギノミコと王位継承」。

（9）青木洋志「『水鏡』の依拠資料について」（『二松学舎大学人文論叢』四七輯、一九九一年一〇月）。青木氏は同論文で次のように説いている。

『扶桑略記』には大草香皇子が安康天皇の「をぢ」であることが分かる記事は無く、『日本書紀』仁徳天皇二年三月条の皇子女の系譜記事から、安康天皇の父允恭天皇と大草香皇子が異母兄弟であることが分かるので、これに拠ったと思われるものである。

（10）岸俊男「古代の画期雄略朝からの展望」（『日本の古代6王権をめぐる戦い』一九八六年、中央公論社）。阿部誠「雄略天皇の即位伝承―古事記における伝承の再構成とその構想―」（『國學院雑誌』九〇巻五号、一九八九年五月）など。

（11）日本古典文学大系67『日本書紀上』四五七頁頭注四。注（8）の荒木著。熊谷公男著『日本の歴史03　大王から天皇へ』（二〇〇一年、講談社）「初の『治天下大王』―ワカタケル大王」など。

（12）中西進「古事記抄―安康記・雄略記―」（『論集上代文学　第六冊』一九七六年、笠間書院、所収）。

（13）日本思想大系3『律令』所収。

（14）榎本春香「目弱王物語―『古事記』安康記をめぐって―」（『國學院大學大学院文学研究科論集』三九号、二〇一二年三月）。

第五節　水鏡「卌八代廃帝」の解釈

一　はじめに

『水鏡』の「卌八代廃帝[1]」は、孝謙太上天皇という古代史上類例のない専制君主の寵を競う藤原仲麻呂（恵美押勝）と道鏡の政争に翻弄され、歴史上はじめての「廃帝」の生涯を終えた帝王の生涯について記載したものである。明治三年七月二十四日布告をもって、「淳仁天皇」と称することが定められた。

従来、『水鏡』は、直接の典拠とした『扶桑略記』（以下、『略記』と略称）から記事を抜粋し、漢文体から和文脈に翻案されたもので、その文学的価値は四鏡中で最も低いものと見なされてきた。しかし、この「卌八代廃帝」の典拠に相当する『略記』の四十八代「大炊天皇」条は抄本部分に当たり、歴代天皇の記録である帝紀を構成する基本事項（代数、号、治世、父母の名など）の他は、官名改易の記事、光明皇太后の崩御記事と、九つの宗教関係記事のみが残されている。したがって、『水鏡』「卌八代廃帝」の構成とその叙述に込められた作者の歴史解釈を明らかにするにあたっては、正史である『続日本紀』（以下、『続紀』と略称）を中心に、『略記』の逸文、および関係資料を踏まえて考察することが必要になる。

まず、『水鏡』「卌八代廃帝」の構成を流布本に付せられた見出し項目（標目）をもとに四項目に纏めると、次のようになる。[2]

Ⅰ太子の改廃と橘奈良麻呂の変

1諱、大炊

・帝紀の基本事項

・道祖王廃太子と大炊王立太子　……………………「ゆゝしき事ども侍き。」

・橘奈良麻呂の変　……………………………………「そのほどのことどもをしはかり給べし。」

・仲麻呂、大保（右大臣）に昇任

Ⅱ仲麻呂の栄達と道鏡の登場

2仲麿、帝の寵愛に依り姓の上に恵美の二字を加へられし事

3仲麿、押勝と改めし事

4路頭に菓木を栽ゑられし事　……………………「いみじき功徳とおぼえ侍し事なり。」

5招提寺を立てられし事

6太上天皇、出家して尼となりし事

7道鏡少僧都に任ぜしは、太上天皇の殊遇に依りし事

Ⅲ恵美押勝の乱
　8恵美の大臣、政を推行せし事(3)
　9天下の政、違乱せし間の事……………………「いかなる事にてか侍けん。」
10恵美大臣誅せられ、首を京都に伝へし事　……………「あはれに侍し事なり。」
11恵美大臣の女子の女御、千人に会ひ合ふ相有りし事……「心うきこと侍き。」「相はおそろしきことにぞはべる。」
12道鏡、大臣に任ぜし事
Ⅳ廃帝の処置
13帝を廃せし間の事　………………………………「心うくはべりし事なり。」
［「四十九代称徳天皇」の記事］
14廃帝の呪詛に依る旱魃大風の事
15廃帝早世し給ひし事

構成を一瞥すれば、孝謙（称徳）女帝の恣意や愛憎、それに引きずられた仲麻呂、道鏡をはじめとする廷臣らの動向、政治的混乱と謀反、その過程で女帝と仲麻呂の思惑によって擁立され、皇位継承史に前例のない廃帝という処遇がなされた経緯が、整然とした記事の配列のもとに語られていることがわかる。

また、見出し項目の下に掲出したように、事件の叙述にあわせて作者の心情表現語文が付記されており、関係資料をもとにそれらの心情表白をなさしめた事由を問うことから、作者の歴史解釈の具体的な内容に迫ることが可能になると思われるのである。

二　太子の改廃と橘奈良麻呂の変

『水鏡』「卌八代廃帝」の具体的な内容に踏み込むにあたり、はじめに前代「四十七代孝謙天皇」の末尾に記された、次のような記述に注目しておく必要がある。

（天平勝宝四年）今年ぞかし。道鏡うちへまいりて如意輪法をゝこなひしほどに。やうやうみかどの御おぼえいできはじまりしかば。ゆげの法皇と申しはこの人なり。

従来、天平勝宝四年（七五二）に道鏡が宮中に召されて如意輪法という秘法を行ったという記事は『続紀』『略記』ともに見られないことが指摘されてきた。(4) しかし、若年の道鏡が葛城山に籠もって如意輪法の修行に励んだことは、興福寺本『僧綱補任』「道鏡」の項の天平宝字七年条裏書に、「初籠葛木山。修如意輪法。苦行無極。(5)」とあることでわかる。しかし、この記事は『水鏡』の典拠ではありえない。

一方、『水鏡』より時代は下るが、『帝王編年記』（以下、『編年記』と略称）に、

（天平勝宝四年）今年。弓削道鏡法師初参内。行二如意輪法一。

という記載があり、鎌倉末期に成立した『濫觴抄』「修法禅師」の項には、

今年。沙門道鏡略渉二梵文一。亦列二禅門一。入二内道場一修二如意輪法一。其後従二天皇一幸二近江国保良宮一、候二看病一稍寵幸。

という記事が見られる。

平田俊春氏は、『編年記』『濫觴抄』の主要記事がともに『略記』の引抄であることの考証を踏まえて、右掲の両記事を『略記』逸文として挙げている(6)。『水鏡』との関わりで見れば、傍線の点線部は『編年記』、波線部は『濫觴抄』の記事に重なる。平田氏の所説のとおり、『水鏡』は『略記』の完本から両記事を踏まえて記述したと見ることができよう。

しかし、『水鏡』の「太子の改廃」記事の意義は、前掲の実線部を書き加えたことに認められる。正史である『続紀』に道鏡が登場するのは、天平宝字七年（七六三）九月癸卯（四日）条の少僧都任官記事が最初であり、『濫觴抄』も道鏡が孝謙太上皇の寵幸を得たのは天平宝字五年（七六一）十月の保良宮行幸時の看病が機縁であると記している。これに対して、『水鏡』ではその十年前の如意輪法による施術を「今年ぞかし。」という強調表現を用いて記し、「ゆげの法皇と申しはこの人なり。」と結んでいる。「卌八代廃帝」を前にした準備設定であり、読者に道鏡の存在を強く印象づける語りであると言ってよい。

『水鏡』「卌八代廃帝」は、帝紀の基本事項に続いて、道祖王の廃太子と大炊王の立太子記事から語り出される。

道祖王は天平勝宝八年（七五六）五月二日、聖武太上天皇の遺詔により立太子したが、十一ヶ月後の天平宝字元年三月二十九日、諒闇中に志淫縦にあり、教勅を加えても改悛なしとして皇太子を廃された。次の太子を定めるべく四月に開かれた群臣会議では、右大臣藤原豊成、式部卿藤原永手は道祖王の兄塩焼王を推し、摂津大夫文室珍努、左大弁大伴古麻呂は池田王を推したが、大納言仲麻呂は孝謙天皇の意向を尊重すべきことを説いてそれらの説を退け、大炊王が皇太子に定められた。当時、大炊王は仲麻呂の亡き長子真従の寡婦粟田諸姉の入婿として仲麻呂の邸宅田村第に住んでおり、この太子の廃立が孝謙女帝と仲麻呂による将来の傀儡帝の擁立劇であったことがわかる。『水鏡』は『続紀』に基づき、太子の改廃に関わる一連の事件の骨子を年月日、関係者名、会議の展開、廃立の理由とともに簡潔に記述している。

この記述で注目すべきことは、太子改廃記事が「この御門東宮にたちたまひしおりは。ゆゝしき事ども侍き。」という心情表出文から書き出されていることである。歴史上の廃太子の事例は九件をかぞえ、奈良・平安期と南北朝期に集中している。『水鏡』はそのうち五件に触れているが、道祖王の廃太子はその最初の事件である。道祖王は天武系皇統の正統の皇嗣として聖武の遺詔により太子に立てられた。『水鏡』の作者は、皇位継承史を歪める当代権力の恣意的な皇嗣の改廃の指摘と、のちに頻発する政治的混乱と謀反の因として、批判の思いを「ゆゝしき事ども侍き。」という心情表白に含意させている。

大炊王立太子の三ヶ月後の天平宝字元年七月には、橘奈良麻呂の変が起こる。

かくてのち・。(ママ)この東宮にえらびすてられたまひつる王たち。又心ざしある人々あまたよりあひて。みかど。東宮をかたぶけたてまつり。仲麿をうしなはんとすといふ事。おのづからもりきこえしかば。なかまろ内にまいりてこのよしを申しかば。さまざまのつみをおこなはれき。そのほどのことどもをしはかり給べし。このほどは道鏡もいまだほひろかに・(ママ)まいりつかうまつらざりしかば。このなかまろ御かどの御おぼえならびなかりき。

この変の首謀者たちの名前が一切記されないことは、前段の太子改廃記事と明らかな対照性を見せている。また、「心ざしある人々あまたよりあひて。」「そのほどのことどもをしはかり給べし。」という暗示的な表現からは、『水鏡』の作者が単純な謀反の企てと捉えていないことを読み取りうる。この変事は仲麻呂による不満分子一掃の口実として、首謀者六人の杖死をはじめ処分者四四三名に及び、その専権への道を開いた事件であった[7]。また、読者に対して再度道鏡の存在への注意を喚起する語りにも留意しておく必要がある。

三　仲麻呂の栄達と道鏡の登場

つぎに、仲麻呂の専権への道と破滅、および道鏡の栄進の様相を、『続紀』の記事により確認しておく。

天平宝字元年（七五七）　五月丁卯（二十日）　仲麻呂、紫微内相に任ぜられ、全面的な軍事権を掌握。
同　二年　八月庚子朔　孝謙譲位（太上皇）。大炊王即位（淳仁天皇）。
　　　　　八月甲子（二十五日）　仲麻呂、大保（右大臣）に任ぜられ、恵美押勝の名を賜う。
同　四年　正月丙寅（四日）　仲麻呂、従一位を授けられ、大師（太政大臣）に任ぜられる。
　　　　　六月乙丑（七日）　光明皇太后崩。
同　五年　十月甲子（十三日）　孝謙、保良宮に行幸。道鏡、寵幸を受ける。
同　六年　二月辛亥（二日）　仲麻呂、正一位を授けられる。

同　七年　五月辛丑（二十三日）　孝謙と淳仁不和。

　　　　　六月庚戌（三日）　孝謙、国家の大事を行う旨の宣旨を出し、皇権分裂。

同　八年　九月癸卯（四日）　道鏡、少僧都に任ぜられる。

　　　　　九月乙巳（十一日）　中宮院の鈴・印をめぐり孝謙方、仲麻呂方争い、恵美押勝の乱起こる。

　　　　　　　壬子（十八日）　押勝斬首される。

　　　　　九月甲寅（二十日）　道鏡、大臣禅師に任ぜられる。

　　　　　十月壬申（九日）　孝謙、兵数百を派遣して中宮院を囲み、淳仁天皇廃位。同日淡路に配流。孝謙重祚（称徳）。

「四十九代称徳天皇」
天平神護元年（七六五）　十月庚辰（二十二日）　淡路廃帝、垣をこえて逃走。国守の兵に捕捉され、翌日死去。
　　　　　閏　十月庚寅（二日）　道鏡を太政大臣禅師に任ずる。
同　二年　十月壬寅（二十日）　道鏡を法王とする。

光明皇太后・孝謙太上皇の寵遇を得てついには正一位・太政大臣に昇りつめた仲麻呂の栄光と権力は、三ヶ月後の保良宮における孝謙と淳仁の不和により、一気に瓦解の道を辿ることになる。『水鏡』は『続紀』天平宝字六年六月庚戌（三日）条の宣命をもとに、孝謙の言動を簡潔にまとめている。

同六年六月太上天皇あまになりたまひてのたまはく。①われ菩提心をゝこしてあまとなりぬれども。②みかどことにふれてうや〲しきけさらにおはせず。③かやうにいはるべき身にはあらず。④よのまつり事のつねの小事をばおこなひたまへ。よの大事賞罰をばわれをこなはんとのたまはせて。このゝち世をおこなひたまひき。⑤同七年九月に道鏡少僧都になりて。つねに太上天皇の御かたはらにさぶらひて。御おぼえならびなくなりしかば。ゐみの大臣みかどをうらみたてまつる心やう〲いできにき。

孝謙が一方的に賞罰などの国家の大事を自ら行うことを宣言し、皇権の分裂を露呈させたこの宣命において、傍線部③「かやうにいはるべき身にはあらず。」は、このままでは文意が不明である。そこで『続紀』の宣命の該当部分を掲げると、次のようになる。

朕が御祖太皇后の御命以て朕に告りたまひしに、岡宮に御宇しし天皇の日継は、かくて絶えなむとす。女子の継には在れども嗣がしめむと宣りたまひて、此の政行ひ給ひき。かく為て今の帝と立ててすまひくる間に、うやうやしく相従ふ事は无くして、とひとの仇の在る言のごとく、言ふましじき辞も言ひぬ、為ましじき行も為ぬ。③凡そかくいはるべき朕には在らず。別宮に御坐坐さむ時、しかえ言はめや。此は朕が劣きに依りてし、かく言ふらしと念し召せば、愧しみいとほしみなも念す。また一つには朕が菩提心発すべき縁に在るらしとなも念す。是を以て出家して仏の弟子と成りぬ。④但し政事は、常の祀小事は今の帝行ひ給へ。国家の大事賞罰二つの柄は朕行はむ。⑧

孝謙の怒りと感情の乱れを露わにしたこの宣命は、国家大事と賞罰の決定という天皇大権の中枢部分を自らが握るという宣告以外、文脈は通らない。したがって、傍線部③「凡そかくいはるべき朕にはあらず。」の文意も不明であり、『続紀』天平宝字八年九月壬子（十八日）条の恵美押勝の略伝の次のような記事に接してはじめて納得されるのである。

独擅㆓権威㆒、猜防日甚。時道鏡、常侍㆓禁掖㆒、甚被㆓寵愛㆒。押勝患㆑之、懐不㆓自安㆒。

独り権威を擅（ほしきまにま）にして猜防日（さいばうひび）に甚し。時に道鏡常に禁掖（きむえき）に侍（さもら）ひて甚だ寵愛せらる。押勝これを患へて懐自ら安からず。

『水鏡』の引用部分が、①から④へと宣命の乱れた文脈を整理して簡潔に記述したことは認められよう。また、押勝の略伝の引用部分を傍線部⑤として結合させることにより、孝謙の道鏡寵愛が仲麻呂滅亡の主因であり、傍線部③の文意不明な言葉の内実が、孝謙の道鏡殊遇に不安を感じた仲麻呂の意を受けて、淳仁が行った諫言に対する孝謙の怒りの激発を意味するもの(9)として読者に理解されるように構成されている。

四　恵美押勝の乱

天平宝字八年（七六四）九月、天皇権の象徴である駅鈴・内印の争奪戦に敗れた仲麻呂は、太政官印を持って地盤である近江国をめざしたが、孝謙側の迅速な攻勢のために捕らえられて斬首された。『水鏡』は鈴・印の争奪から、勢多橋の焼却、越前国へ向かう途上の塩焼王の即位、琵琶湖北西岸の高島郡における激戦など、いわゆる恵美押勝の乱の展開を簡潔に叙述して、次のようにまとめている。

十八日に大臣うちとられにき。そのかうべをとりて京へもてまいれりしにこそ。おなじ大臣と申せども。よのおぼえめでたくおはせし人の。ときのまにかくなりたまひぬるあはれに侍し事なり。

人臣位を極めた仲麻呂の束の間の栄光と無惨な末路への詠嘆と、無常感の吐露であるが、八年後に下野国薬師寺で同じく失意の生涯を閉じた道鏡に対する詠嘆表現は見られない。

押勝の乱の悲惨さを際立たせるのは、その娘に加えられた理不尽な性的暴力行為である。

又心うきこと侍き。その大臣のむすめおはしき。いろかたちめでたく。よにならぶ人なかりき。鑑真和尚のこの人千人のおとこにあひたまふ相おはすとのたまはせしを。たゞうちあるほどの人にもおはせず。一二人のほどだにもいかでかと思しに。ちゝの大臣うちとられし日。みかたのいくさ千人こと〴〵くにこの人をおかしてき。相はおそろしきことにぞはべる。

従来、この事件も他の現存文献には記述が見られない全くの浮説であり、『水鏡』作者の創作であると理解されて『水鏡』の低評価の事例に挙げられることが多い[10]。しかし、『編年記』天平宝字八年九月条に、

同十一日。（略）於㆓近江国高島郡㆒討㆓煞押勝㆒伝㆓首京師㆒。此日。大臣女子。千人官軍悉犯㆑之。先日鑑真和尚可㆑配㆓千人㆒之由相㆑之。云云。

という記事があり、平田氏は同文を『略記』の逸文として掲出している。[11]『水鏡』の記事が『略記』を典拠としたことは疑いないと思われるのであり、評価にあたっては考慮されなければなるまい。

また、『水鏡』の見出し項目（標目）には「恵美大臣の女子の女御、千人に会ひ合ふ相有りし事」とあり、当該女人は「女御」の地位にあった女性と受け止められていたことになる。女御は桓武天皇の治世から用いられた名称であるが、中宮の次に位置し、天皇の寝所に侍した高位の女官、または上皇、皇太子の妃をさす。天武の皇子新田部親王の子である塩焼王（乱の当時は「氷上塩焼」）は有力な皇位継承資格者であった。奈良麻呂の変で皇嗣の一人に挙げられ、さらに仲麻呂により「今帝」に擁立されて近江で斬殺された。薗田香融氏は「仲麻呂の子女の一人が氷上塩焼の側室となっていた」と推定している。[12]見出し項目にはこの女性が想定されていたか。ともあれ、作者の「心うきこと侍き。」という慨嘆には、京に残された仲麻呂の家族が受けたであろう悲惨な現実を踏まえ、政変、謀反事件のたびに繰り返される敗者の子女への理不尽な性的暴力への批判が含まれていよう。

一方、この記事は高僧鑑真の観相の卓越性を語り、栄華の絶頂にあった仲麻呂の権勢の脆さを暗示するものであり、『略記』の成立時にこの種の鑑真伝承が存在したことを推測させる。鑑真の遷化は天平宝字七年五月、仲麻呂の死は翌年九月のことであった。

五　廃帝の処置

皇権を手中にした孝謙太上皇が次に着手したのは現天皇淳仁の処置であった。『続紀』天平宝字八年十月壬申（九日）条によれば、孝謙は数百の兵を派遣して中宮院を包囲し、二、三人の親族らとともに徒歩で図書寮の外に移動した淳仁に山村王が帝位を廃して親王に復する宣命を読み上げ、即日馬で淡路に向かわされて幽閉されたとある。『水鏡』は『続紀』に従って廃帝の処置の骨子を簡潔に記すとともに、その一連の処置を「心うくはべりし事なり。」と結んでいる。

廃帝の末路記事は、次の「四十九代称徳天皇」に記述される。

同九年に淡路廃帝国士をのろひたまふによりて。日でり大風ふきて。よのなかわろくて。うへしぬる人おほかりきと申あひたりき。十月に廃帝うらみのこゝろにたへずして。かきをこえてにげたまひしを。国守つはものをおこしてとゞめ申しかばかへりたまひて。あくる日うせたまひにき。閏十月二日大臣禅師道鏡太政大臣になりき。

『続紀』の該当箇所に、廃帝の呪詛により天変地異が生じたことを示す記事は見られない。一方、『続紀』天平神護元年における廃帝死去（十月二十三日）以前の飢饉と国家の食料等の施給記事は、二月四日・十五日、三月二日・四日・九日・十日・十三日・十六日、四月四日・十三日・二十二日・二十七日、六月一日・八日の十四回を数え、左右京をはじめ三十三カ国に及んでいる。『水鏡』の作者はこれらの旱魃・飢饉が廃帝の恨みによるものであるとする世人の噂を記して、現帝王の廃位・淡路配流という称徳の酷薄な処置への批判を含ませている。

廃帝の死への経緯は、『続紀』天平神護元年十月条に次のように記されている。

庚辰、淡路公、不レ勝二幽憤一、踰レ垣而逃。守佐伯宿禰助・掾高屋連並木等、率レ兵邀レ之。公還明日、薨二於院中一。

庚辰（二十二日）、淡路公、幽憤に勝へず、垣を踰えて逃ぐ。守佐伯宿祢助、掾高屋連並木ら兵を率ゐてこれを邀（さきき）る。公還りて明くる日に院中に薨しぬ。

これを見れば、『水鏡』の死亡記事が『続紀』の和文脈への翻案であることは認められよう。しかし、死亡記事の前に廃帝の呪いによる旱魃・飢饉記事を据えることにより、称徳の冷酷な仕打ちへの怨念の深さを強調し、逃走・捕捉、翌日の不可解な死を印象づける効果を生み出している。

廃帝の「幽憤」は幽閉中の精神的圧迫によるものと解されるが[13]、渡辺晃宏氏は、同時期の称徳の紀伊行幸の目的が「淡路幽閉中の大炊親王の復位の動きを封じ込めること」と「道鏡の太政大臣禅師任官」にあったことを挙げて、廃帝の死の背景を次のように説いている。

称徳が玉津嶋に到着したのは十月十八日、淡路に幽閉中の大炊親王が脱走を図って失敗したのは二十二日であり、翌二十三日の大炊親王の不自然な死を見届けたかのように、称徳は二十五日に弓削寺に向けて玉津嶋を発つ。称徳の旅程と大炊親王の最期とは余りにも符合している。（略）この行幸は大炊親王に死を賜う行幸であったとみてよいのではないか[14]。

廃帝の不可解な死は十月二十三日、道鏡の太政大臣禅師就任はその十日後のことであった。『水鏡』の廃帝事件の顛末記載が道鏡の登場記事に始まり、道鏡の太政大臣禅師就任記事で閉じられているのは、事件の全体を「ゆゝしき事」「心うくはべりし事」と解する作者の歴史解釈を語って象徴的である。

『水鏡』「卌八代廃帝」の評価について、金子大麓氏は『水鏡』作者の『語る』意識の稀薄化による虚構の単一性」を指摘し、『語る』意識が強ければ、必然的に表現効果を高める手段として『虚構』を求めたり、素材への潤色や肉付けを試みたはずである。[15]」と説いている。しかし、『水鏡』「卌八代廃帝」の評価にあたっては、それが古代の皇位継承史に大きな汚点を残した廃帝という前例のない処遇の原因、経過、およびその結末について、客観的な視座を確保しつつ、史書の記事を踏まえて簡潔・的確に記述したことに求められる。廃帝の悲劇はそれ以前の史書、文芸作品、それ以後の中・近世の史書、作品等においても、『水鏡』を凌駕する歴史記述は現れていない。その観点に立つとき、作り物語的な虚構や潤色はむしろ歴史記述を妨げる働きをなすと言わなければならないであろう。

注

（1）代数の表記は『水鏡』に従う。

（2）見出し項目の読みは『校注水鏡』（一九九一年、新典社）を借用した。

（3）諸注は「推行」の部分を「権行」と読んでいるが、国史大系所収の専修寺所蔵本の見出し項目には「恵美大臣推行政事」とあり、それに従った。『大漢和辞典』に、

〔推行〕おし広める。おし行ふ。実施する。〔宋史、職官志〕官吏推行多違法意。

とある。

（4）『水鏡全注釈』（一九九八年、新典社）三〇七頁注一四。

（5）『五十音引僧綱補任僧歴綜覧』（一九七六年、笠間書院）に拠る。

（6）平田俊春著『私撰国史の批判的研究』（一九八二年、国書刊行会）第三篇第一章「扶桑略記の復原」。

（7）『続紀』称徳天皇宝亀元年七月癸未（二十三日）条に「天平勝宝九歳の逆党橘奈良麻呂ら并せて縁坐せる惣て四百四十三人。」とある。
倉本一宏著『奈良朝の政変劇』（一九九八年、吉川弘文館）、吉川真司著『天皇の歴史02　聖武天皇と仏都平城京』（二〇

一一年、講談社）参照。

（8）宣命書き本文は省略した。

（9）『続紀』光仁天皇宝亀三年夏四月丁巳（六日）条の道鏡伝に「宝字五年、保良に幸（みゆき）したまひしより、時（よりより）看病に侍して稍（やや）く寵幸せらる。廃帝、常に言を為して、天皇と相中（あた）り得ず。」、『日本霊異記』下巻縁三十八には「弓削の氏の僧道鏡法師、皇后と同じ枕に交通し、天の下の政を相摂りて、天の下を治む。」とある。

（10）注（4）三二五頁。河北騰著『水鏡全評釈』（二〇一一年、笠間書院）二六五・二六七頁。

（11）注（6）に同じ。

（12）薗田香融著『日本古代の貴族と地方豪族』（一九九二年、塙書房）「恵美家子女伝考」。

（13）木本好信著『平城京時代の人びとと政争』（二〇一〇年、つばら）「淳仁天皇の叛意」。

（14）渡辺晃宏著『日本の歴史04　平城京と木簡の世紀』（二〇〇一年、講談社）三一八頁。

（15）金子大麓「歴史物語の虚構性――『水鏡』に於ける淡路廃帝――」（『国士舘短期大学紀要』八号、一九八二年三月）。

第三章　水鏡と変乱

第一節　水鏡の乙巳の変解釈

一　はじめに

乙巳の変とは、西紀六四五年（大化元）六月、中大兄皇子と中臣鎌足らが宮中における三韓の調進の場で蘇我入鹿を倒し、蘇我本宗家を滅亡させた政変を言う。その政変の成功により中大兄らは政治体制を刷新して、大化改新と呼ばれる政治改革を推進することとなった。今日、乙巳の変は王位継承をめぐる争いと、外交政策をめぐる蘇我氏と中大兄らとの対立を起因とするものであると考えられている。[1] しかし、乙巳の変を記す『水鏡』「卅七代皇極天皇」の紀には外交問題に関する記述は見られず、この変はもっぱら蘇我氏の専横をめぐる対立抗争として捉えられている。

『水鏡』は僧皇円の私撰歴史書『扶桑略記』（以下、『略記』と略称）を主な典拠とし、『日本書紀』（以下『書紀』）をはじめとする文献・史料を参看して制作されたと考えられるが、乙巳の変を記した「卅七代皇極天皇」は『略記』の記文を抄出して構成されており、他の文献・史料に基づいたと思われる記述は見当たらない。しかし、その構成と乙巳の変の解釈は『略記』とは大きく異なっている。

二　『扶桑略記』記事の採用と捨象

『水鏡』の作者が皇極天皇の紀を構成するにあたり、典拠とした『略記』の同天皇記から採り用いた記事内容は、その総字数の約四十一％となる。また、『略記』から採り用いた記事を『水鏡』に付せられた標目を借用して分類・整理して掲げると、次のようになる。

A皇極天皇の帝紀的記事
・正月即位の事
・旱魃に依り河上に行幸し祈請の間に雨下りし事
B蘇我氏の専横と中大兄・鎌足による討滅（乙巳の変関係記事）
・蝦夷大臣、聖徳太子の子・孫廿三人を失ひ奉りし事
・天智天皇皇子の時、法興寺にて蹴鞠の時、鎌足御沓を取りて進（たてまつ）られし間の事
・入鹿大臣、兵五十人を率ゐて出で入りし間の事
・山階寺金堂の釈迦の由緒の事
・入鹿を殺せし間の事
C但馬国に伝わる民話

・但馬国の人の子、鷲に取られし事

右のように、『水鏡』「卅七代皇極天皇」の記事はＡＢＣの三項を柱として構成されたと考えられるが、その総字数による内訳は、Ａ十二％、Ｂ六十三％、Ｃ二十五％となっている。Ｂの乙巳の変関係記事が全体の六十三％を占めており、「卅七代皇極天皇」は何よりも乙巳の変を中心に構成されたことが確認される。この点は『略記』の同天皇条における乙巳の変関係記事の比率が記事全体の四十七％に当たるのと比較しても明瞭であろう。

一方、約六十％にのぼる『略記』からの捨象記事の内容は、次の通りである。

1、捨象記事の大部分を占めるのは天異現象記事で、すべて採り入れていない。
2、二月、百済から前年十一月に崩御した先帝舒明天皇の追悼使が来朝したこと。
3、三月、高麗使が来朝して貢ぎ物を奉ったこと。
4、九月、百済寺造営の詔を発したこと。
5、九月、大和国飛鳥宮（川原板葺宮）を都と定めたこと。
6、十二月、小治田宮に遷都したこと。
7、二年三月、難波百済館の火災。
8、（一説）同年、飛鳥板葺宮に遷都したこと。
9、四年六月、軽皇子に譲位。中大兄は鎌足の献言を容れて固辞。古人大兄皇子も固辞して法興寺で出家し、吉野に入る。

いている。

このうち、1の天異現象記載の有無については、福田景道氏が『水鏡』の独自構想の存在に触れて、次のように説

同じく『扶桑略記』からの転用であるが、「皇極帝紀」に旱害に際して天皇が天に祈請することによって降雨を得たことが記され、「世の中みななほり、百穀豊かなりき。いみじく侍りしことなり。」と功業として評価される。ここには天命思想や王土思想の発露が認められるであろう。『扶桑略記』にはこの旱魃以外にも客星・大雨・雲霧などの天変記事が数多く、讖緯思想との関りが注目されている。ところが、『水鏡』ではこれらの天変はすべて省略され、皇極女帝の雨乞い成就のみが取用されているのである。ここに『水鏡』の意図が感得できる。『水鏡』全体に目を転ずると、数多くの天変地異が記録されているからである。(2)

福田氏は、孝元・垂仁・推古・天武天皇などの帝紀的記事に大雪・流星などが確認できることを挙げて、「天変は不安定さを立証する」ものであり、おそらく天命思想や讖緯思想に基づきながら、「天子としての不適性の一徴標とされている」と説く。また、崇神・成務・神功・仁徳・反正・仁賢・平城・仁明天皇などの帝紀的記事に天変を伴うものは見られず、「為政者としての資格が、天命思想によって判定されている」のであると解している。そこに『水鏡』独特の構想を認めているが、留意されるべきであろう。

23については、『水鏡』の特徴としての外交関係の史実に対する無関心さが指摘されており、これもその例に挙げられる。468の遷都関係記事は他の帝紀的記事には見られるが、皇極の紀では捨象された。乙巳の変を中核に据

えた前述の構成意識に基づくものと考えられる。９の譲位に対する中大兄、古人大兄らの辞退と、軽皇子の践祚の次第は、『水鏡』では次の孝徳天皇（軽皇子）の紀に移されている。これも皇極の紀の構成を整えるための移動であったと思われる。皇極天皇の帝紀的記事を形成するにあたり、『水鏡』の作者においては前掲のＡＢＣ三項をもって構成することが必要であり、かつ十分条件をなしていたことに留意しなければなるまい。

三　皇極天皇の紀の祈雨記事

皇極天皇の紀の柱の一つをなす「Ａ皇極天皇の帝紀的記事」は、旱魃に対する皇極天皇の祈雨記事が中心をなしている。この祈雨記事の有する政治史的意義については、直接の典拠である『略記』の記事との比較考察のみならず、『書紀』の記事内容にさかのぼり、その編者の意図を確認しておくことが必要になる。

『書紀』皇極天皇元年条の祈雨記事は、次のように記されている。

> 秋七月甲寅朔壬戌、客星入レ月。（略）
> 戊寅、群臣相語之曰、随二村々祝部所教一、或殺二牛馬一祭二諸社神一、或頻移レ市、或禱二河伯一、既無二所効一。蘇我大臣報曰、可下於二寺寺一転中読大乗経典上。悔過如二仏所一レ説、敬而祈レ雨。
> 庚辰、於二大寺南庭一、厳二仏・菩薩像与二四天王像一、屈二請衆僧一、読二大雲経等一。于レ時蘇我大臣手執二香炉一、焼香発願。
> 辛巳、微雨。

壬午、不レ能レ祈レ雨。故停レ読レ経。

八月甲申朔、天皇幸二南淵河上一、跪拝二四方一、仰レ天而祈。即雷大雨。遂雨五日。溥二潤天下一。於レ是天下百姓倶称二万歳一曰、至徳天皇。


秋七月の甲寅の朔にして壬戌に、客星、月に入れり。（略）

戊寅に、群臣相語りて曰く、「村々の祝部の所教の随に、或いは牛馬を殺して諸社の神を祭ひ、或いは頻に市を移し、或いは河伯に禱るも、既に所効無し」といふ。蘇我大臣報へて曰く、「寺々にして大乗経典を転読しまつるべし。悔過すること、仏の説きたまへるが如くして、敬びて雨を祈はむ」といふ。

庚辰に、大寺の南庭にして、仏・菩薩の像と四天王の像とを厳ひ、衆僧を屈請して、大雲経等を読ましむ。時に、蘇我大臣、手づから香炉を執り、焼香きて発願す。

辛巳に、微雨ふる。

壬午に、雨を祈ふこと能はず。故、読経を停む。

八月の甲申の朔に、天皇、南淵の河上に幸して、跪きて四方を拝み、天を仰ぎて祈りたまふ。即ち雷なりて大雨ふる。遂に雨ふること五日、天下を溥く潤す。是に、天下の百姓、倶に万歳と称して曰さく、「至徳します天皇なり」とまをす。


この祈雨記事の意義について、和田萃氏はそこに邪馬台国の卑弥呼や倭姫、神功皇后などの系譜に連なる皇極女帝の「シャーマン的性格」を見出し、旱魃に際して「皇極女帝の南淵河上での雨乞いは、渡来系の人々が伝えた牛馬を殺して雨を祈る方法や、蘇我馬子が主導した仏法による雨乞いよりも優れていた」のであり、そこに「皇極女帝のシャーマンとしての機能」の卓越性が認められると説いている。[3]

これに対して、笠井昌昭氏は和田説を進めて、この祈雨記事は『書紀』の編者が、祈雨の場を借りて、中国的、仏教的、在来的の「三つの文化的要素を対立的に列挙」し、「外来文化と在来文化の比較優劣論」を展開したものであると説く。

> 中国風な祈雨法や仏教的なそれよりも、天皇の執り行なった祈雨法がはるかにすぐれていたというこの記事が——それはとりもなおさず、皇極天皇個人を離れて、在来の神権的な天皇の権威の優越性の強調にほかならないが——、大化改新直前の「皇極紀」に置かれていることにこそ、また大きな意味が含まれているようにおもわれる。[4]

両氏の所説を踏まえるならば、朝鮮半島南部から伝えられたと考えられる殺牛馬の習俗や、仏教擁護派の大臣蝦夷の指示で行われた雨乞いに対して、祭祀の最高権力者であり、在来の神権的な権威である天皇の優越性を語るこの記事は、大化改新から大宝律令の完成に至る古代天皇制律令国家の形成を補強し、強調する文脈の中に位置づけられていたと言ってよい。

大化改新後の大化二年三月壬午（二十日）条の皇太子中大兄皇子の奉答には、次のようにある。

> 天無㆓双日㆒、国無㆓二王㆒。是故兼㆓并天下㆒可㆑使㆓万民㆒、唯天皇耳。
>
> 天に双日無く、国に二王無し。是の故に、天下を兼并せて、万民を使ひたまふべきは、唯天皇ならくのみ。

『書紀』の皇極紀には、蘇我氏を排除し、天皇の権威を絶対化することの正当性を語る文脈が通底しており、蘇我氏の悪逆、天皇の権威の侵犯が強調されることになる。皇極天皇に先立って、政治の補佐官にすぎない大臣蝦夷が祈雨の修会を催したこと自体が越権の侵犯行為に当たるとする指摘もある。(5) 乙巳の変の起因をなした蘇我氏の専横、天皇の権威の侵犯行為として『書紀』に挙げられた多くの事例のうち、『略記』の著者皇円が選択記載した三カ条の中に祈雨記事を取り上げているのも、同じ理由によるものであったと言ってよい。

一方、『水鏡』の皇極天皇の紀は、まさに典拠とされた『略記』の漢文記事を仮名交じり和文に転換した全面的な翻訳・翻案と称すべき様相を呈しているが、子細に検討すればその内実は大きく異なる。

次に、『水鏡』の祈雨記事について、『略記』の記事との異同を確認しておく。

・『略記』

七月。客星入二月之中一。天下旱魃。神社仏寺祈禱无レ験。大臣蝦夷自執二香炉一祈請。尚无二雨露一。〇八月。天皇幸二于南淵河上一。跪拝二四方一。仰レ天而祈。有レ雷。連雨五日。百穀成熟。

・『水鏡』

七月によのなか日でりして。さまぐ御いのりはべりしかども。そのしるしさらになし。大臣蝦夷と申しは。そがの馬子大臣の子なり。このことをなげきて。みづからかうろをとりていのりこひしかども。なをしるしなかりき。八月になりてみかどかはかみに行幸したまひて。四方をおがみ。天にあふぎていのりこひたまひしかば。たちまちにかみなり。あめくだりて。五日をへき。よのなかみななをり。百穀ゆたかなりき。いみじくはべりしことなり。

『略記』の記事は典拠とした『書紀』の祈雨記事の要旨のみを記載した形をなしており、皇極女帝のシャーマン性の暗示や、「天下百姓、倶称万歳曰、至極天皇。」に相当する皇極天皇の恩徳賛美の表現は見られない。

これに対して、『水鏡』では、まず「客星入二月之中一。」という天異現象記事を削除し、「神社仏寺祈禱无レ験。」を「さま〴〵御いのりはべりしかども。そのしるしさらになし。」と変えたことが注目される。

客星は、彗星、新星など、常には見えないで一時的に現れる星を指し、星が月に入ることは凶事とされた(6)。「客星犯二御座一甚急」(後漢書、逸民伝) から、身分の低い者が天子の位を狙うことを例えていう言葉とされる(7)。すなわち、『書紀』においては、この天異現象の記事が、のちの入鹿の専横と、度重なる天皇の権威の侵犯行為を暗示しており、その謀殺時に、皇極天皇の問いに対して中大兄が「鞍作（注、蘇我入鹿）、天宗を尽し滅して、日位を傾けむとす。豈天孫を以て鞍作に代へむや。」と報答して、天皇の権威の守護を意図した自らの行為の正当性を主張したことに結合するのである。

したがって、『水鏡』の祈雨記事に「客星月に入る」という天異現象記事を削除したことは、この祈雨記事とのちの乙巳の変を結合させ、天皇の権威の絶対性を描く『書紀』編者の意図を『水鏡』の作者が継承しなかったことを意味する。のみならず、「神社仏寺祈禱无レ験」を「さま〴〵御いのりはべりしかども。そのしるしさらになし。」と書き換えることを通して、旱魃に喘ぐ庶民のさまざまな雨乞いの習俗、神社仏寺の総力を傾注した祈りにもかかわらず効験が見られなかったこと、民の苦しみを見るに忍びず大臣蝦夷が自ら香炉を執り天に祈ったがなおはかばかしい効果が現れず、皇極女帝の跪拝しての雨乞いにより漸く民の窮状を救うことができたことが語られている。福田氏が説かれるように、客星出現の天異現象記事を削除したことが、皇極天皇の為政者としての適格性を暗示していることも認められよう。

一方、これを『書紀』の記載内容とその編纂意図に照らして検討するとき、『水鏡』独自の歴史認識も明らかになる。

『書紀』の皇極天皇紀は、蝦夷・入鹿父子による暴虐や度重なる天皇の権威の侵犯行為と、その背後における中大兄・鎌足らの入鹿誅殺の謀議と三韓調進の場における惨事への展開を軸に据えて、事件の進行に歩調を合わせるように夥しい天異現象記事が配される。それらの天異現象は災異と瑞祥の両面を有する政治的事件の側面を有していた。江畑武氏はそこに皇位継承をめぐる天皇家と蘇我氏の激しい対立と宣伝戦が展開されていたことを説いている。皇極朝における祈雨記事についても、『書紀』の伝えている通りであったとすれば、蘇我蝦夷は自らすすんで皇極天皇に対し、主催者としての権能を問うべき争いを挑み、しかも一敗地にまみれたことになる」[8]という。しかし、この記事は事実としては疑わしいことも指摘されている。舟越香郎氏は天象災異瑞祥の記事も「客観的事実とは考え難い不自然なものが多い」のであり、祈雨記事も「蘇我大臣と皇極天皇の権威の対決」を描く「書紀特有の論理で構成されている」と説いている[9]。

これに対して、『略記』は乙巳の変に至る事態の進行に合わせて天異現象記事を配置し、『書紀』に詳述された鞍作得志なる奇怪な人物の挿話もそのまま記載している。『書紀』に歴史の大筋に関係を持たない奇怪な挿話が導入されたのは、「時代の変転するあやしさを暗に示そうとする編者の心遣い」[10]かと考えられている。

このように見るとき、『水鏡』の皇極天皇の紀が天異現象記事をはじめ、奇怪な挿話類の一切を削除し、皇極天皇の治世三年間の動きを淡々と記していることは注目に値する。そこには、『書紀』の編者によって意図され、『略記』に継承された天皇家と蘇我氏との対立抗争、その具体例としての旱魃への対応における天皇の権威の絶対的優位性の暗示という皇極紀の編纂意図は明確に捨象されている。なかんずく、大臣蝦夷の旱魃対応として「このことをなげきて」という一節が加えられることにより、民の苦しみに心を痛める仁慈深い宰相像が印象づけられ、皇極天皇の南淵河上への出御と跪拝・祈請により「たちまちに」雷雨五日、民の苦難は霧消して「よのなかみななをり」、百穀の豊作を迎え得たという、君臣の融和と協力による政治の運営が印象づけられる。「いみじくはべりしことなり。」という賛辞は、皇極女帝の為政者としての適格性とその恩徳賞賛のみならず、皇極天皇と蝦夷の協調を基軸とする協和政治への賛辞をも意味していたと言ってよい。そのことはまた、蝦夷の心を込めた祈請が叶わぬところに天から見放された蝦夷一族の運命が暗示されているとともに、わずか三年間の治世が大極殿の晴の場における惨事をもって閉じられた皇極天皇の悲劇をも語るものであった。

四　蘇我氏の専横記事

『書紀』巻第二十四皇極天皇紀の記事から、いわゆる乙巳の変に至る蘇我蝦夷・入鹿父子の専横・暴虐の証左として研究者が注目してきたのは、以下の八つの事例である。

①皇極天皇元年七月庚辰(二十七日)条。旱魃が続いたため、大臣蝦夷自ら香炉を持って香を焚き降雨を祈ったが、辛未(二十八日)微雨にとどまったこと。[11]

②同年十月甲午(十二日)条。越の蝦夷が入朝した時、朝廷で宴が開かれた。三日のち、蘇我大臣家でも彼らを呼んで宴を開いたこと。[12]

③この年、蝦夷が祖廟を葛城の高宮に建てて、八佾の舞を舞ったこと。(13)
④蝦夷・入鹿が自らの墓を造り、大陵・小陵と称したこと。そのために「国挙る民、并て百八十部曲」及び聖徳太子所有の「上宮の乳部の民」を集めて使役したこと。それに対して太子の娘上宮大娘姫王が激しく抗議したこと。
⑤皇極天皇二年十月壬子（六日）条。大臣蝦夷は病気を理由に朝廷に出ず、ひそかに紫冠を入鹿に授けて大臣の位につけたこと。
⑥同年十月戊午（十二日）条。入鹿が独断で古人大兄皇子を天皇に擁立しようとしたこと。
⑦同年十一月丙子（一日）条。入鹿、山背大兄王の斑鳩の宮を襲い、皇子を捕らえさせようとしたが、山背大兄王らは生駒山に逃れた。六日にして戻った皇子は一族・妃妾と自殺し、上宮王家が滅んだ。蝦夷が入鹿の暴挙を罵ったこと。
⑧皇極天皇三年十一月、蝦夷、入鹿は甘檮丘に家を並べて建て、上の宮門、谷の宮門と呼び、男女の子らを王子と呼ばせたこと。

このうち、④では大娘姫王の抗議記事の次に「茲より恨を結びて、遂に倶に亡されぬ。」とあり、④の専横事例がのちの乙巳の変による蝦夷・入鹿父子の滅亡の直接の原因として位置づけられている。

また、これらの専横記事の前後には、夥しい災異・祥瑞記事と、乙巳の変前後の政治情勢に関わる童謡、奇談などが配されている。まず、①から④の記事の前後には客星・地震・大雨・雷鳴・異常な暖冬・五色の大雲・大風・霰・雹・霜・月蝕などの災異・祥瑞記事が配され、⑤⑥の前後には河内国茨田郡の茨田池の変事が縷述されている。⑥⑦の間には乙巳の変の前兆をなす奇怪な報告と、乙巳の変の謀議とその成功を暗示する謡歌の解釈が、⑦⑧の間には変事の予兆記事が記されている。

これらの天変地異・異事や祥瑞に関する記事が配された政治的背景について、渋谷美芽氏は、

実際に政治的対立の手段として利用されたのではなく、『書紀』編纂時に編者の価値観、すなわちことに蘇我氏専横を印象付けるといった意図によって取捨選択、誇張などの作為をうけている可能性がある。(14)

と説いている。『水鏡』の直接の典拠とされた『略記』も、八箇所にわたる災異現象が政治の動向に関わる構図をそのまま踏襲している。これに対して、『水鏡』が災異現象記事の全てを捨象し、皇極天皇の三年間の治世の動きを淡々と記していることは注目に値する。

『書紀』に記された八項目の蘇我氏専横記事について、『日本紀略』では②を除く七つの事例が挙げられており、『略記』には①⑦⑧の事例が採られている。『水鏡』も『略記』と同じである。その他の史料を見ると、『帝王編年記』巻第八には⑦⑧の事例が採られ、『愚管抄』は⑦、『神皇正統記』は⑧の事例を挙げている。入鹿が軍勢を発して山背大兄王とその一族を殺戮した上宮王家滅亡事件と、蝦夷・入鹿父子の天皇位に対する僭上・傲慢行為に焦点が当てられていくことがわかる。

しかし、蝦夷・入鹿の専横を批判する具体的な表現を見ると、『書紀』以下の諸史書類と『水鏡』の間には明確な記述用語の相違も認められる。

まず、『書紀』では乙巳の変で蝦夷側についた豪族たちを「賊の党」「賊の徒」と呼び、大臣蝦夷についても「立に其の誅されむことを俟たむ」、「蘇我臣蝦夷等、誅されむ」、「天の、人をして誅さしむる兆なり」、謡歌は入

鹿が「誅（ころ）さるる兆」であるとされ、蝦夷側を朝敵にあたる「賊」集団であると断罪し、蝦夷・入鹿の死を「誅」の語を用いて説明している。

『大漢和辞典』によれば、「誅」の語義と用例は次のとおりである。

○うつ。〔漢書・陳湯伝〕将㆓義兵㆒、行㆓天誅㆒。

○ほろぼす。族殺する。罪を家族に及ぼしてみなごろしにする。〔釈文〕誅、旬云、誅滅也。

また、『日本国語大辞典』では、「誅」の語義を「罪のある者を征伐すること。罪人を殺すこと。」と記し、用例として「続日本紀～天平元年（７２９）二月甲戌『長屋王依㆑犯伏㆑誅』」を挙げている。

『日本紀略』以下の諸史書の記すところも同様である。

・『日本紀略』

「賊徒亦随敗走。」「蘇我臣蝦夷等臨㆑誅」

・『愚管抄』

「豊浦大臣ノ子蘇我入鹿世ノ政ヲ執レリ。其振舞宜カラズ。」「入鹿ヲ誅セラレヌ。」

・『帝王編年記』

「入鹿檀専㆓国政㆒。」「今年。中大兄皇子与㆓中臣鎌子連㆒誅㆓蘇我入鹿㆒。」

・『神皇正統記』

「此時ニ蘇我蝦夷ノ大臣（おほおみ）ナラビニソノ子入鹿、朝権ヲ専ニシテ皇家（くわうか）ヲナイガシロニスル心アリ。」「中ニモ入鹿悖（ハイ）逆（ゲキ）ノ心ハナハダシ。」「蘇我ノ一門久ク権ヲトレリシカドモ、積悪（しやくあく）ノユヘニヤミナ滅ヌ。」

『書紀』編者の叙述態度について、門脇禎二氏は「その根底を流れるのは、国家的『大義』をそこなう蘇我父子に対して『天』が『人』をして加えた『天誅』であったとする儒教的史観なのであった」と説いている。(15) 右に挙げた諸史書が『書紀』の叙述を踏襲していることは言うまでもない。

これに対して、『水鏡』作者の叙述態度を直接の典拠とされた『略記』のそれと比較すると、そこに明確な相違性を見て取ることができる。

◇上宮王家滅亡事件

・『略記』

一説云。宗我（ソガ）大臣之児入鹿等発二悪逆計一。殺二聖徳太子之子孫一。男女廿三人王无レ罪殺害。入鹿之父蘇我大臣蝦夷聞而嘆言。太子々孫。横殺二害之一。我等亦亡不レ久。

・『水鏡』

そがの蝦夷の大臣の子いるか。そのつみといふこともなかりしに。聖徳太子の御子むまご廿三人をうしなひたてまつりてき。いるかゞちゝの大臣これをきゝて。つみなくして太子の御のちをうしなひたてまつれり。われらひさしくよにあるべからずとおどろきなげきはべりき。

◇蘇我氏の専横と滅亡

・『略記』

蘇我臣入鹿積悪年深。濫吹為レ事。失二於君臣之序一。執二於社稷之権一。（略）遂以二子麿等一。令レ誅二入鹿一。（略）

蝦夷臨レ誅自殺。

・『水鏡』

かくてひとへによのまつりことをとれるがごとくなりしかば。（略）このをりつゐにいるかがくびをきりて。（略）

大臣おほきにいかりて。みづからいのちをほろぼして。

『略記』は、『書紀』以下の諸史書に同じく「発二悪逆計一」「積悪年深」「濫吹為レ事」などの糾断の言辞、「令レ誅二入鹿一」「蝦夷臨レ誅自殺」など「誅」の字を用いて蘇我氏の専横を断罪する。これに対して、『水鏡』の作者がそれらの断罪の語彙は周到に避けて取り用いず、「つゐにいるかがくびをきりて」「みづからいのちをほろぼして」と記して、あくまで対立する二大勢力間の苛烈な権力闘争であるとの解釈を鮮明にしていることは、『水鏡』作者の歴史認識の所在を示すものとして確認しておかなければならないであろう。

群臣・衆人の支持を失った者は亡ぶしかないのであり、罪のない者を殺戮する権力行使は自らに跳ね返ってくる。父蝦夷による明確な批判と、蘇我本宗家の未来予測である。蝦夷と皇極天皇による雨乞いの成就と、民衆の喜びを記す協和政治への賛仰記事の直後に、父蝦夷を愕然とさせた入鹿の無思慮な行動を記すという構図が取られているのである。

蝦夷・入鹿の死を「誅」と記していない資料は他にも見られる。

・『簾中抄』上

中大兄皇子と中臣鎌子とはかりことをめくらして入鹿をころしつ。入鹿か父豊浦大臣身つから火におち入てしぬ、大鬼となれり。[16]

・『歴代皇紀』巻一

六月中大兄皇子与中臣鎌子連謀殺蘇我入鹿。（略）大臣遂自殺。大兄皇子与鎌子連以計殺入鹿了。入鹿父豊浦大臣又自入火薨為大鬼。

『簾中抄』は『水鏡』に先だって成立しており、『水鏡』作者も披見している。[17]

五　乙巳の変

中大兄皇子と中臣鎌子（鎌足）の謀計による蘇我氏討滅の経緯と概要を、『書紀』の記述に従って記すと次のようになる。[18]事件の記述に挟まれた歌謡・変事等は省略した。

イ、中臣鎌子は軽皇子に接近するとともに、中大兄皇子に接する機会を窺い、法興寺の打毱の会で、靴が脱げ落ちたのを拾って捧げたことから共に胸襟を開き、入鹿打倒の策を練る。

ロ、鎌子が中大兄に蘇我倉山田石川麻呂の女との婚姻を仲介する。

ハ、入鹿は甘檮岡に居宅を設け、防備を固める。

ニ、皇極天皇四年六月庚辰（八日）、中大兄が石川麻呂に入鹿殺害の謀計を打ち明ける。

ホ、同月戊申（十二日）、天皇が大極殿に出御。古人大兄皇子が傍らに控える。鎌子が俳優を使い、入鹿の帯剣を外させる。

ヘ、中大兄は衛門府に門を固めさせ、槍を持ち、鎌子らは弓矢を帯して中大兄の傍らに控える。三韓の上表文を読む石川麻呂は、佐伯子麻呂らが来ないので冷や汗にまみれ、声が乱れ、手も震えて入鹿に怪しまれる。

ト、子麻呂らが入鹿の威勢を恐れ躊躇しているのを見て、中大兄は叫び声を発して子麻呂らとともに入鹿の頭や肩に斬りつける。驚いた入鹿は立ち上がりざまに片脚を斬られ、玉座に転んで、天皇に自らの無実を乞い願う。天皇の問いに中大兄は入鹿の不忠の罪を奏上する。天皇は立って殿上に入御され、子麻呂らは入鹿を斬る。雨が降って水浸しの庭に、入鹿の屍が筵と蔀で覆われる。

チ、古人大兄は事件を目撃して私邸に走り帰る。中大兄は法興寺に入り砦となし、諸王以下これに従う。屍は蝦夷に賜る。

リ、蝦夷邸では漢直らが眷属を集めて軍陣を設ける。中大兄は将軍巨勢徳陀を遣わして君臣の義を説き、賊党高向国押は漢直らに戦争放棄を説いて四散する。

ヌ、蝦夷は誅されるに及び、天皇記・国記・珍宝を焼く。船恵尺は焼かれる国記を素早く取り、中大兄に奉る。蝦夷・入鹿の葬儀を許可する。

『略記』は、『書紀』の記述内容を簡潔にまとめているが、ホチの古人大兄関係の記事、およびチリの記事は省略されている。『水鏡』の記すところも『略記』の記述内容を踏襲したものと見なしうるが、前述したように、蝦夷・入鹿に対する断罪の言辞は周到に避けて取り用いていない。また、卜の入鹿の屍が筵と蔀で覆われ、降雨のなかに放置されたことも省かれている。

中大兄と鎌足の謀殺計画の周到さと、斬殺役を命じられた廷臣の怖じ恐れるさま、殺戮の生々しい記述など、『水鏡』作者の筆はリアルな客観的記述に徹し、史実を受けとめた作者の感懐の表出は徹底的に抑制される。それが歴史叙述の一つの方法であった。『略記』の記事の単なる仮名交じり文への変更や、物語的表現への翻案にとどまるものではない。そこには乾いた筆致と歴史の動きを見詰める冷徹な眼が認められる。小峯和明氏は「悲観主義にも近い深い絶望」を抱えつつ、「絶望の淵に立って過ぎこし時代をふり返り、今も昔も変わらぬ人の世の動きを冷静に見すえようとする眼」「醒めたまなざし」を感じ取ることができると説いている。(19)

一方、『水鏡』の乙巳の変の記述で注目されるのは、中大兄と鎌子の接近記事中に示された次のような作者の感懐である。

三年と申し三月に。天智天皇の中大兄(ナカオホエノ)皇子と申し・。(ママ)法興寺にてまりをあそばしたまひしほどに。御くつのまりにつきておちてはべりしを。かまたりのとりてたてまつりたまへりしを。皇子うれしきことにおぼして。そのときよりあひたがひにおぼす事。つゆへだてなくきこえあはせたてまつりたまひて。その御するのけふまでもみかどの御うしろみはしたまふぞかし。よき事もあしき事も。はかなきほどのことゆへにいでくる事なり。

傍線部は、的確な状況判断と決断、行動により、のちの藤原摂関家の繁栄の礎を築いた鎌足の深謀遠慮への嘆声が込められている。皇権奪還のために蘇我氏排斥の機を窺う中大兄の心中を忖度し、密かに取り入って権謀の才を働かせ、首尾よく当面の政敵蘇我氏を滅ぼすのみならず、以後の四百年にわたる藤原氏の専権への道を開いた鎌足の事跡を評価しているのである。

「よき事もあしき事も。はかなきほどのことゆへにいでくる」とは、中大兄への接近を契機として天皇家との外戚関係を形成し、大伴氏や紀氏などの有力な政敵を排除して、平安時代を通じて絶対権力を確立した藤原氏の外戚政治への道を振り返り、清濁併せ持った摂関政治の継続の必然性に思いを致したものであろう。そのことはまた、討滅するほどの罪科のない山背大兄王一族を滅ぼして人心の離反を招き、政敵物部守屋を倒して得た祖父馬子の功績を無にした入鹿の短慮への批判をも含むと言ってよい。父蝦夷に「つみなくして」と慨嘆させた所以である。

六　説話の位相

皇極天皇の紀の末尾に配された嬰児が鷲にさらわれた話は、『日本霊異記』(以下、『霊異記』)上巻「嬰児(みどりこ)、鷲に擒(とら)はれ、他国にて父に逢ふこと得し縁　第九」、『今昔物語集』巻第二十六「於但馬国鷲(タヂマノクニニシテ)、{爴}取若子語第一(ミヅゴヲツカミトレルコト)」に出ている。この話は『書紀』『日本紀略』『愚管抄』『神皇正統記』などの史書類には見られないが、『水鏡』が直接の典拠とした『略記』には「已上霊異記」として出る。『水鏡』も『略記』から引用したと思われる。

いま、注目しなければならないのは、その説話の時期設定と、説話記述者の感懐を記した末尾の一節の相違である。説話の時期設定については、『霊異記』に「飛鳥川原の板葺(いたフキ)ノ宮に宇御(あめのしたをさ)めたまひし天皇のみ世、癸卯の年の春三月の頃」、すなわち皇極天皇二年(六四三)の出来事とし、八年後の「庚戌の年の秋八月下旬」、すなわち孝徳天皇の白雉元年(六五〇)に父娘が再会したと結んでいる。『霊異記』に材を得た『今昔物語集』は「今は昔」という常套表現を取り、年月記載はない。父娘の再会の時期も「其ノ後十余年ヲ経テ」とあり、『霊異記』とは異なる。『略記』は『霊異記』に同じく時期を「同代、癸卯(みづのとう)年春三月」「孝徳(かうとく)天皇の代、庚戌(かのえいぬ)歳秋八月下旬」と記している。著者皇円は皇極記を執筆するにあたり、その治世に起きた奇談として『霊異記』からこの説話を加えたのであろう。しかし、蘇我本宗家の滅亡に至る乙巳の変の記述とこの説話の間には、孝徳天皇の即位に至る経緯、釈迦入滅から一五九一年にあたること、皇極天皇の婚姻のことの記事が挟まれており、皇極天皇の治世の政治の動きと殊更に結びつける意図は認められない。

これに対して、『水鏡』は奇談の内容そのものは『略記』からそのまま踏襲しているが、時期設定については、「そがの一門ときのほどにほろびうせにき。」という乙巳の変による蘇我本宗家の滅亡記事に続けて、事件の発端を「この御ときとぞおぼえはべる。」、父娘再会の時を「そのゝち八年といひしに」と結んでいる。上宮王家滅亡事件、乙巳の変から、古人大兄の謀反、讒言による石川麻呂の自経に至る皇極・孝徳の治世八年間の熾烈な政治権力闘争を背景に、この説話を語ることが意図されていたと思われるのである。

次に、説話記述者の感懐は、それぞれ説話の末尾に次のように記されている。

・『霊異記』

誠に知る。天哀びて資(たす)くる所、父子は深き縁なりけりといふことを。是れ奇異(くす)しき事なり。

・『今昔物語集』

実ニ此レ難有リ奇異キ(あ(り)がたくあさまし)事也カシ。鷲ノ即チ噉(く)ヒ失フベキニ、生乍(いけなが)ラ巣ニ落シケム、希有ノ事也。此レモ前生ノ宿報ニコソハ有ケメ。父子ノ宿世ハ此クナム有ケル、ト語リ伝ヘタルトヤ。

・『略記』

子入二死門一。再得二蘇生一。誠奇異事矣。

・『水鏡』

このことをきくに。あさましくおぼえてなきかなしびて。おやこといふことをしりにき。人のいのちのかぎりあることは。あさましくはべる事なり。

『霊異記』の説話は儒教的な世界観から、その再会を「天哀びて資くる所」と記す。新日本古典文学大系『日本霊異記』の脚注には「儒教的な文飾といえよう。親と子との関係を主題とする説話に『天』が述べられることが多い。」とある。一方、『今昔物語集』の説話は「前生ノ宿報」「父子ノ宿世」という仏教的宿命観から奇談を説明している。同じく『霊異記』を典拠とする『略記』は、儒教的世界観や仏教的宿命観を離れて、説話の末尾を『霊異記』の末尾文に採り、「誠奇異事矣」と述べて、あくまで当代の一奇談として捉えている。

これらに対して、『水鏡』は「人のいのちのかぎりあることは。あさましくはべる事なり。」と結ぶ。文意は「人間の運命というものは、見えない所で、それぞれに決められているのだなと思うと、呆れるばかり心動かされた話でしたよ。」(20)となる。この結語は数奇な運命を辿り偶然の再会を果たした父子の逸話に対するものであるばかりではなく、その前に位置する皇極天皇、蘇我蝦夷・入鹿父子、山背大兄王一族などの命と運命にも通底していくものであると言ってよい。金子大麓氏は『水鏡』に収められた説話について「それが収載された天皇紀の記事の内容に対する何等かの批判、諷刺、訓戒の意向を感じさせる」ことを指摘し、「皇極紀の『鷲にさらわれた童女譚』は蘇我一族滅亡の記事に照合させ『人の命の限りあることはあさましきことなり』という教訓的感想で波瀾万丈の皇極紀を結」んでいると説いている。[21]

このことを踏まえて、「卅七代皇極天皇」の構成を確認すると、

a、皇極天皇・蘇我蝦夷の善政

b、蘇我入鹿の暴虐

c、山背大兄王の荘厳な死と蝦夷の慨嘆（上宮王家滅亡事件）

d、中大兄と鎌足の入鹿謀殺計画と酸鼻な結末（乙巳の変）

e、無名の少女の数奇な運命と父子の無事な再会

となり、ａの善政賛美とｅのほのぼのとした民衆奇談に挟まれて、ｂｃｄの酷薄・酸鼻な政治闘争の史実が無感動に生々しく語られる。蘇我氏と山背大兄王一族、中大兄・鎌足と蝦夷・入鹿父子という、互いに政敵を地上から抹殺せねばやまない救いのない権力闘争を中核に据えて、その狭間で傀儡でしかない女帝の悲劇と、それらとは無縁な庶民の秘話が語られる。その対照には、金子氏の説かれるような天皇紀の記事内容への批判・諷刺・訓戒の意図とともに、自らも属する宮廷社会の絶えることのない血生臭い権力闘争の歴史への作者の慨嘆と批判が含まれていると捉えるべきではなかろうか。

注

（1）市大樹「大化改新と改革の実像」（『岩波講座　日本歴史　第2巻　古代2』二〇一四年、岩波書店）。

（2）福田景道「水鏡の思想」（『歴史物語講座　第五巻　水鏡』一九九七年、風間書房）。
（3）和田萃「古代の祭祀と政治」（『日本の古代7　まつりごとの展開』一九八六年、中央公論社）。
（4）笠井昌昭『『皇極紀』元年条の祈雨記事をめぐって」（同志社大学『キリスト教社会問題研究』三七号、一九八九年三月）。
（5）直木孝次郎著『日本の歴史2　古代国家の成立』（一九七三年、中公文庫）一五九頁。
（6）日本古典文学大系68『日本書紀下』二三四頁頭注九に拠る。辻英子「『扶桑略記』皇極朝の天変異事」（『国文目白』三三号、一九九四年一月）に詳しい。
（7）『日本国語大辞典』に拠る。注（6）の辻英子論文参照。
（8）江畑武「推古・舒明・皇極三紀の災異記事」（『日本書紀研究　第五冊』一九八〇年、塙書房）。
（9）舟越香郎「皇極紀の構成について」（三田史学会『史学』五〇号、一九八〇年一一月）。
（10）日本古典文学大系68『日本書紀下』二六一頁頭注二四。
（11）注（5）の直木著、一五九頁。前田慎一「皇極紀・斉明紀に関する一試論」（『東京家政大学研究紀要―人文科学』二四号、一九八四年）。前田氏は①③④⑧の事例を挙げている。
（12）門脇禎二著『「大化改新」史論　上巻』（一九九一年、思文閣）「第二章　上宮王家滅亡事件」。門脇氏は②③④⑤⑧の事例を挙げている。
（13）鎌田元一「七世紀の日本列島～古代国家の形成」（『岩波講座日本通史　第三巻　古代2』一九九四年、岩波書店）。鎌田氏は③④⑤の事例を挙げている。熊谷公男著『日本の歴史03　大王から天皇へ』（二〇〇一年、講談社）二四六・二四七頁。熊谷氏は③④⑤⑥⑦⑧の事例を挙げている。大津透著『天皇の歴史01巻　神話から歴史へ』（二〇一〇年、講談社）二七五頁。大津氏は③④⑤⑥⑦の事例を挙げている。
（14）渋谷美芽「舒明・皇極朝の政情と蘇我氏」（『日本古代の社会と政治』所収、一九九五年、吉川弘文館）。
（15）注（12）の門脇著「第二章　蘇我本宗家滅亡事件」。
（16）「大臣」欄には「蘇我の蝦夷　天皇四年六月被誅」とある。
（17）第一章第一節「水鏡『廿八代継体天皇』の問題―『扶桑略記』唯一典拠説をめぐって（1）―」。

（18）新編日本古典文学全集４『日本書紀③』頭注の梗概を参考にした。
（19）小峯和明「『水鏡』―仏法思想に基づく史観―」（『国文学解釈と鑑賞』五四巻三号、一九八九年三月）。
（20）河北騰著『水鏡全評釈』（二〇一一年、笠間書院）一九二頁。
（21）金子大麓「水鏡総論」（『歴史物語講座　第五巻　水鏡』一九九七年、風間書房）。

第二節　水鏡の壬申の乱解釈

一　はじめに

壬申の乱は、天智天皇の死の翌年（西紀六七二）、吉野に隠棲していた大海人皇子と近江朝廷の主であった大友皇子との間で、皇位継承をめぐって争われた古代史最大の内乱である。しかし、その事件の詳細については『日本書紀』（以下、『書紀』と略称）の記事がほとんど唯一の史料であり、『壬申紀』と称される『日本書紀』巻二十八は、勝者である大海人（天武）の立場で記事が編纂されていることは明らかであ」り、「どこまでが客観的な記述で、どの部分が恣意的な記述なのかを明確にすることはむつかしい[1]」ため、古来その事実関係については多くの議論が重ねられてきた。

その基本的な論点について、中村修也氏は次のように説いている。

（注、従来の壬申の乱に対する歴史認識は）正統な大王位継承者である大海人が吉野に追いやられ、天智の死後、地方豪族を率いて、仮の政府であった近江朝廷から権力を奪取したという、なかば英雄論的解釈も入った天武肯定論であった。

近年は、『日本書紀』の記述に対する疑問もあり、逆に大海人による王朝簒奪論も多く論じられている。もちろん天武の王位簒奪論は、古くは弘文天皇を認めた水戸史学に嚆矢をみなければならないが、『大日本史』の立場はやや理念的な面もあり、実証的とはいえない部分がある(2)。

壬申の乱の解釈における天武肯定論と天武の王位簒奪論を分ける基本的な要件は、大友皇子の立太子、さらに大友の即位の事実が存在したか否かの史実解釈にある。現行の古代史研究では天武の王位簒奪論を主張する研究者も、大友の立太子、その即位の事実の有無の考証には踏み込んでいない。

私見によれば、古代・中世期における壬申の乱に関する記述を見るとき、大友皇子の立太子、即位を明記して壬申の乱の展開を記載した現存史料の最古のものは、私撰国史『扶桑略記』（以下、『略記』）であると考えられる。

一方、従来『水鏡』はその全体を『略記』のみを典拠とし、和文脈に翻訳した作品にすぎないと評価されてきた。しかし、壬申の乱をめぐる古代・中世期の解釈は大友の立太子・即位の事実の有無、および乱の起因をめぐって対立し、複雑で多様な様相を呈しており、『水鏡』もその影響を受けながら独自の解釈を示していると考えられる。

以下、古代・中世期の壬申の乱解釈の流れを踏まえて、『水鏡』の解釈の独自性を明らかにしたい。

二　大友皇子即位説の問題

まず、管見に入った限りで、大友の立太子・即位の事実の有無と、壬申の乱をめぐる大友・大海人（天武）の位相に関する古代・中世期の解釈を確認しておきたい。

現存の文献・史料のうち、大友皇子の立太子を明記した最古の文献は、壬申の乱から八十年後の天平勝宝三年（七五一）成立の漢詩集『懐風藻』であり、その「懐風藻目録」に「淡海朝皇太子。二首。」、大友皇子の小伝に「皇太子者。淡海帝之長子也。」「年二十三。立為二皇太子一。」という記載が見られる。[3] しかし、その撰者は不明であり、大友の即位の有無については触れていない。

次いで、冷泉朝の左大臣源高明（九一四〜八二）が著した有職故実書『西宮記』に大友即位記事が見られ、[4] 現存の文献・史料における最古の記載例であると考えられる。[5] 典拠は不明である。

大友皇子　天智天皇十年正月任。十二月即二帝位一。明年七月自縊。[6]　（臨時八（二）凶事㉒太政大臣諡号）

それに次ぐのが『略記』（一〇九四年以後の成立）天智天皇十年条の大友立太子・即位記事である。

十年辛未正月五日。以二大友皇子一為二太政大臣一。年廿五歳。（略）同十月。立二大友太政大臣一為二皇太子一。十二月三日。天皇崩。同十二月五日。大友皇太子。即為二帝位一。生年廿五。

次いで、『水鏡』（一一八五〜九五年の成立）に大友立太子、即位記事は次のように記されている。

（天智天皇）十年と申し正月五日。御門の御こに大伴王子と申しを太政大臣になしたてまつり給き。二十五にぞなり給し。（略）さて十月にぞ大伴太政大臣は東宮にたち給し。（略）天智天皇十二月三日うせさせ給にしかば。おなじき五日大伴王子くらゐをつぎたまひて。(7)……

これを見れば、『略記』が『水鏡』の記事の直接の典拠とされたことは疑いがない。

また、『略記』と前後する時期の成立と思われる歴史物語『大鏡』にも三箇所にわたり大友皇子の即位記事が見られるが、大友を天武と同一人とする誤謬が認められる。

天智天皇こそは、はじめて太政大臣をばなしたまけれ。それは、やがてわが御弟の皇子におはします大友皇子なり。正月に太政大臣になり、同年十二月二十五日に位につかせたまふ、天武天皇と申しき。

（「六十八代後一条院」）

『水鏡』よりやや遅れて鎌倉初期に成立したと考えられる『年中行事秘抄』『紹運要略』にも大友立太子、即位記事が見られる。

・天智天皇十年春正月己亥朔。庚子。大友皇子始為二太政大臣一。天皇男也。後為二皇太子一。即二帝位一云々。

（『年中行事秘抄』「始置二太政大臣一事」）

・大友皇子　天智天皇十年辛未十月立太子。元太政大臣。今年正月五日任レ之。同年十二月五日即二帝位一。春秋二十五。

（『紹運要略』「立太子月立」）

『紹運要略』には「宇多以前。以二扶桑記一抄レ之。」という注記があり、『略記』を典拠とした記述であることが知られる。

鎌倉末期成立の『濫觴抄』『仁寿鏡』にも大友立太子記事が見られる。即位記事はない。

十月以二大友太政大臣一為二皇太子一。

（『濫觴抄』「太政大臣」）

十月大友皇子立坊。

（『仁寿鏡』天武天皇条）

その後、江戸期に入ると、徳川光圀の『大日本史』巻十・本紀一に「天皇大友」の紀を立てて歴代に加えた、いわゆる『大日本史』の三大特筆の一つ帝大友論がある。その根拠史料とされたのが『懐風藻』と『水鏡』である。さらに、江戸期の国学者伴信友はその著『長等の山風・上之巻』で『懐風藻』『略記』『水鏡』『紹運要略』『年中行事秘抄』『大鏡』『西宮記』を大友即位説の根拠史料として論述している。

一方、壬申の乱から四十年後の八世紀前半期には天武天皇を神格化し、天武を始祖として仰ぐ新王朝の皇統意識が強く現れることになる。(8) したがって、そのような皇統意識のもとに成立した『古事記』『書紀』には大友皇子の立太子、即位は認められていない。

のみならず、『古事記』序には壬申の乱における近江朝廷側を「凶徒」と断罪する記述が見られる。

杖レ矛挙レ威、猛士烟起。絳レ旗耀レ兵、凶徒瓦解。

矛を杖き威を挙ひて、猛き士烟のごとく起りき。旗を絳くし兵を耀かして、凶しき徒瓦のごとく解けき。

「凶徒瓦解」について倉野憲司氏は次のように説いている。

「凶徒瓦解」は、悪逆のともがらが瓦のやうに砕け散ったの意で、（略）凶徒は申すまでもなく近江朝廷の人々をさしてゐるのであるが、書紀も人麻呂の長歌も記序と同じく天武天皇の方を正当と認めてゐることは注意すべきである。(9)

平安末期に成立した史書『日本紀略』は『書紀』の記載内容を転写しており、大友の立太子・即位記事は見られない。

天武側に正統性を認める立場として注目されるのは、『水鏡』にやや遅れて成立した年代記『歴代皇紀』（一三五七年成立。原態は一二二〇年成立の『愚管抄』に所引記事）を始め、鎌倉・室町期の文献に大友皇子は天武の即位前に誅せられたという記事が見られることである。『帝王編年記』（一三五二～七一）、『本朝皇胤紹運録』（一四二六）では、大友皇子は「謀反」により誅せられたとされている。

・太政大臣大友皇子天皇即位前被誅。（『歴代皇紀』天武天皇条）
・大友皇子　母宅子娘浄御原御宇謀反被レ誅。（『帝王編年記』巻九）
・大友皇子　天智十正任二太政大臣一。朱鳥(ママ)元年依二謀反一被レ誅。（『本朝皇胤紹運録』）

また、一三七一年ごろに大成された『太平記』巻第十六「日本朝敵ノ事」には、

朝敵ト成(ナツ)テ叡慮ヲ悩(ナヤマ)シ仁義ヲ乱ル者、皆身ヲ刑戮(ケイリク)ノ下ニ苦シメ、尸(カバネ)ヲ獄門ノ前ニ曝(サラ)サズト云事ナシ。

とあり、大友皇子を蘇我入鹿、藤原仲麻呂、平清盛などとともに「朝敵」として断罪している。

さらに『皇代略記』（一四二八～六四）、『皇年代略記』（一五〇〇～二六）には壬申の乱そのものを「大友皇子乱」とする解釈が示されている。

十年辛未十二月天智崩。太弟固辞。天詔。称疾出家。入吉野山。大友皇子乱天下不安。（『皇代略記』天武天皇条）

右に見たように、『水鏡』が書かれた平安末期には壬申の乱の解釈をめぐり対立する二つの流れが存在し、鎌倉末期から室町期まで続いていたことがわかる。

大友皇子の立太子・即位を記すことは、大友が天智の正統の皇位継承者であり、皇太子位を大友に辞譲して野に下った大海人は、いわば壬申の乱により天皇大友から帝位を奪った、現今の史学にいう王位簒奪者に相当する。その主張を史料に基づいて明示したのが近世期の『大日本史』『長等の山風』であると見ることができる。

一方、記紀を通して大海人（天武）を正統の皇位継承者に位置づける天武肯定の立場においては、大友は正統の皇位継承者である大海人皇子の即位を妨げた「謀反」により誅せられた「朝敵」であり、壬申の乱そのものが「大友皇子乱」と断罪されることにもなる。

『水鏡』は、壬申の乱の解釈をめぐり対立する二つの立場が並立した、その初期に書かれた。しかし、『水鏡』は『略記』を直接の典拠として大友の立太子・即位を明記したとは言いうるが、後述するように大海人（天武）をも正統の皇位継承者と認めており、天武による王位簒奪という解釈には立たず、独自の壬申の乱解釈を提示しているのである。

三　壬申の乱の起因

次に、壬申の乱の起因に対する古代・中世期の解釈に注目しておきたい。

『書紀』によれば、天智天皇十年（六七一）秋十月、病状が重篤化した天智は、皇太弟の大海人を病床に呼んで後事を託そうとしたが、蘇我臣安麻呂の密かな進言により譲位の陰謀を疑った大海人は、病を理由に天智の申し出を固辞して出家し、吉野に籠もる。翌年六月、舎人の知らせで近江朝廷が天智の山陵造営の名目で諸国の民に武器を持たせて集めていること、また宇治の橋守に命じて吉野に食糧を運ぶのを妨害しているとの知らせにより、大海人は機先を制して挙兵することを決意し、吉野を脱出した。ここに壬申の乱が勃発することになる。

『書紀』は、天智の病状悪化から、大海人の皇位固辞と吉野退隠、さらに吉野脱出に至る経緯をすべて大海人の視点を踏まえて、大海人側から記述している。大海人が病と称して帝位の委譲を固辞したのは、蘇我安麻呂の進言によるとっさの判断であり、大友方の陰謀の事実の有無は不明である。大海人の病身の申し立ても近江京からの離脱の口実であったと解される。ちなみに、『書紀』における天武の病気記事は壬申の乱から八年後の天武天皇九年（六八〇）十一月丁酉（二十六日）条が初見である。したがって、『書紀』には大海人の密かな吉野脱出と東国入りに驚愕した近江朝廷の混乱のさまも記されている。

> 是時、近江朝聞㆔大皇弟入㆓東国㆒、其群臣悉愕、京内震動。或遁欲㆑入㆓東国㆒、或退将㆑匿㆓山沢㆒。
>
> 是の時に、近江朝（あふみのみかど）、大皇弟（まうけのきみ）の東国（あづまのくに）に入りたまふことを聞き、其の群臣（まへつきみたち）悉（ことごとく）に愕（お）ぢて、京内（みやこのうち）震動（さわ）く。或いは遁れて東国に入らむとし、或いは退きて山沢（やまさは）に匿れむとす。

これに対して、平安朝以後の文献では、壬申の乱の始発を大友方からの攻撃によるとする解釈が中心をなしている。まず、九九五年以前の成立と考えられる『公卿補任』天武天皇条の「右大臣中臣金連」の項に、

> 或本。天皇元年五月与大友皇子等将襲吉野宮。七月軍不利。皇子自縊。八月右大臣金連等八人刑被誅。

とあり、十世紀末の一条朝の頃には大友方が吉野に隠棲した大海人を攻撃しようとしたのが壬申の乱の始まりである

と解する文献が存在し、『公卿補任』に引用されていたことがわかる。『公卿補任』は『略記』の典拠文献とは見なされていない(10)から、この「或本」が『略記』の直接の典拠となり、『水鏡』に継承されたと考えられるが、詳細は不明である。

『略記』では、執政の任にあった大友皇子が左右大臣と図り、吉野宮を襲撃しようとしたという具体的な記述となっている。

元年壬申五月。大友皇子既及㆓執政㆒。左右大臣（赤兄金連）等相共発㆑兵。将㆑襲㆓於吉野宮㆒。

また、その根拠として、近江朝廷側による吉野宮への食糧運搬の妨害という『書紀』の報知記事を削除し、新たに、

又或人奏云。自㆓近江京㆒至㆓大和京㆒。処々置㆑軍云々。

という朝廷側の大規模な軍備配置の報知記事を載せている。この記事の典拠文献は詳らかではない。

一方、『水鏡』に先立つ『簾中抄』（原態の成立は一一四一～五六年の間）には、

みかとつゐにかくれ給て後大友皇子よしの山をおそひ奉らんとするきこえあるによりて東宮伊勢国にゆきむかひて……　（天武天皇条）

とあり、近江朝廷側による吉野襲撃の「きこえ」（風聞、取り沙汰）により大海人方が対応したと解釈する点で、『書紀』の記載に従っていると言える。

これに対して、『水鏡』には次のように記されている。

あくるとしの五月になをこのみかどをうたがひたてまつりて。出家してよし野のみやにいりこもらせ給へりしを。左右の大臣もろともにつは物をおこして。よしのゝみやをかこみたてまつらんとはかりしほどに。このこともりきこえにき。

これを見れば、『水鏡』が『略記』を典拠としたことは疑いないが、『略記』には即位した大友が吉野に隠棲した大海人の動静に疑念をいだき討滅の軍を起こそうとしたという『水鏡』の波線部に相当する記述はない。『水鏡』の後に成立した『愚管抄』（一二二〇）、『一代要記』（一二七四〜八七）は『補任』『略記』の解釈を踏襲している。

・天智大ニナゲキナガラ崩御ヲハリテ後、大友皇子イクサヲオコシテ芳野山ヲセメタテマツラントスルトキ、……

（『愚管抄』巻第三）

・五月大友并大臣等相共発レ兵、将レ襲二吉野山一、……

（『一代要記』「第四十天武天皇」）

一三三九年成立の『神皇正統記』には波線部のような記述があり、『水鏡』の記事を踏襲していると考えられる。

天智カクレ給テ後、大友ノ皇子猶アヤブマレケルニヤ、軍ヲメシテ芳野ヲオソハントゾハカリ給ケル。

（第四十代　天武天皇）

原平家物語の成立が十三世紀初頭と考えられる『平家物語』、『太平記』（一三七一年ごろ大成）では、『書紀』の記述内容を離れて、天武は「賊徒（大友）」に襲われて吉野に難を避けたという解釈に至っている。

・昔清見原の天皇のいまだ東宮の御時、賊徒におそはれさせ給ひて、吉野山へいらせ給ひけるにこそ、……

（『平家物語』巻第四「競」）

・我等ノ本願、天武天皇、大伴ノ皇子ニ被レ襲テ、吉野山ヘ籠ラセ給ケルニ、……

（延慶本『平家物語』第二中十五「三井寺ヨリ六波羅ヘ寄スル事」[11]）

・古ヘ清見原ノ天皇、大友ノ皇子ニ被レ襲、此所ニ幸成シモ、無レ程天下泰平ヲ被レ致。

（『太平記』巻第十八「先帝潜ニ幸芳野ニ事」）

先に述べたように、『書紀』は大海人側から壬申の乱勃発の経緯を記しており、大友皇子が左右大臣と図って大海人討滅の兵を発し、吉野宮を包囲しようとしたとの具体的な客観的記述は見られない。『書紀』において、大友と左右大臣の具体的な動向が記されているのは、天智の死が迫った十一月二十三日（丙辰）に大友ほか五人の重臣が天皇の命に従うことを誓った盟約記事である。

丙辰、大友皇子在㆓内裏西殿織仏像前㆒、左大臣蘇我赤兄臣・右大臣中臣金連・蘇我果安臣・巨勢人臣・紀大人臣侍焉。大友皇子手執㆓香炉㆒、先起誓盟曰、六人同㆑心、奉㆓天皇詔㆒。若有㆑違者、必被㆓天罰㆒、云云。於㆑是左大臣蘇我赤兄臣等手執㆓香炉㆒、随㆑次而起、泣血誓盟曰、臣等五人随㆓於殿下㆒、奉㆓天皇詔㆒。若有㆑違者、四天王打。天神地祇亦復誅罰。三十三天証㆓知此事㆒。子孫当㆓絶、家門必亡㆒、云々。

丙辰に、大友皇子、内裏(おほうち)の、西殿(にしのとの)の織仏像(おりもののぶつざう)の前(みまへ)に在(ま)しまし、左大臣(ひだりのおほまへつきみ)蘇我赤兄臣(あかえのおみ)・右大臣中臣金連(かねのむらじ)・蘇我果安臣(はたやすのおみ)・巨勢人臣(こせのひとのおみ)・紀大人臣(きのうしのおみ)侍り。大友皇子、手に香炉を執り、先づ起ちて誓盟(ちか)ひて曰(のたま)はく、「六人心を同じくして、天皇(すめらみこと)の詔(みことのり)を奉(うけたまは)る。若し違(たが)ふこと有らば、必ず天罰(あまつつみ)を被らむ」と、云々(しかしか)のたまふ。是(ここ)に左大臣蘇我赤兄等、手の香炉を執り、次(つぎて)の随(まにま)に起ち、泣血(な)きて誓盟ひて曰(まを)さく、「臣等五人、殿下(きみ)に随ひて、天皇の詔を奉る。若し違ふこと有らば、四天王打たむ。天神地祇も復(また)誅罰(つみ)せむ。三十三天、此の事を証(あきら)め知ろしめせ。子孫当(まさ)に絶え、家門必ず亡びむ」と、云々まをす。

この盟約の事は六日後の十一月壬戌（二十九日）条にも見られる。

壬戌、五臣奉㆓大友皇子㆒、盟㆓天皇前㆒。

壬戌に、五臣(いつたりのまへつきみ)、大友皇子を奉(ゐたてまつ)りて、天皇の前(みまへ)に盟(ちか)ふ。

これを大海人討滅の誓約と解したのであろうか。

一方、『略記』は大海人襲撃の軍事作戦の存在を明記するとともに、『書紀』の記事を踏まえて、大海人方の近江京を囲繞する軍の配置に驚愕した近江朝廷側の混乱のさまも記述している。

伊世国司発二五百軍一。塞二鈴鹿関一。大津皇子六七人男相具。率二三千人軍一参来。塞二美乃国不破之道一。天皇居二不破宮一。以二高市皇子一令レ監二軍事一。差レ使遣二東海東山二道一。近江朝廷聞レ之悉愕。京内併以騒動。

右の記事は近江朝廷の機先を制した大海人方の機敏な動きと、大海人の周到な作戦指揮を記す箇所を簡明に纏めたものであり、『書紀』の記事を踏まえていると言ってもよい。しかし、『書紀』では挙兵を決意した大海人は天武元年六月二十四日に鵜野皇女・草壁皇子ら三十人とともに吉野を脱出して伊賀国に入り、二十六日早朝に天照大神を遙拝、大津皇子の合流と、不破関の閉塞に成功する。同日、近江朝廷では大海人の東国入りの報に驚愕動揺したとある。大海人が不破に入り、野上に行宮を営み、高市皇子に全権を委任したのは翌二十七日のことである。これに対して、『略記』は「同六月十日。歩行入二東国一。」として右の記事を記しており、吉野脱出の日付が異なることからも『書紀』と異なる典拠文献が存在したことを窺わせる。

注意しなければならないことは、大海人の迅速な布陣と軍事力に対する脅威を近江朝廷方の動揺と直結させた『略記』の記事は、執政の任にあった大友が左右大臣と図って吉野襲撃の準備を整えていたとする記述とは明らかに矛盾する。近江朝の主である天皇大友が吉野に隠棲した大海人の討滅のために左右大臣とともに吉野襲撃の準備を進め、近江京から大和京まで軍を配置していたとすれば、討滅の直接の対象である大海人の監視を怠り、その吉野脱出の動きを知らずに迅速な布陣と強大な軍事力の集結を目の当たりにして驚愕動揺するということは考えがたい。したがって、近江朝廷方の吉野襲撃の計画を大友の大海人に対する根深い疑念が原因であると解する『水鏡』は、この記事を導入していない。

『水鏡』では大友の即位と吉野襲撃の計画に関する『略記』の記事を踏まえるとともに、さらに前掲の波線部のような記述を加え、天智の皇嗣として近江朝で即位した大友の疑心暗鬼が乱勃発の主因であり、自らの非業の死を必然化したとする新たな解釈を示している。

四　壬申の乱記載の構図

これらのことを踏まえて、『水鏡』における壬申の乱記載の構図を流布本に付せられた見出し項目（標目）をもとに纏めると、次のようになる。(12)

〔四十代天智天皇〕

1、十月十六日大織冠薨じ給ひし事

2、東宮出家し吉野山に入り給ひし事

3、大友太政大臣、東宮に立ち給ひし事

〔四十一代天武天皇〕

4、大友皇子即位の事

5、出家して、吉野宮に入り給ひし事

6、皇女、大友皇子の室と為り、子細、父天皇に告げ奉られし間の事
7、天皇、東国へ向はしめし間の事
8、天皇、大友皇子、合戦の事
9、右大臣誅せられ、左大臣配流の事
10、勧賞を行はれし事

右の構成を見れば、鎌足の薨去から、大海人の出家と吉野退隠、大友の立太子と即位、大海人の反撃の決意と東国入り、皇位継承をかけた両者の死闘と大友の自決・首実検、近江朝廷側の処分と功臣の褒賞まで、壬申の乱の全体像が整然とした記事の配列のもとに語られていることがわかる。

この構成を『書紀』『略記』の構成と比べてみれば、その相違性は明瞭である。『書紀』は巻第二十八・二十九の二巻をもって天武天皇の紀を構成している。『書紀』全三十巻のうち一人の天皇に二巻を充てたのは天武紀のみであり、そのうち巻第二十八は一般に「壬申紀」と称せられているように、壬申の乱の顚末の記述に一巻を充てて「後継者の地位を奪った天智に対して堪忍を重ね、正当防衛のためにやむなく立ち上がって大友を倒した大海人」[13]という図式を設定している。巻第二十八の構成を確認するために新編日本古典文学全集『日本書紀③』の同巻に付せられた小見出し項目を借用させていただくと、次のようになる。

一、大海人皇子出家して吉野に入る。
二、対立が緊迫し、挙兵の決意をする。

三、壬申の乱勃発。大海人皇子東国に入る。
四、近江朝廷の狼狽と大友皇子の対処。
五、大海人皇子野上行宮で作戦の大号令。
六、大山越えから倭へ、不破から近江へ出撃。
七、乃楽山で敗れるが、荊萩野では撃退する。
八、近江での会戦と大友皇子の自決。
九、近江軍倭京に迫るが、大伴吹負防衛に成功。
一〇、壬申の乱の終結、大海人皇子、倭へ凱旋。

この構成を見れば、『書紀』における壬申の乱記載の重さと、大海人の皇位継承者としての正統性、および壬申の乱開戦の正当性を主張しようとする『書紀』編集者の意図を窺い知ることができよう。『略記』については先に指摘したように『書紀』を直接典拠にしたと考えるには疑問が残るが、壬申の乱の展開と戦闘の推移についてはその骨子を『書紀』の記載に従っていると見ることができる。

これに対して、『水鏡』では十の見出し項目のうち、乱の展開と戦闘の推移に関する記述は「天皇、大友皇子、会戦の事」のみにとどまり、大海人の皇位固辞と吉野退隠、大友の立太子と即位、および乱の起因と大友の死の必然性の記述に筆が費やされている。そこに、乱の展開そのものよりも、乱の起因をなした皇位継承問題を注視する『水鏡』作者の立場を窺うことができる。

『水鏡』の歴史認識としてまず注目されることは、「十月十六日大織冠薨じ給ひし事」の末尾に次のような記文が見られることである。

十年と申し正月五日。御門の御こに大伴皇子と申しを太政大臣になしたてまつり給き。二十五にぞなり給し。東宮などにぞたち給べかりしを。みかどの御おとゝの東宮にてはおはしましゝかば。かくなり給へりしにこそ。

傍線部に相当する記述は『書紀』『略記』ともに見られない。『水鏡』独自の記述であり、大友の立太子・即位記事と同じく、大友皇子を天智天皇の正統の後継者であるとする認識を明示したものであると考えられる。天智の長子である大友には正統の皇位継承者として皇太子となる資格が存在したが、叔父の大海人が「東宮」（皇太弟）であったために太政大臣に就任した。しかし、ここで大友の即位問題に言及していないことにも注意しておきたい。

一方、『水鏡』は大海人皇子の即位資格についても、「四十一代天武天皇」の始めに次のように記している。

このみかどうちまかせてはくらゐをつぎ給べかりしかども。又ありがたくしてつきたまひしなり。

傍線部に相当する記述は『書紀』『略記』ともに見られない。東宮であった大海人皇子にも天智の正統の皇位継承資格を認める記述であり、壬申の乱を大海人の一方的な皇位簒奪の戦いとは解しない立場を明示している。

しかし、天智の長子である大友の立太子、東宮であった大海人の即位の正統性を共に認めるという『水鏡』の立場は、壬申の乱後から近世の水戸学を経て近現代の歴史学に継承された、天武（大海人）肯定論と天武の王位簒奪論の対立という壬申の乱解釈の対立的な流れとは、極めて異質であると言わなければならない。そのような背景を踏まえるならば、「ありがたくしてつきたまひしなり。」の文意は意味深長であり、その意味するところは、「勧賞を行はれし事」に付せられた『水鏡』作者の感懐と合わせ分析することが必要であると思われる。

五　『水鏡』の壬申の乱解釈

以上の考察を踏まえて、壬申の乱に対する『水鏡』の立場と乱の解釈をまとめると、次のようになる。

①大友皇子、大海人皇子ともに天智の正統の皇位継承有資格者であると明記。
②壬申の乱の前年十月、大海人皇子の病による皇位辞退と、出家しての吉野退隠を受けて、大友皇子が皇太子に立ったと明記。
③十二月三日の天智の崩を受けて、皇太子大友が五日に即位したと明記。
④翌年（壬申）五月、即位した大友は大海人の動静に疑惑の眼を向け、左右大臣と図って大海人討滅の軍を派遣しようとしたこと。
⑤病気療養中であった大海人は、座して討たれるのを避けるためにやむなく東国に向かい、兵を募って壬申の乱が起こったこと。

『水鏡』の作者は、右のような解釈を踏まえて、乱の全体を次のように総括している。

みかどは皇子の御をぢにておはせしうへに。御しうとにてもおはしましゝぞかし。かたぐしたがひたてまつり給べかりしを。あながちにかつにのりたまへりしことの。ほとけかみもうけ給はずなりにしにこそはべめれ。

大海人と大友は叔甥の間柄であり、大友が妃十市皇女の父である舅の大海人を殺そうとした、その儒教道徳に背いた反倫理的行為は神仏の加護を得られず、非業の死は必然であったというのである。しかし、右の感懐の傍線部の意味内容については、諸注釈書においても具体的な記載内容に即した説明は見られない。

『書紀』の記載に戻ってみれば、同書の天智天皇十年十月庚申（十七日）条において、大海人は病を理由に皇位を固辞するとともに、

請奉二洪業一、付二属大后一、令二大友王一、奉二宜諸政一。
請はくは、洪業を奉げて、大后に付属けまつり、大友王をして諸政を奉宣はしめむことを。

と述べており、同書天武天皇即位前紀では、

願陛下挙二天下一附二皇后一。仍立二大友皇子一宜レ為二儲君一。
願はくは、陛下、天下を挙げて皇后に附せたまはむことを。仍りて、大友皇子を立てて儲君としたまへ。

と献言したことが記されている。この献言については、倭姫皇后の処遇については称制(14)か、即位を意味するか(15)現在で

も解釈が分かれるが、前者は太政大臣大友の政務執行を、後者は大友の「儲君」（立太子）の薦めとなっている。

この大友皇子の処遇に関する大海人の献言の二重性が後世の天武肯定論、王位簒奪論の遠因をなしたと考えられるが、『水鏡』は『書紀』天武天皇前紀の大友立太子の献言を採らず、大海人が、

きさきのみやにくらゐをゆづりたてまつりたまひて。おほとものの太政大臣を摂政とし給べきなり。


と献言したことを記している。この献言も『略記』の記載を踏まえたものであるが、大海人が示した皇位継承の構図が倭姫皇后の即位と大友の太政大臣としての政務執行の方式であったことを確認しておきたい。

『水鏡』の作者は大友の立太子の正統性を明示するとともに、大海人も「うちまかせてはくらゐをつぎ給ふべかりし」資格を有していたのであり、大友はそれに「したがひたてまつり給べ」きであったと説く。即ち、『水鏡』作者の想定する皇位継承のあり方は、天智の崩後は東宮である大海人の即位と、大友の立太子という構図であり、それが叔甥、舅と婿の間柄にある両者の儒教倫理に適った道理であると言うのである。

しかし、東宮である大海人皇子が病によりその即位が叶わなくなった時、大海人は倭姫皇后の即位と甥であり婿である大友の政務執行を献言して吉野宮に退隠する。『水鏡』の記述からは大海人に病状回復後の即位の意志が存在したか否かは不明であるが、近江朝廷による大海人討滅計画の報に接した大海人は、

くらゐをゆづり。よをのがるゝことは。やまひをつくろひ。いのちをたもたんためとこそおもひつるに。おもはざるに。わが身をうしなふべからんには。いかでかはうちとけてもあるべき……。

と考えて吉野脱出を決行している。

この部分も『略記』の記述に従ったものであるが、前掲の感懐を踏まえれば、『水鏡』では字義どおりに大海人は病の治療に専念するために吉野に退隠したと解釈していることになる。したがって、大海人の真意を字義どおりに解するならば、大海人は自らの退隠にあたって、直接には甥であり婿である大友の立太子を天智に進言しなかったが、間接的には大友に自らの皇位継承権を譲る意志を示したことになる。

一方、大友は東宮であった大海人の病による皇位辞退と吉野退隠という事態を受けて、皇位継承の常道に従い立太子、さらに父天智の死に伴い即位する。そこに、大海人の想定した天智後の皇位継承の構図と、倭姫の即位を経ることなく、正統の皇位継承者として自ら帝位に即いた大友との思惑の違いが露呈している。

したがって、「あながちにかつにのりたまへりしこと」とは、叔父であり舅である大海人から皇位継承権を譲られて帝位への道が開かれたにもかかわらず、大海人の政権離脱を好機として自ら即位し、吉野に去った大海人の真意を疑い、討滅の兵を差し向けようとした大友皇子の奥深い猜疑心こそが壬申の乱を招いた真因であり、大友の非業の死と、父天智が開いた近江朝廷の崩壊を必然的にしたという解釈である。

そこに、出生の秘密をめぐって院と天皇の父子が反目しあい、帝位をめぐる兄弟天皇の争いが戦乱を招くという混乱した院政期宮廷社会に身を置いた『水鏡』作者の、厳しい現状批判を背景にした独自の歴史認識が示されていると考えられるのである。

注

(1) 中村修也「壬申の乱前夜の状況」(『東アジアの古代文化』一三二号、二〇〇七年)。
(2) 注(1)に同じ。
(3) 日本古典文学大系69『懐風藻・文華秀麗集・本朝文粋』に拠る。
(4) 『神道大系　朝儀祭祀編二　西宮記』(一九九三年、神道大系編纂会)所収の前田育徳会尊経閣文庫所蔵大永鈔本に拠る。前田家巻子本を収める『改訂増補故実叢書　西宮記第二』(一九九三年、明治図書)では巻十二に同記載が見られる。
(5) 『改訂増補故実叢書　西宮記第二』所収の和田英松著「西宮記考」(一九三二年二月)に「弘文天皇の御即位を明記せるは、これを以て最も古きものとすべし。」とある。
(6) 以下、割注はすべて一行書きとする。
(7) 新訂増補国史大系所収の専修寺所蔵本の本文中には、「大伴皇子」について「大伴」「大友」の記載が見られる。
(8) 新編日本古典文学全集1『古事記』「解説」(神野志隆光)参照。
(9) 倉野憲司著『古事記全註釈　第一巻序文篇』(一九七三年、三省堂)一二〇頁。
(10) 平田俊春著『私撰国史の批判的研究』(一九九二年、国書刊行会)第二篇第四章第一節「扶桑略記の材料となった書」に『略記』の材料となった文献名百四点を挙げているが、『公卿補任』は含まれていない。
(11) 『延慶本平家物語　本文篇上』(一九九〇年、勉誠出版)に拠る。
(12) 見出し項目の読みは『校注水鏡』(一九九一年、新典社)を借用した。
(13) 倉本一宏著『戦争の日本史2　壬申の乱』(二〇〇七年、吉川弘文館)四頁。
(14) 日本古典文学大系68『日本書紀　下』三七八頁頭注一二。
(15) 新編日本古典文学全集4『日本書紀③』二九三頁頭注。

第三節　水鏡の承和の変解釈

一　問題の所在

『水鏡』「五十五代仁明天皇」の構成を『水鏡』に付せられた標目[1]によりまとめると、次の表のようになる。この表において「仏」は仏教関係、「篁」は小野篁関係、「変」は承和の変関係、現存の文献・史料のうち、「続後紀」は正史『続日本後紀』、「親王伝」は『恒貞親王伝』、「逸勢伝」は『橘逸勢伝』の、それぞれ略記である。また、文献・史料の○印は『水鏡』の記載内容と重なる場合、△印は異なる記事を含む場合を示す。

標目	仏	篁	変	続後紀	親王伝	逸勢伝
1諱正良			○	△		
2慈覚大師書如法経給事	○					

3行幸淳和院事			○	○		
4後七日御修法始事	○					
5弘法大師入定事	○			○		
6慈覚大師入唐事	○			△		
7御仏名始事	○			○		
8小野篁配隠岐事		○		○		
9同和歌事		○				
10灌仏始事	○			○		
11小野篁被召返事		○		○		
12着黄衣事		○		○		
13嵯峨法皇崩御事			○	○	○	
14天下依事出来橘逸勢配伊豆事			○	△	○	○
15人々配国々事			○	○	○	○
16行幸冷泉院東宮行啓間有落書事（記事なし）						
17承和九年壬戌八月四日立東宮			○	△	○	
（慈覚大師帰朝）	○			○		

この表によれば、『水鏡』「五十五代仁明天皇」の紀は仏教関係、小野篁関係、および承和の変関係に大別され、その総字数の割合は仏教関係十九％、小野篁関係十八％に対して、承和の変関係は六十三％を占めており、作者の視線が皇位継承史に大きな影響を与えた承和九年（八四二）の承和の変の顛末に向けられていたことが分かる。

一方、『水鏡』の主要な典拠となった『扶桑略記』（以下、『略記』と略称）は、平城天皇大同三年条から清和天皇の記に至る部分が欠巻となっており、そこに記された記事内容と『水鏡』の記事との具体的な比較考察を行うことはできない。前掲の表に見られるように、『水鏡』の仁明天皇の紀の殆どは『続後紀』の記事と重なっているが、承和の変関係を中心に大きな相違も認められる。

したがって、右のような現状を踏まえつつ、一つの試論として、『水鏡』の作者も披見したと想定される文献・史料の記載内容の推定考証を踏まえて、『水鏡』に描かれた承和の変の分析を進めることにしたいと思う。

二　典拠の問題

『水鏡』の典拠史料については、従来、僧皇円著の私撰歴史書『扶桑略記』のみを典拠として成立したものであるとする平田俊春氏の所説が通説とされてきた。『水鏡』が『略記』を主要な典拠として成立したものであることは紛れもない事実であり、平田氏の所説の研究史上の意義は特筆される。一方、『水鏡』が「他の材料を一切用いていない。」[2]と言いうるか否かについては多くの疑問もあり、『水鏡』の記載内容の具体的な分析、解釈、および評価にあたっては、その問題を避けて通ることはできない。『水鏡』「五十五代仁明天皇」における承和の変の記載内容の分析にあたっても、典拠問題への言及は不可欠である。

しかし、前述したように、『略記』は平城天皇大同三年条から清和天皇の記に至る部分が欠巻となっており、『水鏡』における承和の変の記載内容との具体的な比較考察を行うことは不可能である。そこで、右のような現状を踏まえた次善の手続きとして、次の二点に留意しておくことが必要となる。

まず、『略記』の編纂方針を見ると、各天皇の記を構成するにあたり、多方面から文献・史料を集め、年月日を明記した編年体の記事配列を行っている。また、『略記』は同一の事件・事象について異なる記事も併記しており、それらの記事を用いて各天皇の記における著者独自の解釈や論説をまとめるという方式は取っていない。『略記』の引用記事について、平田氏は国史実録類、伝記類、霊験記、縁起類、雑類などから引用書名百四点を掲出している[3]。また、平田氏は『略記』からの引用書の分析をもとに『略記』の抄本、欠巻部分の記事の復原に尽力され、その全体を「扶桑略記逸文集」（以下、「逸文集」）として明らかにしている[4]。

以上のことから、『水鏡』の承和の変の記載内容の考察にあたっては、当該国史をはじめとする『略記』の引用書における承和の変の記載内容との比較考察と、前掲の「逸文集」の記事との比較考察を行うことが必要な手続きであると考えられる。そのことを踏まえて『水鏡』が『略記』のみを典拠として成立したのか否かという問題に立ち返ってみると、後述する承和の変関係記事を除いても、次の諸点が疑問点として浮上してくることになる。

まず、前掲の表における標目「諱正良」の条において、『水鏡』には仁明天皇の崩御年月日の項が「嘉祥三年三月廿一日」となっており、国史大系の頭注には、

廿一、拠尾本及続後紀補[5]

とあることから、専修寺所蔵本には日数欄が空欄であったのを、国史大系の校勘者が尾張徳川黎明会所蔵本と『続後紀』に基づいて「廿一」と補ったことがわかる。

このことを、『略記』の引用書である国史『続後紀』嘉祥三年三月条に見ると、

　　乙亥（廿一）。地震。帝崩二於清涼殿一。時春秋卅一。

とあり、二十一日であることが明記されている。同じく引用書である国史『日本文徳天皇実録』（以下、『文徳実録』）にも「嘉祥三年三月乙亥（廿一）。仁明皇帝崩二於清涼殿一。」とあり、「逸文集」に挙げられた『帝王編年記』（以下、『編年記』）にも「廿一日。崩二于清涼殿一。御年四十一。」と記されている。この事実を踏まえて見れば、『略記』には「乙亥（廿一）」または「廿一日」と記載されていたと想定しなければならないであろう。

　同様の事例は、前代の淳和天皇の崩御年月日についても見られる。『水鏡』には淳和天皇の崩御年月日が「承和七年八月　日」とあり、同じく日数欄が空欄となっている。

　このことを『続後紀』承和七年条について見ると、五月条に、

　　癸未（八）。後太上天皇崩二于淳和院一。春秋五十五。

とあり、「逸文集」所収の『編年記』承和七年庚申条には「五月八日。後太上天皇崩。御年五十五。号二淳和天皇一。」と記されている。やはり、『略記』には承和七年「五月」「癸未（八）」または「八日」と明記されていたと想定しなければならないであろう。管見では、淳和天皇の崩御月を「八月」と記載した文献は不明である。そうであるとすれば、『水鏡』の淳和・仁明両天皇の崩御年月日の項は、『略記』以外の文献を典拠として記載されたと考えなければならない。

ちなみに、承和の変に関わる嵯峨上皇の記事においても、『水鏡』の標目「嵯峨法皇四十御賀事」には、

天長二年十一月四日丙申みかどさがの法皇の卌御賀し給き。

とあるが、『略記』の引用書『類従国史』巻廿八・帝王八には「淳和天皇天長二年十一月丙申[廿八]。奉レ賀二太上皇五八之御齢一。」とあり、『編年記』にも「嵯峨天皇有〔十一月廿八日〕二四十御賀一。」とある。『略記』以後の成立であるが、『日本紀略』の天長二年十一月条も『類聚国史』と同文であり、すべて十一月「二十八日」の事であると記されている。この事例も、『水鏡』に『略記』以外の典拠文献が存在したことを前提にしなければ説明できないであろう。

次に、『水鏡』の標目「慈覚大師入唐事」には、慈覚大師円仁の渡唐年月日が、

同四年六月十七日慈覚大師もろこしへわたり給き。

と記されている。

このことを『続後紀』承和五年六月条に見ると、

戊申[廿二]。勘発遣唐使右近衛中将藤原朝臣助奏。副使小野朝臣篁依レ病不レ能二進発一。（略）（七月）庚申[五]。大宰府奏。遣唐使第一・四船進発。（略）甲申[廿九]。遣唐第二船進発。

という記事があるが、『続後紀』の承和四、五年条に、慈覚大師の渡唐記事は見られない。

「逸文集」所収の『編年記』承和四年丁巳条には、

遣唐船四艘。乗人六百五十一人。従㆓難波三津浜㆒以㆓三月十五日㆒賜㆓宣命㆒。以㆓辰時㆒解㆑纜畢。

とあり、逆風によって智賀島に漂着。第四船は行方不明。三艘を修理して再進発しようとしたが、副使小野篁が「大怒心発」して乗船せず、違勅罪で隠岐国に配流されたという記事に続いて、「是歳。慈覚大師入唐。」という記事がある。しかし、「六月十七日」という日付記載はない。

同じく「逸文集」の『仏法伝来次第』には、

承和五年六月、円仁和尚号慈覚大師、乗㆓遣唐使参議左大弁藤原常嗣之船㆒、入唐。(6)

とあるが、やはり「十七日」という日付記載はない。

また、『略記』の引用書に挙げられた『慈覚大師伝』(以下、『大師伝』)には「五年六月十三日。上第一船。廿二日解纜進発。(略)七月二日。得著大唐揚州海陵県。(7)」とあり、やはり「六月十七日」という日付記事は見られない。したがって、『略記』原本に『続後紀』の記事、もしくは『編年記』『仏教伝来次第』に記載の逸文、『大師伝』の記事が収められていたとしても、「承和四年六月十七日」出帆という『水鏡』の記事の典拠とはなり得ない。

その他、『日本高僧伝要文抄』(以下、『要文抄』)第二「慈覚大師」も『大師伝』と同文である。(8)『元亨釈書』巻第三

慧解二「釈円仁」には、

五年六月二十二日。従二大使尚書右丞藤原常嗣一。上二第一舶一。七月二日着二唐国揚州海陵県一。

とあり、承和五年六月二十二日解纜、七月二日唐国着ということで『大師伝』と共通する。

これに対して、円仁自署の旅行日記『入唐求法巡礼行記』（以下、『行記』）には、次のような記事がある。

承和五年。六月十三日午時。第一第四両舶。諸使駕レ舶。縁レ無二順風一。停宿三箇日。十七日夜半。得二嵐風一上レ帆揺レ艫行。[9]

これによれば、『水鏡』の作者は『行記』を典拠として「六月十七日」出帆の記事を記したが、荒天のために島嶼に漂着した承和四年の記事と年次を混同したことが考えられよう。

『水鏡』と『行記』の関わりは、慈覚大師の唐国滞在中における武宗の排仏政策による苦難の記事にも見られる。

もろこしにおはせしあひだ。悪王にあひたてまつりて。かなしきめどもをみたまへりし也。ほとけ経をやきうしなひ。あま法師を還俗せさせしめ給しおりにあひて。この大師もおとこになりてかしらをつゝみておはせしなり。

『続後紀』には関係記事は見られず、『編年記』の逸文も承和十二年の記事として、武宗の仏教徒迫害を記すが、円仁関係の記事はない。『大師伝』には「会昌天子。破滅仏法。」とあるが、円仁関係記事は見られない。『要文抄』『元亨釈書』も『大師伝』と同様である。

これに対して、『行記』の会昌五年条には、武宗の道教狂いによる廃仏政策、仏教徒迫害に遭遇した円仁が、俗人の衣を着て還俗姿となり、頭を布で包み帰国の途についたことが詳述されている。『水鏡』の記事が『行記』を典拠としたものであることは否定し得ないであろう。

円仁自署の『行記』について、平田氏は『略記』の引用書百四点のうちにこれを含めていない。その理由は不明であるが、『略記』に『行記』の記事が引用されていないとすれば、『水鏡』の作者は直接『行記』を典拠として円仁の渡唐年月日、ならびに排仏政策による苦難記事を記したことになる。また、『略記』に『行記』の記事が引用されていたと仮定するとしても、長大な旅日記のどの部分が摘記されたのかは不明であり、『水鏡』の円仁関係の記事が『略記』のみを典拠として記述されたと言い切ることは難しいであろう。

三　承和の変の概要

嵯峨・淳和両上皇の崩御後、承和九年（八四二）七月十七日に東宮坊帯刀伴健岑と但馬権守橘逸勢とが皇太子恒貞親王を奉じて東国に走るという謀反の企てを、阿保親王が太皇太后橘嘉智子（嵯峨院の后）に密告した。嘉智子は中納言藤原良房と協議のうえ、仁明天皇の朝廷は恒貞親王を廃太子とし、関係者を放逐、流罪に処した。かくして藤原冬嗣の娘で良房の妹順子の腹にできた道康親王（仁明天皇第一皇子）が東宮になり、文徳天皇として即位した。

これが承和の変の概要であるが、『水鏡』における承和の変関係記事を分析するにあたり、事件の顛末を国史である『続後紀』巻十二・承和九年条によって確認しておくと、次のようになる。

七月十一日　中納言藤原良房が右近衛大将、藤原助が左兵衛督に就く。
七月十五日　嵯峨上皇崩御。
七月十七日　事件発覚。六衛府、宮城内と内裏を固守。近衛兵により健岑・逸勢の私宅を包囲し、身柄を拘束。東宮坊帯刀らの武装を解除し、五人収監。左右京職、街衢を警護。山城国の五道閉鎖。京辺の主要道路・橋を守護。阿保親王、封書を嵯峨太皇太后に奉呈。中納言藤原良房から仁明天皇に奏上。
七月十八日　左衛門府で逸勢・健岑らの訊問。日没時も訊問を終えられず。
七月十九日　罪人の訊問。訊問調書を奏上。
七月二十日　逸勢・健岑らを拷問（笞杖による訊問）、「拷不レ服」とある。
七月二十三日　勅使が近衛府の兵四十人を率いて皇太子の直曹を包囲。「于レ時天皇権御二冷泉院一。皇太子従レ之。」という割注あり。帯刀らを武装解除。官人・皇太子の近侍者、帯刀を右兵衛の陣に、雑色を左右衛門の陣に収監。大納言藤原愛発（太子岳父）、中納言藤原吉野（淳和外戚）、参議文室秋津（東宮大夫）を幽閉。
天皇の詔（事件の概要。廃太子の事由。藤原愛発を京外追放。藤原吉野を大宰員外帥に、文室秋津を出雲国員外守に左遷。）
七月二十四日　廃太子の手続き。勅使を嵯峨山陵に派遣して廃太子を報告。
七月二十五日　除目。良房大納言に、源信中納言に、源弘・滋野貞主は参議に、助は右衛門督、藤原長良は左兵衛督に昇任。
七月二十六日　天皇の詔（東宮坊職員の流罪、位階没収、総計六十余人。）、同日執行。
七月二十八日　逸勢の本姓を剝奪、非人の姓を与えて伊豆国へ、健岑を隠岐国に配流。
八月一日　左大臣藤原緒嗣ら、立太子要望の表を奉呈。
八月二日　天皇の詔。
八月四日　公卿の再度の上表により、道康立太子の詔。皇太子傅、東宮大夫以下の人事。内裏・兵庫の警護解除。桓武の柏原山陵に恒貞廃太子と道康立太子を報告。
八月十三日　廃太子を淳和院に遷移。
十月二十二日　阿保親王薨去。

『続後紀』の承和の変関係の記事は詳細であり、日次を追ってその展開と全貌を記述しているが、事件の一方の当事者である藤原良房が最高責任者として編纂の任に当たったためか、事件の真相については多くの曖昧性や疑問点を内包するものとなっている。

まず、事件の密告者である阿保親王の密書は、健岑の言として、嵯峨上皇の崩を期に「国家之乱在レ可レ待也。請奉二皇子一入二東国一者。」と求められたと記すが、「書中詞多。不レ可二具載一。」とあるのみで、謀反の具体的内容の記載はない。事実の意図的な曖昧化と思われ、卑官の者の謀反であることとともに不審を感じさせる。

にもかかわらず、良房主導の朝廷は直ちに六衛府の兵力をもって宮城と京辺を戒厳態勢下に置くとともに、健岑・逸勢とその仲間の者を拘禁している。以後、三日間にわたる拷問を加えた訊問にも健岑・逸勢の自白はもとより、何らの確証も得ることができなかったが、翌日には皇太子の直曹を包囲して帯刀らを収監し、藤原愛発、同吉野、文室秋津を幽閉している。割注によれば、仁明天皇はこの騒動を避けて臨時に冷泉院に移り、恒貞太子も従っていたという。しかも、同日直ちに仁明天皇は詔を発して健岑・逸勢を謀反人と断じ、その責を恒貞皇太子にも求めて廃太子と定め、その擁護の任にあった藤原愛発らの朝廷からの追放処分を断行している。

七月二十三日の天皇の詔は、健岑・逸勢の逆謀、悪人のために太子に累が及んだ古例、法師らの呪詛の報知、属坊人の謀事の密告を挙げて、追及すればよくないことが多出するだろうから、太子が事件と無関係であっても太子を廃するべきであり、仁明天皇の母后である太皇太后嘉智子も賛成であると強調する。

> 不慮外ニ太上天皇崩ルニ依テ。昼夜ト无ク哀迷ヒ焦レ御坐ニ。春宮坊ノ帯刀舎人伴健岑ハ。隙ニ乗テ。与二橘逸勢一合レ力テ。逆謀ヲ構成テ。国家ヲ傾亡ムトス。其事ヲバ皇太子ハ不レ知モ在メシ。不レ善人ニ依テ相累事ハ。自レ古リ言来ル物ナリ。又先々ニモ令下二法師等一テ呪詛上ト云人多アリ。而トモ隠疵ヲ撥求メム事ヲ不レ欲シテナモ抑忍タル。又近日モ或人ノ云。属坊人等モ有レ謀ト云。若其事ヲ推究ハ。恐ハ不レ善事ノ多有ム事ヲ。加以後太上天皇ノ厚御恩ヲ顧テナモ究求メム事ヲ不レ知ト。今思ホサクハ。直ニ皇太子ノ位ヲ停テ。彼此無レ事ハ善ク有ベシト思ホシメス。又太皇太后ノ御言ニモ。如レ此クナモ思ホセル。故是以皇太子ノ位ヲ停退ケ賜フ。又可レ知レ事人ト為テナモ。大納言藤原朝臣愛発ヲバ廃レ職テ京外ニ。中納言藤原朝臣吉野ヲバ大宰員外帥ニ。春宮坊大夫文室朝臣秋津ヲバ出雲国員外ノ守ニ。任賜ヒ宥賜フト宣天皇ガ御命ヲ衆聞食セト宣。(10)

承和の変は、七月十七日の良房と橘嘉智子の嵯峨院における密謀により、すべてが周到に運ばれている。良房は、嵯峨上皇の死を前に動揺した東宮坊属人らの不用意な動きを巧みに利用し、同族の上席二人を台閣から放逐するとともに、嵯峨源氏と結託して恒貞廃太子と道康立太子を図り、その即位後は娘の明子を入内させて外舅の地位を確かなものにしていくことになる。仁明天皇と母后の嘉智子も、嫡系の皇位継承の実現を望んで良房の謀略に同意したのであろう。二十五日の除目における論功行賞人事は、それを物語っている。一方、この変事の功労者の一人である阿保親王は、変の収束後は一切出仕することなく、三ヶ月後に突然薨去した。目崎徳衛氏は自らの密告が廃太子にまで及んだことへの衝撃から、「その死はたとえ自殺でなくとも、少くとも精神的には自殺に近かったのではあるまいか。」[11]と説いている。

しかし、謀反の発覚から二十日近くものあいだ宮廷と都周辺を厳戒態勢で固めた良房主導の朝廷の処置には、矛盾点も見られる。

まず、七月二十三日の詔により事件の首謀者と断ぜられた健岑と逸勢は、なぜか恒貞廃太子の処置、藤原愛発ら朝廷高官の放逐、功労者の論功行賞人事、および東宮坊職員の流罪などの一連の事件処理が済むまで拘留されたままで捨て置かれ、立太子手続きの直前にようやく流罪に処せられている。また、恒貞太子は二十三日の詔で廃太子と定められ、翌日には廃太子の手続き、二十六日には東宮坊の職員六十余名の流罪、さらに八月四日には道康立太子の手続きと関係者の人事が行われたにもかかわらず、仕える者もいないはずの東宮内に留め置かれ、事件から三十日近い八月十三日にようやく故父帝の離宮である淳和院に移されたことになる。『水鏡』の作者は、承和の変の裏にひそむ謀略のかげと、一連の事件処理の矛盾や不合理性を鋭く感知したと思われる。

四　『水鏡』の記事

『水鏡』の典拠とされる『略記』には、『続後紀』に基づいて、事件の骨子をなす記事が正しく引用・転記されていたと推定される。また、平田氏が『略記』の逸文として掲げるところは、次のとおりである。

・承和元年甲寅正月二十七日、以二参議文室秋津一始補二検非違使別当一云々　（濫觴抄）

・同九年壬戌七月十五日、前太上天皇崩、御年五十七、号二嵯峨天皇一、同月、伴健岑、橘逸勢等謀反事発、廿四日、廃二皇太子恒貞親王一也、其坊司皆悉配二流之一、橘逸勢八所御霊内、伊豆国、伴健峯隠岐国、大納言藤原愛発右大臣内麿男解官、中納言藤原吉野式部卿宇合曾孫、参議綱継男、任二大宰員外帥一、八月四日乙丑、立二皇子道康一、帝第一子、為二太子一、　（帝王編年記）

・承和九年壬戌八月三日甲子、廃二皇太子一、春秋十六、　（立坊次第）

・承和九年壬戌八月四日乙丑、立太子、春秋十六、文徳天皇是也、　（立坊次第）

『編年記』の記事は『続後紀』の承和の変関係記事の骨子を記したものであるが、次の表に示すように、『水鏡』の承和の変の記載内容は、『続後紀』の記事や『略記』逸文とは基本的に異なるものとなっている。その中心をなすのは、承和の変の関係者として健岑、逸勢、吉野、秋津らの流罪執行により一旦収束したかと思われた事件が、道康立太子の前日である八月三日に冷泉院で涼を取る仁明・恒貞の前に何者かの投げ文があり、急遽東宮の更迭に及ぶという事件の構図をかまえたことにある。一通の投げ文により事態が急転するという記載は『続後紀』、『略記』逸文には見られず、管見では恒貞親王の伝記を記した『恒貞親王伝』のみに見られるものである。

『水鏡』と『親王伝』の記載内容を掲出すると、次のようになる。

水鏡	親王伝
1嵯峨法皇崩御事 同九年七月十五日に嵯峨法皇うせさせ給にき。当代の御ちゝにおはします。十七日平城天皇の御子に阿保親王と申し人。嵯峨のおほきさきの御もとへ御せうそくをたてまつりて申給やう。東宮のたちはきこはみねと申ものまうできて。太上法皇すでにうせさせ給ぬ。世中のみだれいでき侍なんず。東宮を東国へわたしたてまつらんと申よしをつげ申たまひしかば。忠仁公の中納言と申ておはせしを。きさきよび申させ給て。阿保親王の文をみかどにたてまつり給き。この事こはみねと但馬権守橘逸勢とはかれりける事にて。東宮はしり給はざりけり。	承和七年。淳和太上天皇崩。九年。嵯峨太上天皇亦崩。無幾春宮帯刀伴健岑等謀反発覚。
2天下依事出来橘逸勢配伊豆事 廿四日に事（ママ）・あらはれて。廿五日に但馬権守を伊豆国へつかはし。こはみねをおきへつかはす。	
3人々配国々事 又中納言よし野。宰相あきつなどながされにき。此但馬権守と申は。よの人きせいとぞ申す神になりておはすめり。東宮おそりをぢ給て。太子をのがれんと申給しかば。みかどこのことはこはみねひとりが思たちつる事也。東宮の御あやまりにあらず。とかくおぼすことなかれとて。たゞもとのやうにておはしまさせき。	皇太子恐懼。亦抗表辞讓。天子優答云。独健岑之凶逆。豈可関於太子。宜存闊略。勿介中懐。太子猶不自安。朝夕憂念。

東宮と申すは淳和天皇の御子也。みかどには御いとこにておはしましゝ也。ことし十六にぞなり給し。	
4行幸冷泉院東宮行啓間有落書事	
5承和九年壬戌八月四日立東宮 八月三日みかどれ・ぜゐん（ママ）に行幸ありて。すゞませ給しに。東宮もやがてまいらせ給たりしに。いづかたよりともなくてふみをなげいれたりき。こはみねが東宮をしへだてまつりたることどもありしかば。にはかに東宮の宮のつかさ。たちはき。おもと人など百余人とらへられて。東宮を淳和院へかへしたてまつりて。四日当代の第一親王を東宮にたて申給き。文徳天皇これにおはします。	其後有投送書曰。健岑反計為太子発之。天子信之。遂廃太子。（略）初天子避暑御冷泉院。皇太子従之。俄而有廃黜之議。分使捕禁坊司並侍者帯刀等百余人。（略）既而勅令参議正躬王送廃太子。帰淳和院。

これを見れば、『水鏡』の事件叙述は『親王伝』の記文の和文脈による翻案とも言うべき内容をなしており、『親王伝』を典拠として記述されたことは疑いを入れないであろう。また、『続後紀』に記された事件の展開も踏まえられているが、これは『略記』に引用の記文を典拠としたと考えることもできよう。しかし、『水鏡』の記文は『続後紀』の事件展開の記述の矛盾点を踏まえたためか、日付が大きく異なっている。

一方、『親王伝』には冷泉院における投げ文の一件による事件の急展開を記した記事の日付が記されていない。したがって、この伝記が『続後紀』に基づいて書かれたとすれば、仁明天皇と恒貞太子の冷泉院における避暑中の出来事であるとする前提を見ても、『続後紀』承和九年七月二十三日条の割注を踏まえ、同日中の出来事として書かれたと考えなければならないであろう。

これに対して、『水鏡』の作者の承和の変解釈は、これらの典拠文献と大きな相違性を見せている。

『水鏡』の作者はまず、仁明朝の治政に大きな影響力を有した嵯峨太上天皇の死で、一気に政局が不安定になり、さまざまな思惑や策謀がめぐらされたと解する。その動きは七月十七日、阿保親王が太皇太后嘉智子のもとに伴健岑らの謀反の企てを密告し、嘉智子が中納言藤原良房と協議のうえ、仁明天皇に奏上させたことで表面化する。七月二十四日には天皇の詔により事は公になり、二十五日、逸勢を伊豆国に、健岑を隠岐国に、さらに中納言藤原吉野、宰相（参議）文室秋津が流罪に処せられたと記している。

その記述の間に、『水鏡』の作者はこの企てを「親王はしり給はざりけり。」「此但馬権守と申は。よの人きせいとぞ申す神になりておはすめり。」と記して、恒貞親王が事件に無関係であることと、逸勢の冤罪による御霊化を記して、事件が阿保親王を介した良房と嘉智子の陰謀であるとする解釈を暗示している。また、『親王伝』を踏まえて、ことの重大さに恐懼した恒貞親王の退位の申し出に対して、仁明天皇が皇太子は事件と無関係であり、退位の必要はないとの認識を示したと記している。

皇太子は事件と無関係であるとする天皇の認識の表明は、恒貞の廃太子により孫親王の立太子を期待した嘉智子と、甥にあたる道康の即位を待って専権の機会を得ようとした良房の思惑を根底から覆すものとなる。恒貞即位の折には台閣から追放した藤原愛発・同吉野の復権と、良房の謀略に対する報復は必然であり、恒貞太子の自発的な退位が実現したとしても、有力な皇嗣として即位の可能性は残ることになる。事実、『親王伝』には元慶八年（八八四）の陽成院廃立にあたり、関白太政大臣藤原基経（良房養子）が僧籍にあった恒貞の即位を求め、「親王悲泣云。内経厭王位而帰仏道者。不可勝数。未有謝沙門而貪世栄者焉。此蓋修行之邪縁也。」と拒絶したことが記されている。

したがって、八月三日の仁明天皇と恒貞太子の冷泉院における避暑の場に太子の事件関与を記す投げ文があり、事態が一変して恒貞廃太子と道康立太子に至るというどんでん返しは、良房の再度の策謀として位置づけられたことになる。皇位継承史が、天皇も皇太子も知らないところで、強力な力によって歪められた事件として、『水鏡』の作者は『親王伝』にその真実を読み取ったのであろう。

『親王伝』は平田氏の挙げた『略記』の典拠リストにも加えられており、そのまま『略記』に引用されていたことも考えられよう。『水鏡』の作者が『略記』の引用記事に拠って作品を記した可能性も否定はできない。しかし、前述したように、『水鏡』の作者の目は『続後紀』に記された事件記述の矛盾や疑問に注がれており、『親王伝』を基に真実の事件の解釈を試みたものであることは否定し得ないであろう。

五　逸勢の御霊化

現存史料において、橘逸勢と恒貞親王との関わりを示す文献は見当たらず、逸勢が承和の変の首謀者の一人として配流の刑に処せられた事情は不明である。逸勢の出自、人物像、事件への関与とその死については、『文徳実録』嘉祥三年（八五〇）五月壬辰（十五日）条の逸勢の誄伝に次のように記されている。

逸勢者。右中弁従四位下入居之子也。為レ性放誕。不レ拘二細節一。尤妙二隷書一。宮門榜題。手迹見在。延暦之季。随二聘唐使一入レ唐。々中文人。呼為二橘秀才一。帰来之日。歴二事数官一。以二年老羸病一。静居不レ仕。承和九年連二染伴健岑謀反事一。拷掠不レ服。減レ死配二流伊豆国一。（略）逸勢行到二遠江国板築駅一。終二于逆旅一。

この記事および『続群書類従』所収の『橘逸勢伝』によれば、逸勢は橘諸兄の曾孫で奈良麻呂の孫にあたり、思うままに大言し細部の節操には拘らない性格で、三筆の一人と讃えられる書家であった。延暦二十三年三月、遣唐使に従って唐に渡り、大同元年八月帰国し、承和年間に従五位下、同七年四月には但馬権守に任ぜられている。その後は老齢と羸病（病気で痩せ弱る）のために任官せず、静居していた。承和九年の承和の変で捕縛されて拷問を受けたが屈せず、伊豆国に配流となり、遠江国板築で死去した。『逸勢伝』によれば「于時六十余歳」であったという。『逸勢伝』は後白河院政の仁安元年（一一六六）、氏長者橘以政が下命により作成、献上したものである。[12]

死後、逸勢の怨霊は御霊として畏怖された。『水鏡』には次のように記されている。

此但馬権守と申は。よの人きせいとぞ申す神になりておはすめり。

ここに言う「神」が「御霊」を意味することは言うまでもあるまい。疫神または怨霊を鎮めるために行われる御霊会の初見は、『日本三代実録』（以下、『三代実録』）清和天皇・貞観五年（八六三）五月条に「廿日壬午、於㆓神泉苑㆒、修㆓御霊会㆒。」とあり、次のように記されている。

所謂御霊者。崇道天皇（早良）。伊予親王。藤原夫人（吉子）。及観察使橘逸勢。文室宮田麻呂等是也。並坐㆑事被㆑誅。冤魂成㆑厲。近代以来。疫病繁発。死亡甚衆。天下以為。此災御霊之所㆑生也。

この記事について、肥後和男氏は「貞観五年の記事には御霊は冤魂であるとしている。彼らは無辜の罪人であったところに、それが厲となるべき理由があった。[13]」と説いている。「冤魂」とは「無実の罪で死んだ人の魂」の意であり、

「厲」とは「厲鬼」「悪鬼」「疫病神」を指す。『三代実録』の記事は、逸勢の罪が冤罪であるとの当代宮廷社会の認識のもとに記載されたと考えられる。

橘逸勢が御霊として祀られるに至る経緯を見ると、まず事件発覚の翌々月にあたる『続後紀』承和九年条に、

九月壬辰朔甲午[三]。勅。配二流伊豆国一罪人非人逸勢孫珍令。年在二幼少一。未レ習二活計一。而逸勢以二去月十三日一身死。孰恃孰憑。雖二罪人之苗胤一。猶悲二一物失一レ所。宜二更追還令一レ就二旧閭一。

とあり、仁明天皇の詔により、伊豆国に流罪の逸勢の死により生活手段と拠り所を失った孫の珍令に対して旧宅に戻らせる処置が取られている。仁明天皇を廃して恒貞太子の即位を謀った反逆罪の首謀者であり、逸勢が太皇太后橘嘉智子の類縁の一人であったとしても、但馬権守という卑官の流人一族への殊更な厚遇は異例である。

また、『文徳実録』によれば、文徳天皇の嘉祥三年（八五〇）五月には逸勢に正五位下を追贈し、京城での本葬を許すとともに、仁寿三年（八五八）五月にはさらに従四位下を加贈している。

・（嘉祥三年五月）壬辰[十五]。追二贈流人橘朝臣逸勢正五位下一。詔下二遠江国一。帰葬二本郷一。
・（仁寿三年五月）甲寅[廿五]。加二贈正五位下橘朝臣逸勢従四位下一。

嘉祥三年の正五位下追贈、京城への本葬許可は、同年三月己亥（二十一日）の仁明天皇の崩御、同じく五月辛巳（四日）の仁明の生母太皇太后嘉智子の崩御を受けての事であり、仁寿三年の従四位下の位階加贈は同年二月の疱瘡

の大流行を受けての措置と考えられる。

（仁寿三年二月）是月。京師及畿外多患二皰瘡一。死者甚衆。天平九年及弘仁五年有二此瘡患一。今年復不レ免二此疫一而已。

清和天皇の貞観五年（八六三）五月二十日の神泉苑における御霊会に六柱の一として橘逸勢の霊が祀られたのも、右の相次ぐ災厄が逸勢の「厲鬼」の跳梁によるとする畏怖の念の強さを示すものであろう。

なお、『百錬抄』巻七・二条天皇の平治元年（一一五九）条には、

九月二日。橘逸勢社祭。上皇有二御結構一。飾以二金銀錦繍一。天下之壮観也。

とあり、後白河法皇が祭を執行したことがわかる。平治元年は後白河院政の初年にあたり、逸勢の御霊への畏怖と鎮魂の意を込めたものであろう。正四位下・左中将として後白河院政下の宮廷に勤仕していた『水鏡』の作者中山忠親もこの盛儀に関わりを持ったかもしれない。

続いて、『逸勢伝』には元暦元年（一一八四）四月十三日の御霊会記事が追記されている。

元暦元年暦録曰。四月十三日癸酉。造八所神殿。被行御霊会焉。御霊八所。崇道天皇。伊予親王。藤原夫人。藤原広嗣。橘逸勢。文室宮田丸。吉備真人。火雷天神也。

一方、『百錬抄』によれば、その二日後の元暦元年四月十五日には、賀茂祭の日にもかかわらず、後白河院主導で崇徳院・宇治左府廟の遷宮が行われ、神霊として祀られている。

十五日癸酉。賀茂祭也。崇徳院並宇治左府廟遷宮也。件事。公家不二知食一。院中沙汰也。仍不レ被レ憚二神事日一也。

吉田経房の日記『吉記』の同日条にも、

今日、崇徳院、宇治左大臣、為崇雷神、建仁祠、有遷宮、（略）天下擾乱之後、彼院並槐門悪霊、可奉祝神霊之由、故光能卿為頭之時、被仰合人々、（略）今日賀茂祭也。尤可被相避歟、但無他日次之上、不可憚之由、人々被計申云々。(14)

とあり、崇徳院の怨霊への畏怖の強さと、賀茂祭をも無視した院庁の鎮魂への慌ただしい動きが認められる。後白河院政を震撼させたのは、言うまでもなく保元元年（一一五六）の保元の乱において後白河方に敗れ、配流の地讃岐で悶死した崇徳院の怨霊の跳梁であった。崇徳院と藤原頼長の怨霊が後白河院周辺で意識され始めたのは、安元二年（一一七六）であったと言われる。

この年、六月十三日には鳥羽院と美福門院得子の子で、二条天皇の中宮であった高松院姝子が三十歳で崩御し、続いて七月八日には後白河院の女御で、高倉天皇の生母である建春門院平滋子（三五歳）が、同月十七日には後白河院の孫、二条天皇の子で六歳で退位した六条院（一三歳）が、八月十九日には藤原忠通の養女で、近衛天皇の中宮であった九条院呈子（四六歳）が相次いで世を去った。『編年記』安元二年条には「已上三ヶ月之中。院号四人崩御。希代亨也。」とある。

後白河院政期における崇徳院の怨霊への畏怖について、山田雄司氏は次のように説いている。

後白河周辺の人物や、頼長と敵対した忠通に関連する人物が相次いで亡くなったことに後白河は大変衝撃を受けたであろう。こうしたことがきっかけとなって崇徳の怨霊が意識されることになったと思われる。[15]

翌安元三年の延暦寺の強訴、安元の大火、鹿ヶ谷の密謀などの大事件の続発が、崇徳院の怨霊の跳梁への畏怖と鎮魂の念を掻き立てたことは想像に難くない。藤原実房の日記『愚昧記』安元三年五月九日条には、

相府示給云、讃岐院並宇治左府事、可有沙汰云々、是近日天下悪事彼人等所為之由、有疑、仍為被鎮彼事也、無極大事也云々。[16]

とあり、左大臣藤原経宗は最近相次いで起こる事態が崇徳院と頼長の祟りによる疑いがあり、それを鎮めることが非常に重要であると権大納言の実房に述べている。

安元三年の出来事では、まず四月十三日、比叡山の大衆が神輿を振りかざして洛中に乱入し、神輿に矢が射立てられ、神人らが数多く射殺された。九条兼実の日記『玉葉』同日条には「仏法王法滅尽の期至るか。五濁の世、天魔そ

の力を得たり。[17]」とある。

また、四月二十八日には太郎焼亡と呼ばれる大火災が発生し、大極殿以下八省院全てを焼失して、京中に死骸があちこちに転がるという悲惨な状況を呈した。公卿の邸宅焼亡十四のうちには「忠親別当也」とあり、『玉葉』の同日条には、

　火災盗賊、大衆の兵乱、上下の騒動、緇素の奔走、誠にこれ乱世の至りなり。人力の及ぶ所にあらず。

とある。長く続く動乱の世の始まりであった。

安元三年の大事件の続発する世情に対して、従二位権大納言・右衛門督・検非違使別当の任にあった中山忠親がいかなる感懐を有していたか。その日記『山槐記』の当該部分は欠落しており不明である。しかし、延暦寺大衆の強訴事件における前僧正明雲の罪名勘申への忠親の対応について、『玉葉』同年五月二十一日条には、

　法家前僧正明雲の罪名を勘へ申す事
　太政大臣〔師長〕、右衛門督藤原朝臣〔忠親〕、長方朝臣等定め申して云はく、法家所当の罪状を勘へ了んぬ。一等を減じ配流す。異議に及ぶべからざるか。

とあり、翌日条には、

去夜前僧正明雲、伊豆国に配流され了んぬ。上卿〔忠親〕別当、右少弁光雅等奉行なりと云々。

と記されている。忠親は明法博士の一人として明雲の罪状の勘申を行い、還俗・流罪の執行にも関わっている。保元の乱の直前には後白河天皇の五位蔵人として近侍し、延暦寺大衆の強訴事件の折には前僧正明雲配流の奉行を勤めた中山忠親もまた、逸勢の御霊、崇徳院の怨霊の埒外にあり得たわけではないのである。

注

（1）新訂増補国史大系21上『水鏡・大鏡』所収の専修寺所蔵本に拠る。
（2）平田俊春「水鏡の批判」（『私撰国史の批判的研究』一九八二年、国書刊行会）に拠る。
（3）注（2）の平田著第二篇第四章第一節「扶桑略記の材料となった書」。
（4）注（2）の平田著第三篇第一章第三節「扶桑略記逸文集」。
（5）新訂増補国史大系21上『水鏡・大鏡』一〇一頁頭注。
（6）『続群書類従25輯下』所収。
（7）『続群書類従8輯下』所収。
（8）新訂増補国史大系31『日本高僧伝要文抄・元亨釈書』に拠る。
（9）大日本仏教全書第七十二巻所収。
（10）宣命体を訓読文に変えている。
（11）目崎徳衛著『平安文化史論』（一九六八年、桜楓社）一六六頁。
（12）『日本史文献解題辞典』（二〇〇〇年、吉川弘文館）「橘逸勢伝」（玉井力）。
（13）肥後和男「平安時代における怨霊の思想」（『民衆宗教史叢書　第五巻　御霊信仰』一九八四年、雄山閣出版）。

（14）増補史料大成30『吉記二・吉続記』に拠る。
（15）山田雄司著『跋扈する怨霊　祟りと鎮魂の日本史』（二〇〇七年、吉川弘文館）。
（16）大日本古記録『愚昧記中』に拠る。
（17）高橋貞一著『訓読玉葉　第三巻』（一九八九年、高科書店）に拠る。

第四章　水鏡における評価の問題

――藤原百川関係記事をめぐって――

一　問題の所在

『水鏡』の研究史を概観すると、その作品評価は鏡物四作品の中でも最も低い。『水鏡』の低評価の主要な要素をなすのは、次の二点である。

Ⅰ『水鏡』の全体が『扶桑略記』（以下『略記』と略称）を唯一の典拠として成立したものであり、その和文脈による抄訳にとどまるとする平田俊春氏の所説の影響。

Ⅱ『水鏡』には多くの淫靡表現や荒唐無稽な記事が含まれており、作者のその方面への趣味性が窺われること。

まず、Ⅰについては、平田氏の所説は『水鏡』が『略記』を唯一の典拠として成立したことを考証することにより、その独立した史料的価値の存在を否定したものであるが、そのことが国文学界において『水鏡』の独立した文学的価値への低評価に及ぼされてきたことである。その問題については、本書の全体において、『水鏡』が『略記』を主な典拠として成立した作品であることは言うまでもないが、他に『日本書紀』（以下、『書紀』）をはじめとする文献・史料、および当時通行していた年代記類を参照して、作者独自の歴史解釈や世界観、現実認識に基づいて成立した作品であることを実証的に論述している。『水鏡』の成立事情に関する包括的な問題については、序論に詳述した。

次に、Ⅱの問題については、『略記』唯一典拠説とも言うべき平田氏の所説を踏まえつつ、『略記』からの記事の選択の仕方や翻案という方法、政治史（皇位継承史）の構想などに『水鏡』の独自性や文学的価値を認めようとする研究の進展が見られた。一方では「四十九代称徳天皇」「五十代光仁天皇」の段における藤原百川の活動を中心とした記事に対する厳しい批判的評価も重ねられてきた。『水鏡』の百川関係記事（物語）は『略記』に所載の『百川伝』を典拠として記述されたと考えられるが、『百川伝』そのものも『日本紀略』（以下、『紀略』）所載の一部分を除いてその全体像を確認することはできない。

いま、否定的評価の一部を掲げておけば、次のようになる。

◇妄誕の記事がはなはだ多く、信頼できない話題が随所にあり、歴史物語としての信憑性はいたって低い。（略）光仁老帝が皇后と若い男女を賭物にして双六に興じたという驚くべき話があることなど、幾多の問題とすべき記述を含んでいる。(1)

◇（『水鏡』の記事は）他書に確認する資料はないけれど、いかにも荒唐無稽である。老年の夫婦が若い男女を賭物にしたり、山部親王が若い燕に甘んじたり、皇后の宮の内の風紀乱れた隠靡な所行や、帝の意志を欺いての皇太子の廃立、他戸親王生存のあやしげな風聞など、（略）あまりに品性下等な裏話ばかりだから、事実としてあり得ないという訳ではないが、もしこのような醜悪な真実があったとしても、これらを歴史の表面で語ることは、避けられるものである。(2)

◇古来流布してきた説は『水鏡』に依拠したものである。（略）出典は『百川伝』にあり、到底容認しえない代物であるが、（略）卑見がこの通説を採らないのは、（略）『百川伝』が内容のいかがわしい文献であり、事実関係は『宇多天皇日記』に依拠して確定されるべきものと考えるからである。(3)

右のうち、前二説は国文学の、第三は歴史学の所説である。国文学の側からは光仁天皇と皇后井上内親王の若い男女を賭物にした博奕の場面から百川の策謀の物語、歴史学ではそれに先立つ称徳女帝の崩御にからんだ道鏡との房事記事、白壁王（光仁）の立太子時における議定の記事に焦点が当てられている。

しかし、光仁天皇と皇后の博奕記事以下の百川関係の物語を取り上げる場合、Ⅰの平田氏の所説を踏まえるならば、『水鏡』の作者は『略記』に所載の『百川伝』の記事を和文脈に変えたにすぎないことになる。したがって、そこに多少の文飾が加えられたとしても、低評価の直接の対象とされるべきものは典拠とされた『百川伝』、もしくは『百川伝』を付載した『略記』の歴史書としてのあり方に向けられるべきものであったと思われる。

Ⅰの平田説をふまえて、益田宗氏は次のように説いている。

『水鏡』は『扶桑略記』の抄出にすぎないから、『水鏡』独自の記事があるわけはない。現存の『扶桑略記』は三十巻中十四巻と抜萃本一巻のみであるため、その散逸した部分は、一見すると『水鏡』独自の記事のように誤認されることが多い。(4)

益田説に従えば、前掲の光仁天皇と皇后の博奕記事以下の物語への低評価は「『水鏡』独自の記事のように誤認」したうえでなされたものか、平田説を踏まえたうえでの印象批評にとどまることになる。

また、第三の所説は、歴史学の立場から『水鏡』の典拠とされた『百川伝』を「到底容認しえない代物」であり、「内容のいかがわしい文献」であると断じている。(5)しかし、「いかがわしい」の語義は「疑わしい。信用できない。」「道徳上、風紀上好ましくない。」の意であり、前者の語義であるならば『百川伝』は史料的価値の疑わしい文献となり、歴史学の考証の対象とはなりえない。後者であれば歴史学上の史実解明のための史料として扱うことと、その文献の道徳的・風紀的な問題とは分けて考えられるべきであると思われる。

一方、平田氏は『百川伝』の全体が正史である『続日本紀』（以下、『続紀』）にも記載されていたとして、次のように述べている。

『水鏡』称徳天皇の条に、藤原百川が妖魅を追い出したことを記し、

この事は百川の伝にぞ、こまかに書きたるとうけたまはる、

とあり、さらに光仁天皇の条に、桓武天皇の立太子についての百川の活動を詳細に記しているので、その典拠となった『略記』の記事の大体を知り得る。そして『日本紀略』光仁天皇の宝亀元年の条に「百川伝云」として、『水鏡』の記事に吻合する記事があり、この伝は『続日本紀』にも抄記せられてあったことが推定されるのである。(6)

平田氏は『水鏡』の称徳・道鏡の房事記事、光仁天皇の段における山部立太子に関わる藤原百川の活動記事を挙げて、『水鏡』の百川関係の記事が全て『略記』所載の『百川伝』を踏まえたものであると説く。さらに『紀略』所載の「百川伝云」以下の記事が存在することを根拠として、『百川伝』の全体が正史である『続紀』にも抄記されていたと説いている。この所説に従えば、『水鏡』の称徳・道鏡房事記事をはじめ、白壁王擁立時の対立、井上廃后、他戸廃太子、山部擁立時の百川と藤原浜成の対立などの歴史的事項、その間における百川の活動の全体は『略記』所載の『百川伝』に記載されており、『水鏡』の記事はその和文脈による抄記にすぎないことになる。また、『百川伝』の

全体が正史である『続紀』にも抄記されていたとすれば、前掲の低評価は第一義には国史である『続紀』に、次いで歴史書である『紀略』『略記』のあり方に対してなされるべきものであるということになる。

周知のように、現存の活字本『続紀』に『百川伝』関係の記事は見られない。平田氏の所説は正史である『続紀』の成立事情や写本考証にも関わる重要なものであるが、管見では国文学でも、歴史学においてもこの平田氏の所説に言及した論著は見当たらない。Ⅰの平田説を『水鏡』研究の根底に据えるのであれば、前掲のような評価を行うにあたり、この所説を踏まえることも不可欠の学問的な手続きであると言わねばなるまい。吉川敏子氏は、平田氏の所説には触れていないが、「原『続日本紀』の『百川伝』には、井上や他戸に不都合なことを叙述する部分があった」ために、「種継暗殺事件関連記事」が削除された際に「『百川伝』もまた削除され、前後の記事の整理が行われ」たとする推論を説いている。(7)

『水鏡』の藤原百川関係の記事を評価するにあたっては、まず正史である『続紀』に基づいて当該歴史事項に対する史実確認を行っておく必要がある。次いで、称徳・道鏡の房事記事、白壁王立太子時の議定記事について、『百川伝』の記事と関係史実との関係、および『百川伝』の記事と『水鏡』の記述内容の比較考察を行うことにより、『水鏡』作者の歴史解釈や、百川関係記事の構想の有無を明らかにすることが可能となる。

一方、『百川伝』の記事が現存しない光仁天皇と井上皇后の博奕記事、井上廃后、他戸廃太子、山部立太子時における百川と藤原浜成の対立などの歴史事項については、国史をはじめとする当該史書類に基づく史実確認を踏まえて、『水鏡』独自の歴史解釈や構想の有無を見定めることが必要である。

二　称徳崩御と百川

『水鏡』における称徳天皇の崩御に関わる房事事件と藤原百川の関わりについて、その記述内容に触れるに先立ち、まず正史である『続紀』に基づいて称徳の病臥から崩御に至る時期の関係史実の確認を行っておく必要がある。

①『続紀』神護景雲元年二月戊申（二八日）条
左中弁侍従内匠頭武蔵介正五位下藤原朝臣雄田麿を兼右兵衛督。(8)

②同・神護景雲三年三月戊寅（一〇日）条
右中弁（ママ）従四位下藤原朝臣雄田丸を兼内竪(じゅ)大輔。

③同・宝亀元年六月辛丑（一〇日）条
初め、天皇、由義宮に幸したまひてより後、不予(みやまひ)して月を経たり。是に、左大臣に勅して、近衛の事、外衛の事、左右兵衛の事を摂知(かねし)らしめたまふ。右大臣には中衛・左右衛士の事を知らしめたまふ。

④同・宝亀元年八月丙午（一七日）条
天皇、由義宮に幸したまひてより、便(すなは)ち聖躬(おほみみ)不予(みやまひ)するを覚えたまふ。是に即ち平城(なら)に還りたまふ。此より百余日を積むまで、事を親(みづか)らしたまふことあらず。群臣曽て謁見すること得る者(ひと)无(な)し。典蔵(くらのすけ)従三位吉備朝臣由利、臥内(やすみどの)に出入して、奏すべき事を伝ふ。

このうち、①②は藤原雄田麿（のちの百川）の叙任歴であるが、その主要な職務として弁官職に右兵衛督、さらに内豎大輔を兼任していることに注目しておく必要がある。

まず弁官は太政官に直属し、左弁官は中務・式部・治部・民部の四省を管掌し、その文書を受け付け、行政の中軸をなす役職である。百川は神護景雲元年の右兵衛督に叙任以前から左中弁職にあり、宝亀元年八月の右大弁昇任以後は、翌年の大宰帥・参議就任以後も弁官職から離れず、宝亀八年十月の式部卿補任まで十一年以上も在職していた。

次に、右兵衛督は五衛府の一つ兵衛府の長官であり、禁裏の内外を守護し、武事に携わった武官で、百川は神護景雲元年から宝亀八年まで十二年間在任した。

さらに、内豎省は称徳・道鏡政権下の神護景雲元年に設置されたが、「卿・輔の肩書からも想像されるように、天皇側近の軍事力の強化という意味」[9]を持つ組織であったと言われている。百川は左中弁として行政文書の管理に携わるとともに、右兵衛督という武官職を兼ね、さらに称徳・道鏡政権の信任を得て、内豎大輔という天皇の護衛役として称徳女帝に近侍していたのである。百川は西宮由義宮の造営責任者であったとも言われる。[10]

一方、③④は称徳病臥時の政治状況を示す記事であるが、称徳天皇は宝亀元年二月庚申（二七日）に由義宮に行幸、四月戊戌（六日）に平城宮に還幸している。この間に発病し、平城宮に還御ののちは崩御までの百余日のあいだ聴政もできず、左大臣藤原永手以下群臣の謁見は認められず、女帝の信任篤い女官吉備由利のみが臥床に近侍して国政案件の上奏を取り次いだという。この百余日にわたる徹底した情報管理下にあって、女帝の病状を把握していたのは右大臣吉備真備の娘または妹とされる女官吉備由利と、内豎大輔として天皇に近侍する護衛役の藤原百川のみであったと言ってよい。

称徳崩御に先立つ宝亀元年六月には、左大臣永手と右大臣真備に七衛府の統括を命ずる勅が出されている。北山茂夫氏は「女帝の危篤につけこんでのクーデタ、内乱の勃発にそなえたのである。」[11]と説いている。

称徳後の皇嗣問題は、称徳重祚の直後から廟堂内の最大の関心事であったが、称徳・道鏡政権のもとで、有力な皇位継承の資格を持つ皇親はことごとく冤罪に服し、天武系では長親王の子である致仕大納言文室浄三（七八歳）と、参議文室大市（六七歳）兄弟しか存在しなかった。吉備由利を通じて女帝の病状の進行を掌握していた真備らは、天武皇統の継続のために文室浄三擁立の機を窺っていたであろうし、右兵衛督として永手（北家）の指揮下に入った式家の百川は、内豎大輔として女帝病床に近侍する立場からその病状の変化を永手に報告するとともに、兄の参議良継を加えて、永手主導のもとに称徳崩御後の皇嗣対策を周到に練っていたはずである。

今日、称徳女帝と道鏡の房事事件の有無について判断するに足る史料は存在しない。薬師寺僧景戒の『日本霊異記』下巻には「弓削氏僧道鏡法師、与₌皇后₋同枕交通、天下政相摂治₌天下₋。」とある。『水鏡』には「このことは百川の伝にぞこまかにかきたるとうけたまはる。」とあり、『略記』に所引の『百川伝』を直接の典拠としたと考えられる。『百川伝』の成立時期は不明であるが、百余日にわたる女帝の病臥と朝政懈怠、異常な情報の漏洩管理から女帝の崩御に至る歴史の空白を埋めるものとして、『水鏡』の作者にこの房事記事は一定の現実性をもって受け止められたと思われる。また、『百川伝』における房事記事そのものは、他ならぬ百川自身の入手した情報の証言という性格をなしている。

称徳女帝が道鏡との房事により死に瀕した時、それを平癒に導く医術知識を有するという尼の申し出に対して、百川はその施術を拒否して追い出す。そのために女帝は崩御に至ったというのであるが、怪しい人物を女帝の病床から遠ざけるのは内豎大輔として当然の職務であり、女帝の病状悪化の原因も正確に把握していたことになる。

一方、女帝の崩御を前にして緊迫した時期に、尼の施術により女帝の病状が回復することは、道鏡政権の終焉を期待する廟堂の意志に反するものである。したがって、この場面は称徳・道鏡政権の終結をもたらした百川の功績を記したものとして理解されるべきものであろう[12]。その処置により藤原一族には念願の白壁（光仁）・山部（桓武）擁立の道が開かれたのであり、その歴史的意義に眼を向けることが必要である。称徳・道鏡房事事件への対応は、左大臣藤原永手の懐刀として白壁・山部擁立に主導的な働きをなした百川の一連の行動の起点をなすものとして捉えられなければならない。

『水鏡』は百川を行動へと駆り立てた事由として、「道鏡ひにそへて御おぼえさかりにて。世中すでにうせなんとせしを。百川うれへなげきしかども。ちからもおよばざりしに。」と記して、いわゆる「いかがわしい」記事を記述している。

道鏡御門の御心をいよいよゆかしたてまつらむとて。おもひかけぬものをたてまつれたりしに。あさましきこといできて。ならの京へかへらせおはしまして。さまぐの御くすりどもありしかども。そのしるしさらに見えざりしに。あるあま一人いできたりて。いみじき事どもを申て。やすくおこたりたまひなんと申しを。百川いかりてをひいだしてき。みかどつゐにこのことにて八月四日うせたまひにき。

房事の内容を具体的に記した『紀略』に所載の『百川伝』の記事に比べて、道鏡と女帝の房事については傍線部のような徹底した朧化表現が取られており、法王道鏡の専権政治と皇位簒奪の野望に対する百川の義憤と、女帝の崩御の原因が記されて、称徳・道鏡政権の終焉が印象づけられる。『水鏡』の作者に道鏡と女帝の房事そのものへの強い関心が存在したのであれば、『紀略』に付載された『百川伝』の記事そのままの和文脈による表現がなされたと考えられる。女帝と道鏡の房事記事が『紀略』のみならず正史である『続紀』にも抄記されていたことが推定されうるならば、徹底した朧化表現を用いた『水鏡』の記事を「いかがわしさ」のみにおいて論断し、『水鏡』の低評価に導くことで事足れりとするのは、研究の停滞と言うべきであろう。

三　白壁擁立問題と百川

白壁王（光仁）の擁立問題の検討にあたっても、まず『続紀』により史実の確認を行っておきたい。

⑤『続紀』宝亀元年八月癸巳（四日）条

癸巳、天皇、西宮の寝殿に崩（かむあが）りましぬ。春秋五十三。左大臣従一位藤原朝臣永手、右大臣正二位吉備朝臣真備、参議兵部卿従三位藤原朝臣宿奈麻呂、参議民部卿従三位藤原朝臣縄麻呂、参議式部卿従三位石上朝臣宅嗣、近衛大将従三位藤原朝臣蔵下麻呂ら、策を禁中に定めて、諱を立てて皇太子とす。左大臣従一位藤原朝臣永手、遺宣を受けて曰はく、「今詔りたまはく、事卒然（にはか）に有るに依りて、諸臣等議（はか）りて、白壁王は諸王の中に年歯（よはひ）も長なり。また、先の帝の功も在る故に、太子と定めて、奏せるまにまに宣り給ふと勅りたまはくと宣る」といふ。

⑥同日条

使を遣して三関を固く守らしむ。

⑦同・乙未（六日）条

近江国の兵二百騎を差（つかは）して、朝庭を守衛（まも）らしむ。従三位藤原朝臣宿奈麻呂を騎兵司とす。

⑧同・十月丙申（八日）条
是より先、去ぬる九月七日、右大臣従二位兼中衛大将勲二等吉備朝臣真備、上啓して、骸骨を乞ひて申さく、
（以下、略）
⑨同・宝亀二年三月庚午（一三日）条
詔(みことのり)して、（略）正三位藤原朝臣良継を内臣とす。（略）正四位下藤原朝臣百川本名は雄田麻呂。を大宰帥。右大弁・内竪大輔・右兵衛督・越前守は並に故の如し。

まず、⑤の記事は称徳崩御に前後して、法王道鏡を遠ざけた場で、太政官の長官である左大臣藤原永手を首座として皇嗣問題が協議され、その合意のうえで天智系の白壁王が皇太子と定められたことが記されている。しかし、次の⑥⑦⑧の記事を踏まえるならば、白壁擁立は決して平穏になされたのではないことが推測される。
⑥⑦の記事について、新日本古典文学大系『続日本紀』の脚注には、

大葬の際、固関使が派遣されたのは元明・聖武・称徳・光仁各天皇の場合だが、固関とは別に騎兵に朝廷を守衛させたのは今回のみ。白壁王の立太子に、政治的不安があったためか。[13]

とあり、木本好信氏も「白壁王立太子に反対する勢力による騒擾に備えたものであろう。[14]」と説いている。称徳崩御の二日後には近江兵二百騎を徴集して、式家の宿奈麻呂（のちの良継）をその長官に任ずるという左大臣永手の迅速な措置には、白壁擁立に反対する勢力への恫喝と、不満分子への威嚇の意図が窺われる。

また、⑧について見ると、光仁天皇の即位は宝亀元年十月一日であるが、『続紀』によれば、真備はそれに先立つ九月七日、右大臣の致仕を皇太子白壁王に対して「上啓」している。真備が新天皇への「上表」の礼をとらず、皇太子への「上啓」としたことについては、

真備としては自らが推挙しなかった光仁のもとへの出仕をはばかり、致仕上啓となったのである。[15]

と解されている。真備が白壁王の立太子に異を唱え、その即位を前に致仕を覚悟せざるを得なかった切迫した事情の存在したことが推測されるのである。

光仁天皇の即位にあたっては数多くの叙任が行われているが、中でも際立つのは⑨の良継の内臣への昇任である。阿部猛氏は次のように説いている。

（内臣は）令外官。天皇からとくに殊遇された重臣が任ぜられた官。（略）良継は「内臣職掌、官位禄賜、職分雑物者、宜㆘皆同㆓大納言㆒、但食封者賜㆗一千戸㆖」との勅を蒙った。すなわち、大納言の職権を有して、しかも天皇の補佐の臣として、ほぼ執政に近い権限を行使していたものと見られる。[16]

良継は白壁擁立直後の八月二十二日大宰帥、九月十六日式部卿、十月一日正三位、さらに翌年三月には内臣と矢継ぎ早な昇叙を受けている。良継の内臣就任という異例の昇任の背景には同年の右大臣真備の致仕、左大臣永手の薨去という事情もあったが、参議から中納言を経ずして大納言相当職への昇任[17]と、事実上の執政への就任という光仁天皇

の厚い信頼には、白壁擁立の功労者という意味が含まれていることは疑いあるまい。百川もまた元年八月二十二日越前守、同二十六日右大弁に昇任、十月一日正四位下、二年三月の大宰帥に加えて右兵衛督、内豎大輔を兼務し、さらに同年十一月二十三日には参議に任ぜられている。やはり、白壁擁立に多くの功労が存在したことを窺わせるのである。

以上のことを踏まえて『紀略』に付載された『百川伝』の記事を見ると、次のように記されている。

百川伝。云々。（略）天皇平生未レ立二皇太子一。至レ此。右大臣真備等論曰。御史大夫従二位文室浄三真人。是長親王之子也。立為二皇太子一。百川与二左大臣（永手）内大臣（良継）一論云。浄三真人有二子十三人一。如二後世一何。真備等都不レ聴レ之。冊二浄三真人一為二皇太子一。浄三確辞。仍更冊二其弟参議従三位文室大市真人一為二皇太子一。亦所レ辞レ之。百川与二永手良継一定レ策。偽作二宣命語一。宣命使立レ庭令二宣制一。右大臣真備巻レ舌無二如何一。百川即命二諸仗一冊二白壁王一為二皇太子一。（略）右大臣真備乱云。長生之弊。還遭二此恥一。上二致仕表一隠居。

『百川伝』によれば、皇嗣問題の協議の場においては、まず右大臣真備が長親王の子文室浄三を立てることを主張し、難点を挙げて反対する左大臣永手、内大臣良継、百川らを抑えて浄三の立太子を強行しようとしたが、浄三が固辞する。そこで真備は弟の文室大市を立てようとしたが、彼も辞退した。百川は永手・良継と「策」（命令書、王命を伝えるもの）を定め、偽って宣命文を作り、宣命使を庭に立てて宣制をさせてしまった。真備は如何ともしがたく、右大臣を辞職したという。

ところで、「宣命」とは言うまでもなく宣読される勅命の意である。称徳崩御にあたり皇太子が冊立されていない現状においては、⑤の傍線部にあるように公式には称徳天皇の「遺宣」として白壁立太子の正統性を保証したのであろう。これに対して、『百川伝』では遺宣には触れず、真備が擁立をはかった文室浄三・大市兄弟の辞退を好機として、永手・良継・百川が宣命の作成に携わり、真備らの意に反して白壁立太子の宣命を宣命使に宣読させて諸卿の拝礼を強要したことになる。傍線部「諸仗」の「仗」は「兵器、刀戟」であり、それを身に帯した武官の意であろう。宣命使が宣命を読み上げるとともに、百川は議定の場に武器を携えた武官を配して、有無を言わせず白壁王冊立の手続きを強行したというのである。

『百川伝』については、歴史学においても百川が藤原氏の大臣らをさしおいて光仁擁立の主役になりうるかが問題とされてきた。しかし、この伝を藤原氏一族の長である永手と良継を中心に読めば、太政官の長官である左大臣永手の指揮のもとに、百川が弁官として宣命文の作成に携わる立場から関与したことは想像される。

木本好信氏は次のように説いている。

> 百川は内豎大輔・左中弁・右兵衛督を兼帯していたが、内豎大輔は称徳天皇に近侍して警護をする、左中弁は宣旨や官符を発布する、右兵衛督は宮門の警備などにあたる精強な兵を率いることを職掌としており、「宣命を偽作し、諸仗に命じる（兵士を動かす）」ことのできる立場にいて、このことを画策できる可能性のあったことは否定できない。そして、このときに偽作された宣命によって宣制がなされ、これが正規の宣として他の詔・勅文とともに櫃底に保存され、『続日本紀』の資料となることはありうることである。[18]

百川の職掌を踏まえて『百川伝』の史料的意義に言及されたのであるが、『百川伝』の記事から直ちに「宣命を偽作し」たと解し得るのかは疑問が残る。前天皇の崩御、皇嗣未決定の場において、候補者の文室浄三・大市兄弟が辞退したにもかかわらず、偽りの宣命文を作成することは可能であったであろうか。議定の場においては真備らの天武系皇統継続派が有力であるにもかかわらず、首座である永手が良継と謀り、ひそかに弁官である百川に天智系の白壁立太子の宣命を作成させ、強引に宣命使の宣読と兵士を配した冊立手続きに及んだというのは無理がある。

これに対して、白壁擁立が窮地に陥った永手らの、宣命のすり替えという窮余の一策によって打開を図ったとする解釈を記述したのが『水鏡』である。『水鏡』は『百川伝』の記事の矛盾を解決するために、大市が立太子を受諾したとする解釈を加え、二種の宣命文が作成されたとする。

神護景雲四年八月四日称徳天皇うせさせおはしましにしかば。位をつぎ給べき人もなくて。大臣以下をの〳〵この事をさだめ給しに。天武天皇の御子に長親王と申し人のこに。大納言文屋浄三と申人を位につけたてまつらむと申人々ありき。又白壁王とてこのみかどのおはしまし〻をつけたてまつらんと申人々もありしかども。なを浄三をと申人のみつよくて。すでにつき給べきにてありしに。このきよみわがみそのうつはものにかなはずとあながちに・(ママ)申給しかば。そのおと〻の宰相大市と申しを。さらばつけ申さむと申に。大市うけひき給しかば。すでに宣命をよむべきになりて。百川。永手。良継この人々心をひとつにて。目をくはせてひそかに白壁王を太子とさだめ申よしの宣命をつくりて。宣命使をかたらひて。大市の宣命をばまきかくして。この宣命をよむべきよしをいひしかば。宣命使にはかにたちてよむをきくに。ことにはかにあるによりて。諸臣たちはからく。白壁王は諸王のなかにとしたけたまへり。又先帝の・(ママ)功あるゆへに。太子とさだめたてまつるといふよしをよむをき〻て。この大市をたてんといひつる人々あさましくおもひて。とかくいふべきかたもなくてありしほどに。百川やがて

　つかさをもよをして。白壁王をむかへたてまつりて。みかどとさだめたてまつりてき。このみかどの位につきたまふ事は。ひとへに百川のはかりたまへりしなり。

『水鏡』によれば、称徳崩御時には皇嗣が定められていなかったため、その協議の場においては天武系の文屋浄三擁立派と天智系の白壁王擁立派が対立した。文屋浄三擁立派の勢力が勝り決定と思われたが、浄三が固辞したため、その弟の参議大市を擁立することとなり、宣命文も作成された。窮地に陥った永手・良継・百川らは協力してひそかに白壁立太子の宣命文を作り、宣命使を仲間に引き入れて白壁立太子の宣命文の方を宣読させてしまった。対立派の唖然として反論もしえないさまを尻目に、百川主導で白壁即位の手続きが迅速に進められたという。武官の配置は記されていない。『水鏡』においては、永手・良継・百川の相談による宣命文のすり替えという策謀により光仁即位の道が開かれたという解釈が明瞭に記されている。その策謀を実質的に担ったのが百川であるという解釈も、左中弁、右兵衛督、内竪大輔というその職務の史実に重ねて矛盾は見られない。

　しかし、『水鏡』の記事が説得性を有するのは、点線部にある宣命文の文意である。〈突然の称徳崩御という事態を受けて諸臣が協議した結果、白壁王が諸王中の最年長者であること、また天智天皇の孫王という正統の皇位継承資格者であることをもって太子と定める〉というのであり、その論理が臣籍に降下して参議の身にある文室大市の擁立を強行しようとした対立派の反論を封じる決定的な力を有したからである。従来、論者の評価は〈百川主導による宣命文の改ざん、またはすり替えという謀計〉を中心になされてきたが、『水鏡』の作者が意を用いたのは〈宣命文の文意に基づく光仁の立太子・即位の正統性の主張〉であったと解せられる。

　ところで、『水鏡』に記された宣命文そのものは『百川伝』には見られず、『水鏡』の作者は前掲⑤の『続紀』記載

の宣命文を用いて記事を構成したと考えられる。『略記（抄）』にも『続紀』の宣命文は転記されているが、

高野天皇遺詔曰。宜㆔大納言白壁王立㆓皇太子㆒。是諸王之中年歯長上。有㆓先帝之功㆒故可㆑立㆓皇太子㆒。

とあり、『続紀』点線部の宣命書きをそのまま和文脈に変えたと見られる『水鏡』の傍線部とは異なる。抄記部分ではあるが、ここにも『水鏡』が『略記』を唯一の典拠として成立したのではなく、『略記』を主たる典拠としつつ、他の文献・史料を参照・引用して成立したことの事例を認めることができる。

四　廃后・廃太子の構図

光仁朝における帝と皇后の博奕のこと、井上廃后、他戸廃太子、山部立太子時の百川と浜成の対立、百川の変死のことなど、『水鏡』に記された一連の百川物語については、典拠とされた『百川伝』の記事が現存せず、両者の記事内容の具体的な比較考察を行うことはできない。しかし、先に考察した称徳・道鏡の房事記事、白壁立太子時の議定記事によれば、『水鏡』の作者は基本的な筋立を『百川伝』の記事に拠りつつ、歴史事項の独自解釈を加えるという方法を取っている。この方式は光仁朝における帝と皇后の若い男女を賭物にした博奕記事をはじめ、百川の頓死に至る百川物語の全体を貫くものであったと推測される。

まず、光仁天皇と井上皇后の博奕記事については、奈良・平安朝ならびに院政期に至る博奕流行の実態を資料により把握しておくことが必要となる。

「博奕」（ばくえき）は、金品などの財物を賭けて、囲碁、樗蒲（ちょぼ）、双六などの遊戯の中で勝負することの意であり、博戯とも言う。文献上の初出は『書紀』天武天皇十四年（六八五）九月辛酉（一八日）条に、

　辛酉、天皇御二大安殿一、喚二王卿等於殿前一、以令二博戯一。（略）凡十人、賜二御衣袴一。

とあり、天武天皇が王卿たちを大安殿の前に召して、博戯の遊びをさせられ、合わせて十人に天皇の御衣と袴を賜ったという。これに対して、『書紀』持統天皇三年（六八九）十二月条には「十二月己寅朔丙辰、禁二断双六一。」とあり、双六禁断の勅が出され、宮中における賭博は禁止された。

また、『養老令』「雑律14」に「博戯賭二財物一者、各杖一百」と規定され、「捕亡令13博戯条」では賭けた財物の処分・没収の処置が定められている。賭博の流行は良風を乱すものが多く、律令では禁断の対象とされてしきりに禁制された。『続紀』文武天皇二年（六九八）七月乙丑（七日）条にも「禁二博戯遊手之徒一。其居停主人亦与居同罪。」とある。『続紀』孝謙天皇・天平勝宝六年（七五四）乙亥（一四日）条の双六禁断の勅は『弘仁格』巻第九「禁二断双六一事」に収められ、『類聚三代格』巻九「禁制事」に太政官奏として掲げられた。『続紀』桓武天皇・延暦三年（七八四）十月丁酉（三〇日）条には「其遊食・博戯之徒、不レ論二蔭贖一、決杖一百」とあり、高位の者でも『養老令』「雑律」のごとく杖百をもって処罰している。

一方、『古今著聞集』巻第十二「博奕第十八」には平安初期の文徳天皇の頃から鎌倉初期の『水鏡』の成立時にわたる囲碁・双六の賭物や勝負の争いなどの説話九話が収められている。そのうち次の二事例に注目しておきたい。

イ、承平七年、右大臣家の饗に中務宮と右大臣と囲碁の事

ロ、久安元年の列見に、朝所にて囲碁の事

イの説話は、右大臣藤原仲平と醍醐天皇の皇子代明親王が囲碁を戦わせ、その賭物に銭十三貫が用いられたというのであるが、左大臣源高明の著『西宮記』巻十五「御庚申御遊」に、延喜十八年（九一八）八月二十日の庚申の御遊に、内蔵寮から碁手の銭十三貫が用意されたなど、三事例が記されている。

・十八年八月廿日、御庚申（略）進二碁手銭十三貫一（略）亥時侍臣提二賭物一参上。

・延喜二（九〇二）・三両年、後院調二酒肴一献二賭物等一供二奉庚申一。

・承平二年（九三二）、召二内給所銭一、為二碁手料一。

これらを見ると、醍醐・朱雀朝に囲碁の賭物として内蔵寮から国費が費やされたことが推測される。平安時代中期・末期には賭博は広く行われるようになり、『蜻蛉日記』『枕草子』『源氏物語』『大鏡』などにも賭物を賭けた興趣のさまが取り上げられている。

ロには、『水鏡』の作者中山忠親が蔵人として仕えた近衛天皇の久安元年（一一四五）二月十一日、内大臣藤原頼長以下参集盃酌の後、囲碁二双の対局があったことが記されており、頼長の日記『台記』巻五天養二年の同日条にも明記されている。

『平家物語』には白河上皇のいわゆる「天下三不如意」の逸話として、「賀茂河の水、双六の賽、山法師、是ぞわが

心にかなはぬものと、白河院も仰なりけり。」（巻第一・願立）と記されており、治天の君として絶大な権勢を誇った白河院自身も双六に興じていたことがわかる。

管見では、博奕に関する資料中に光仁天皇関係の記事、また人間を賭物とした事例は見当たらない。したがって、光仁天皇と井上皇后が若い男女を賭物として博奕に興じ、皇后の要求により山部親王が皇后の寵愛を受けることになったとする記事の具体的な裏付けを確認することはできない。しかし、前掲のように奈良・平安・院政期を通じて宮廷社会や貴族層における博奕は一般的であり、光仁天皇と皇后が博奕に興じたというのも、殊更に異とするには当たらないのではなかろうか。

この記事の史的背景を見れば、左大臣永手ら藤原一族の手で擁立された光仁は即位時六十二歳の老齢であり、政治の実権は内臣藤原良継、その弟の参議百川ら藤原式家の手に握られていた。老齢の帝が皇后と博奕に興じ、五十六歳の皇后が賭物として得た三十六歳の山部親王に惑溺するという設定には、隠された政治的意図の存在したことが窺われよう。『水鏡』の作者もその醜行を「いとけしからず侍し事也。」「いと見ぐるしくこそ侍しか。」と難じているが、一方で百川が山部を説得して「あなかしこ。いなび申給な。おもふやうありて申はべるなり」と助言したと記している。

この百川の言葉の隠された意味内容について、秋本宏徳氏は次のように説いている。

光仁に山部を推したのは、ほかならぬ百川である。これが、井上を山部に耽溺させて光仁との間を裂き、井上・他戸母子を破滅に追い込むための、山部立坊に向けた百川の遠大な計画の一階梯であったことは、渋る山部を説得する百川の「思うやうありて申しはべるなり」との言葉によって知られる。(19)

いま、この政治的背景を『続紀』によって確認すれば、宝亀元年十月の光仁即位にともない、后の井上内親王は翌月に立后、皇子の他戸親王には翌年正月辛巳（二三日）立太子の詔が出されている。その詔には「法(のり)の随(まにま)に皇后の御子他戸親王を立てて皇太子としたまふ。」とあり、敢えて皇后井上内親王の所生であることが強調されている。

言うまでもなく、井上皇后は先帝称徳と同じく聖武天皇の皇女であり、他戸は聖武の血を引く正統の皇位継承資格者と位置づけられている。『水鏡』によればこの時他戸は十一歳であったという。奈良時代には十五歳で即位した文武天皇の先例があるとはいえ、他戸の即位にはいまだ時間を要するが、「光仁が先に死去した場合、井上が中継ぎの女性天皇に立つことも十分あり得た」(20)と考えられている。

井上皇后が他戸の即位、また自らの登極をはかるにあたり、最も警戒すべきは卑姓の出であるが皇子の最年長で人望もある山部親王の存在であり、その裏にひそむ藤原一族の動きであった。六国史の第三『日本後紀』桓武天皇・延暦二十二年春正月壬戌（一〇日）条には、井上廃后・他戸廃太子の経緯が次のように記されている。

故右兵衛佐外従五位下老、天宗高紹〔光仁〕天皇の旧臣なり。初め庶人〔他戸親王〕東宮に居るとき、暴逆尤も甚し。帝と穆(むつ)まず、之に遇えども礼(うやま)うこと無し。老、心を竭(つく)して帝を奉じ、陰(ひそ)かに輔翼の志有り。庶人及び母廃后〔井上内親王〕、老が帝の昵(なず)む所と為るを聞き、甚だ怒りて之を喚(め)して切責する事数(しばし)ばなり。后に巫蠱の事有るに及びて、老其の獄を按験して多く姧伏を発(あば)く。此を以て母子共に廃し、社稷以て寧(やす)んず。

これによれば、光仁天皇と井上皇后・他戸太子の間には疎隔があり、槻本公老が山部親王に親近することにも井上母子は激しい譴責を重ねたという。老の上司は右兵衛督百川であった[21]。早期の皇位継承を望む井上皇后と他戸太子にとって、藤原氏と近しい山部親王は目障りで警戒すべき存在であり、その取り巻きの策謀により排斥される運命にあったと言ってよい。

したがって、その山部を井上皇后の閨房に侍らせるという百川の奇想天外な処置は、山部が皇后方の謀略の手から逃れるための最善の護衛策であった。初老の皇后が壮年の継子に惑溺して夫の帝と疎隔を深め、宮廷内外の関心が皇后の醜聞に向けられている隙を突いて、百川は廃后・廃太子の策謀をめぐらすことになる。

廃后・廃太子の背景について、吉川真司氏は次のように説いている。

> 『日本後紀』によれば、他戸は暴虐な皇太子で、母后とともに、光仁とはきわめて不仲であったという。それが事実の一端を伝えているとすれば、最高の尊貴性を自他ともに認め、今後の王権を左右しうる井上内親王が、老帝の早い死を望む、またはそう邪推されることが、実際にあったのかもしれない[22]。

聖武皇女の高貴な血統を恃んで早期の皇位継承を望む井上・他戸母子と、その排除を策する百川ら藤原氏の思惑の狭間にあって無力な帝王光仁という三者関係の構図は、皇后方による巫蠱の密告・露見により一気に廃后・廃太子へと進むことになる。『続紀』宝亀三年五月二十七日の廃太子の詔には次のように記されている。

> 今皇太子と定め賜へる他戸王、其の母井上内親王の魘魅（えんみ）大逆の事、一二遍のみに在らず、遍（たび）まねく発覚（あらは）れぬ。其れ高御座天の日嗣の座は、吾一人の私座に非ずとなも思し召す。故、是を以て、天の日嗣と定め賜ひ儲け賜へる

皇太子の位に謀反大逆の人の子を治め賜へれば、卿等、百官人等、天下百姓の念へらまくも、恥し、かたじけなし。

この詔によれば、井上皇后の「魘魅大逆の事」は数度にわたっており、「謀反大逆の人の子」を太子にとどめることは適わぬので廃太子とするのであるという。「巫蠱」「魘魅大逆」というのはもとより確たる証拠の乏しい謀略の類いであるが、皇后方の疑わしい行為が密告され、「謀反大逆」と決めつけられれば逃れる道はない。前掲の詔の波線部には、我が子を救い得なかった光仁天皇の無念の思いが込められているとも解しえよう。

光仁天皇と井上皇后の博奕記事から、山部親王を皇后の閨房に送り、かたわら巫蠱事件を利用して帝を説伏して廃后・廃太子に追い込むという一連の百川関係の記事（物語）は、従来根拠の乏しい作り話として『水鏡』の低評価の主要な論拠とされてきた。しかし、廃太子という歴史的な事件が背後に陰湿・狡猾な政治的謀略をともなうものであることは通例であろう。承和九年（八四二）の承和の変が、仁明天皇の了解のもとに、皇太后橘嘉智子と中納言藤原良房による恒貞廃太子を策した謀略事件であることを、『水鏡』の作者は正確に解き明かしている。[23]『百川伝』とそれを典拠とした『水鏡』の百川関係記事が史実であったとする確証は存在しないが、陰謀の渦巻く院政期宮廷社会を生きた中山忠親に、『百川伝』に記された廃后・廃太子事件が単なる根拠不明な説話として捉えられていたとは考えられないであろう。

五　山部立太子問題と百川

次に、山部親王（桓武）の立太子に関わる宝亀四年正月の議定の場は、『水鏡』に次のように記されている。

> 同四年正月十四日に。山部親王のなかつかさ卿と申ておはせし。東宮にたち給。この事ひとへに百川のちからなり。（略）大臣已下御門に申ていはく。まうけのきみはしばしもおはせずしてあるべき事ならず。すみやかにたて〱まつりたまへと申しかば。みかどたれをかたつべきとのたまはせしかば。百川すゝみて。第一御子山部親王をたて申給べしと申き。（略）浜成申ていはく。山部親王は御母いやしくおはす。いかでか位につきたまはんと申しかば。みかどまことにさる事也。酒人内親王をたて申さむとの給き。浜成又申ていはく。第二御子薭田（ヒエタノ）親王御母いやしからず。この親王こそたち給べけれと申しを。百川めをいからし。たちをひきくつろげて。浜成をのりていはく。位につき給人さらに母のいやしきたふときをえらぶべからず。山部親王は御心めでたく。よの人もみなしたがひたてまつる心あり。浜成申こと道理にあらず。我いのちをもおしみ侍らず。又ふた心なし。たゞはやくみかどの御ことはりをかうぶり侍らんとせめ申しかば。みかどともかくものたまはで。たちてうちへいり給にき。

これによれば、右大臣大中臣清麿以下の諸卿列座の席において、藤原式家の百川が第一皇子山部親王を推挙したのに対して、光仁天皇が皇女酒人内親王を、京家の藤原浜成が第二皇子薭田親王を立てて議論となり、百川が浜成の主張を論駁して、山部親王の立太子を天皇に迫るという構図をなしている。このうち、酒人内親王は廃太子他戸と同じく井上廃后の所生であり、薭田親王の生母尾張女王の父は光仁の弟宮湯原親王である。一方、山部親王の生母高野新笠は、その父系が百済武寧王の子純陀太子の流れという百済系の渡来氏族の出であり、浜成が主張したように、女王腹の薭田親王に対して、山部親王は卑姓の出である。そのために、武官である百川はついに佩刀に手をかけて浜成に迫ったというのである。

この合議の背景について、吉川真司氏は次のように説いている。

他戸が廃太子されたとき、聖武系皇親で皇太子にふさわしい者はおらず、それ以外の天武系皇親も死亡、または臣籍降下した者ばかりであった。そこで次善の策として、光仁天皇の皇子から候補が選ばれ、三七歳の山部親王が立太子したのであろう。(24)

このことを史料において確認すると、『続紀』『紀略』ともに宝亀四年正月戊寅（三一日）条の山部立太子の詔を記すのみで、正月十四日条に合議の記載は見られない。また、『続紀』宝亀三年十一月己丑（一三日）条によればこの日酒人内親王は伊勢斎宮に定められて潔斎に入っており、光仁天皇の酒人内親王推挙記事の信憑性は乏しいことになる。『略記（抄）』の光仁記は光仁の立太子関係記事の後は仏教関係記事のみで、事跡記事は見られない。

『続紀』宝亀十年七月丙子（九日）の百川の薨伝には、百川の功績が次のように記されている。

歴たる職、勤恪を為す。天皇、甚だ信任し、委ぬるに腹心を以てしたまふ。内外の機務、関り知らぬこと莫し。

今上の東宮に居せしとき、特に心を属（しょく）しき。時に上（かみ）不予にして已に累月を経。百川、憂色に形（あらは）れて、医薬・祈禱備（つぶさ）に心力を尽す。上、是に由りて重みす。薨するに及びて甚だ悼惜したまふ。

光仁天皇の信任を得て、腹心として内外の機務（国家の機密に関する政務など）に関わったとあり、その中に井上廃后、他戸廃太子、山部立太子の問題が含まれると考えるべきであろう。桓武天皇が皇太子の時、とくに心を傾注したという。その具体例として宝亀八年からの山部の病気への平癒祈願と投薬の処置を挙げて、桓武の信任を得たとする。『弁官補任』によれば、宝亀元年八月に百川が右大弁に任じられて左大弁佐伯今毛人と両頭体制になったが、宝亀三年以降、宝亀八年十月に正四位下藤原是公が任ぜられるまで左大弁は空席であり、右大弁藤原百川が弁官職を統括して活動していたと考えられる。

一方、『続日本後紀』巻十三・仁明天皇承和十年七月庚戌（二三日）条の藤原緒嗣（百川の長子）の薨伝には、次のような記述が見られる。

・緒嗣者。参議正三位式部卿大宰帥宇合之孫。而贈太政大臣正一位百川之長子也。桓武天皇延暦七年春。喚㆓緒嗣於殿上㆒。令㆓加冠㆒焉。其幞頭巾子皆是乗輿之所㆑徹也。即授㆓正六位上㆒。補㆓内舎人㆒賜㆑剣。勅曰。是汝父所㆑献之剣也。汝父寿詞。于今未㆑忘。毎㆓一想像㆒。不㆑覚涙下。今以賜㆑汝。宜㆑莫㆑失焉。

・（延暦）廿一年夏六月。行㆓幸神泉苑㆒。是日有㆑宴。令㆔緒嗣㆒弾㆗和琴㆖。帝喚㆓神大臣㆒。耳語良久。帝乃流㆑涕。更召㆓皇太子親王等㆒。令㆑陪㆓殿上㆒。即詔曰。微㆓緒嗣之父㆒。予豈得㆑践㆓帝位㆒乎。雖㆑知㆘緒嗣年少為㆗臣下所㆖怪。而其父元功。予尚不㆑忘。宜㆘拝㆓参議㆒以報㆗宿恩㆖。大臣奉㆑勅。便起引唱。時年廿九。

六国史の一つである官撰正史に、桓武天皇が二度にわたり百川の功により自らの立太子・即位の道が開かれたことを皇親・群臣に語り、流涕する記事があることは特異であると考えられる。また、天皇自らが百川の子息緒嗣の加冠の式を執行し、皇太子・親王らを陪席させた遊宴の場で百川の旧功に報いるために若年ながら参議に任ずるとする記事は、山部立太子に百川が特別の功績があったことを具体的に語っていると言ってよい。

ところで、『宇多天皇御記』（以下、『御記』）寛平二年二月十三日己巳条には、山部立太子の場の合議について、次のような記載が見られる。

> 太政大臣会語曰、白壁（光仁）天皇時、将レ立二皇太子一、其議未レ定、大臣真吉備并諸公卿、議立二他帝之子一、宣命之書奏了、爰藤原百川破二其書一、立二柏原（桓武）親王一為二皇太子一、大臣嘆曰、我年耄、覩レ恥如レ此、柏原天皇縁二百川之功一、親臨加二子緒嗣元服一、即賚レ剣、先帝（光孝）所レ奏剣、今与汝、而拝二内舎人一封戸百戸、[25]（以下、略）

この記事は、時の太政大臣藤原基経が宇多天皇に先祖である百川の事績を上奏したものであるが、白壁立太子時と、山部立太子の折の出来事を混同している。『略記』の著者皇円はこの『御記』の記事をそのまま転記するとともに、基経の誤りを指摘して次のような私見を注記している。

> 私云。此昭宣公之語。雖レ出二御記之文一。与二百川伝一粗有二相違一。具如レ載二第十巻一。況乎吉備大臣宝亀二年辞二右大臣一。桓武天皇同四年春立二皇太子一。其時被レ弃吉備豈執二行朝政一乎。柏原聖主将レ擬二儲弐一之時。浜成頻謀二

遏絶一。如レ斯事。自僻言。耳目不レ駭。古今之例也。

『御記』における基経の上奏には誤りが認められるが、一方で光仁践祚から百二十年後の宇多天皇の時代においても、百川の宣命書き換えのことは事実として宮廷社会で受け止められていたことがわかる。

以上のような史書類の記述を踏まえて山部立太子に関する留意点をまとめると、次のようになる。

1、左大臣基経が百川の活動を事実として宇多天皇に上奏していること。

2、基経の話の誤りを指摘して私見を記した『略記』の著者皇円も、『百川伝』に記された白壁（光仁）立太子時の合議、山部（桓武）立太子時の議定の内容を史実と解釈して記述していること。

3、『略記』所載の『百川伝』には、山部立太子の議定の場において浜成が「遏絶」（さえぎり止めること）[26]を謀ったとあること。

これによれば、『水鏡』に詳述された山部立太子時の議定の場の構図と百川・浜成の関わりの骨子は、『略記』所載の『百川伝』を踏まえたものであることが推測されよう。

桓武天皇は天応元年四月三日に即位した。浜成は同月十七日に大宰帥に任ぜられたが、六月十六日には大宰員外帥に左降され、翌年閏正月十日の氷上川継の謀反に連坐して、同月十八日に参議・侍従を解却され、員外帥のみ元の如しとされた。川継は浜成の女婿であった。左遷から配流の身となった浜成は、延暦九年二月十八日任地で薨去した。山口博氏は「桓武朝における浜成の処遇は、『水鏡』のこの記述の信憑性を物語るものであろう。[27]」と説いている。

『続紀』延暦九年二月乙酉（二八日）の浜成の薨伝には、次のように記されている。

宰輔の胤(すゑ)なるを以て職(しき)を内外に歴(ふ)れども、所在(あるところ)に績(いさを)無くして、吏民これを患(うれ)ふ。

死人に鞭打つかのごとき薨伝となっている。

六　『水鏡』の評価について

最後に、『水鏡』の藤原百川関係の記事の評価に触れておくと、まず、『公卿補任』宝亀二年条の藤原百川の尻付には「本系云」として、次のような記述がある。

本系云。（略）宝亀元年八月四日高野天皇崩。未立皇太子。時議所立。群臣異論。公与右大臣永手朝臣。内臣良継朝臣。定策立白壁為皇太子。（略）天皇甚信任之。委以腹心。内外機務莫不関知。大臣素属心於桓武天皇。龍潜之日共結交情。及宝亀天皇践祚之日。私計為皇太子。于時庶人他部(ママ)在儲弐位。公数出奇計。遂廃他部。桓武天皇為皇太子。致身尽力。服事儲宮。君有着薬。与沐禱請。即以平復。

この記事で『続紀』の百川薨伝に加うるところは、群臣異論の中で光仁の擁立に百川が右大臣永手・内臣良継とともに具体的に関与したこと、また、光仁即位時に百川はひそかに山部の立太子を図り、すでに他戸が皇儲に定まっていたのを数々の「奇計」により廃して山部の立太子を実現させたと明記している点である。

この「奇計」という語については辞典・索引類に古代の用例が見られないが、『時代別国語大辞典　室町時代編二』によれば、「奇計」は「思いもよらない経略、敵の不意をつくような経略」の意とあり、次のような用例が挙げられている。

・奇ト云者ハ常ト替リタル者ゾ。古ノ謀略アル者ハ正道ヲ本トシテ奇計ヲ出スゾ。奇計ハ人ヲタバカリテ陥入テ勝コトゾ（三略抄一）

・年少シテ一ノ奇計ヲナシテ後世マデ名ヲアラワイタゾ（玉塵四十九）

これらは兵法書の用例であるが、「謀計」「策謀」「策略」などの悪意に基づく計略とは語意が異なり、その行為を「正道」と見る一定の評価が与えられている。『公卿補任』においても、他戸を廃太子に追い込んだ百川の数々の計略を「奇計」であると捉えて評価を与えていることになる。

また、『水鏡』の成立後の事例であるが、承久二年（一二二〇）成立の『愚管抄』巻第七に「藤氏ノ三功」として、

ソノ三功ト云ハ、大織冠ノ入鹿ヲ誅シ給シコト、永手大臣・百河ノ宰相ガ光仁天皇ヲタテマイラセシ事、昭宣公ノ光孝天皇ヲ又タテ給シコト、コノ三也。

とあり、藤原氏がなし遂げた三偉業の一つに藤原永手・良継・百川の連携による白壁擁立が挙げられている。

このほか、建長四年（一二五二）成立の『十訓抄』第六「忠直を存ずべき事」に、白壁擁立に関わる百川の活躍を挙げて、古代日本・中国の事例とともに、

これら、やうこそかはれども、みな臣の助けによれり。すべて忠臣といふもの、君のため名を惜しみて、命を惜しまぬなり。

と評されている。『水鏡』を含む十世紀から十三世紀の文献に、白壁・山部擁立に関わる百川の活動を「正道」「忠臣」の功績であるとする評価が定着していた事実は、『水鏡』の記事内容の評価にあたっても留意されなければなるまい。『水鏡』の典拠をなした『百川伝』の成立過程について、加藤静子氏は次のように説いている。

国史、本系の前には、多分、二人の帝を世に送り出した百川の功績を、格調高い文章で認めた家伝があったと思われる。（略）時代が下って、百川その人の興味もさることながら、歴史の謎を埋めてくれる、歴史の転換に居あわせ、活躍した百川像がふくれあがって説話化されて生まれたのが、水鏡が利用した扶桑略記所引のような百川伝ではなかったか。[28]

妥当な見解と言うべきであろう。『百川伝』には、百川の事績を顕彰する意図を具体化するために、称徳崩御への対応から白壁擁立を経て山部立太子に至る経緯について、前掲の文献・史料を踏まえた統一的な記述がなされていたと考えられる。

『水鏡』の百川関係の記事は、その『百川伝』を直接の典拠として、称徳・道鏡政権を終結させ、井上・他戸路線を阻止して桓武擁立のために暗躍し、藤原氏の専権への道を拓いた百川の政治的才能とその働きを記したものである。したがって、その評価にあたっては、混沌とした院政期の政情を前に、奈良朝末・平安初期の皇位継承に多大な影響を与えた百川の「奇計」の働きを見つめる、『水鏡』の作者の目にこそ注目すべきであると思われるのである。

注

(1) 河北騰「水鏡」(『歴史大辞典・第十三巻』所収、一九九二年、吉川弘文館)。
(2) 加納重文「藤原百川」(『女子大国文』一一一号、一九九二年六月)、同氏著『歴史物語の思想』(一九九二年、京都女子大学)所収。
(3) 河内祥輔著『古代政治史における天皇制の論理・増訂版』(二〇一四年、吉川弘文館)第四「光仁系皇統の成立」。
(4) 『日本古典文学大辞典』(一九八四年、岩波書店)「水鏡」の項。
(5) 『日本国語大辞典』に拠る。
(6) 平田俊春著『私撰国史の批判的研究』(一九八二年、国書刊行会)第二篇第三章第一節「出典を記すもの」。
(7) 吉川敏子著『律令貴族成立史の研究』(二〇〇六年、塙書房)第一〇章第二節「原『続日本紀』からの『百川伝』削除」。
(8) 『続紀』の記事の引用は新日本古典文学大系の書き下し文に拠る。
(9) 阿部猛編『増補改訂日本古代官職辞典』(二〇〇七年、同成社)「内豎省」の項。
(10) 木本好信「藤原百川について」(『米澤史学』一一号、一九九五年六月)。
(11) 北山茂夫著『女帝と道鏡』(一九六九年、中央公論社)一四七頁。
(12) 秋本宏徳「『水鏡』試論―藤原百川をめぐって―」(『物語研究』四号、二〇〇四年三月)に同様の指摘がある。
(13) 新日本古典文学大系15『続日本紀　四』二九六頁脚注八。
(14) 木本好信著『奈良時代の政争と皇位継承』(二〇一二年、吉川弘文館)Ⅱ四「称徳女帝の『遺宣』―光仁天皇の立太子事情――」。

(15) 注(13)に同じ、補注31――一四。

(16) 注(9)に同じ、「内臣」の項。

(17) 『公卿補任』には中納言昇任記事がある。

(18) 注(14)に同じ。

(19) 注(12)に同じ。

(20) 吉川真司著『天皇の歴史02　聖武天皇と仏都平城京』(二〇一一年、講談社)第六章1「光仁から桓武へ」。

(21) 注(10)で木本氏は老が右兵衛佐に任じたのは宝亀九年三月のことであり、百川の右兵衛督帯任が史料に確認できるのは前年十月までであるから、二人の接点は確認できないと説いている。

(22) 注(20)に同じ。

(23) 第三章第三節「水鏡の承和の変解釈」に詳述。

(24) 注(20)に同じ。

(25) 『続々群書類従』第五所収。

(26) 『日本国語大辞典』に『江談抄・三』(一一一一年頃)の用例として、

菅根不レ通レ仰。皆以遏二絶之一。是菅根計也。

とある。

(27) 山口博「藤原浜成論(下)」(『古代文化』二八巻一号、一九七六年一月)。

(28) 加藤静子「家伝・国史・説話――数種の『百川伝』から――」(『相模女子大学紀要』五四号、一九九一年三月)。

後　記

本書の表題を『水鏡の成立と構造』と題したが、『水鏡』という歴史物語の成立事情についても、その内部構造についても明確な結論を得たとは言いがたく、『水鏡』の成立と構造に関する問題、もしくは試論と題するべきものに止まる。『水鏡』の成立事情は複雑であり、その典拠とされたと推定される文献・史料の中には抄本として伝わり、または散逸して比較考察をなしがたいものも含まれる。また、その構造についても、院政期という混迷の時代を生きた『水鏡』作者の序文に込められた思想や世界観と、五十五代にわたる天皇の紀に相当する本文記事との関わりをどのように捉えるべきなのかという難問が横たわる。

『水鏡』の研究史を主導してきたのは、言うまでもなく、その成立が私撰の歴史書『扶桑略記』のみを典拠として抄訳したものであり、他の文献・史料を一切取り用いていないとする定説的な学説である。この所説に従うならば、『水鏡』においては序・跋、および本論中の少量の感想部分をのぞき、作者の創意、独自の記述、構想の存在は全否定されることになる。『水鏡』の研究が主にその序文の分析・解釈に集中し、本文である各天皇の紀の内容に触れられることが少なく、低評価をまねくに至っているという現状は、その事情を端的に示していると言ってよい。

本書においても繰り返し言及しているように、『水鏡』が『扶桑略記』を主な典拠として成立したことは紛れのない事実であり、そのことを実証的に明らかにしたことにおいて、この学説の研究史上における意義は特筆される。一方、『扶桑略記』と『水鏡』の全文比較を行うとき、『扶桑略記』を典拠と認めがたい多くの記文の存在に直面することも事実であり、その疑問点や問題を解明することは、『水鏡』の成立事情、各天皇の紀の解釈、および作品の全体的な評価を根底から見直すことに繋がるであろう。

右のような問題意識を踏まえて、本書の全体を序論と四章十二節に分かち、上記の課題について具体的・実証的な論述を行っている。

序論「水鏡における成立の問題」においては、『水鏡』の成立に関して解明するべき疑問点と、院政期における日本紀・年代記・系図などの流通事情を踏まえた考察を必要とする基本的な問題の存在を提起し、私見を加えた。

第一章「水鏡の成立と扶桑略記」は四節に分けられ、『扶桑略記』唯一典拠説ともいうべき定説的所説に対して、廿八代継体天皇の系譜記事をめぐる相違の問題をはじめ、歴代天皇の皇陵名、帝紀的記事、および歴代名そのものの相違点を掲出して疑義を呈し、現存文献に基づく典拠の推定考証を試みた。

第二章「天皇紀の解釈」は五節に分けられ、各天皇の紀について、成立事情に関わる問題点と、『水鏡』作者の解釈を具体的に提示することを心掛けた。

第三章「水鏡と変乱」は三節に分けられ、古代史を代表する三つの変乱である乙巳の変、壬申の乱、および承和の変に関する『水鏡』作者の独自の解釈について、関係史料・文献を踏まえて分析を行った。

第四章「水鏡における評価の問題―藤原百川関係記事をめぐって―」は、鏡物の中でも最も評価の低い『水鏡』において、成立事情に関する問題とともに低評価の根拠として挙げられることの多い藤原百川関係記事について、その歴史的背景と『水鏡』の記事との関わりを関係史料を踏まえて分析・考察を行い、評価の見直しを求めている。

なお、本書においてはその主たる論旨との関係で、歴史物語である『水鏡』の序文解釈、語り手の問題、および叙述や虚構などの表現面に関する問題については言及していない。ご諒恕を乞う次第である。

本書の礎稿はこの六年ほどの間に学会・元の勤務先等の機関誌に発表したものに、『水鏡』の成立と評価に関わる新稿を加えて論旨の統一をはかったものである。既発表の論文については表題の統一をはじめ、論旨の補強、注記の「凡例」への集約、さらには改稿を行ったものも含まれている。しかしまた、論旨の関係で重複を避け得なかった事項も残る。もとより既発表論文についても著者の責任に帰するものであることは言うまでもないが、今後は本書に対して忌憚のないご批判・ご批正をいただければ幸いである。以下に備忘のために既発表論文の原題と発表誌名を挙げておく。

序論　水鏡における成立の問題…………新稿

第一章　水鏡の成立と扶桑略記

　第一節　水鏡「廿八代継体天皇」の問題―『扶桑略記』唯一典拠説をめぐって（1）―

　原題『『水鏡』継体天皇紀の問題―『扶桑略記』唯一典拠説をめぐって（1）―』『解釈』六一巻九・一〇号、二〇一五年一〇月

第二節　水鏡の皇陵名―『扶桑略記』唯一典拠説をめぐって（2）―
原題同じ。『福島大学人間発達文化学類論集』二二号、二〇一六年三月
第三節　水鏡の帝紀的記事―『扶桑略記』唯一典拠説をめぐって（3）―
原題同じ。『福島大学人間発達文化学類論集』二四号、二〇一六年一二月
第四節　水鏡の歴代名―『扶桑略記』唯一典拠説をめぐって（4）―
原題同じ。『福島大学人間発達文化学類論集』二七号、二〇一八年六月

第二章　天皇紀の解釈

第一節　水鏡「二代綏靖天皇」の問題…………新稿
第二節　水鏡「十一代垂仁天皇」の解釈
原題同じ。『解釈』六四巻九・一〇号、二〇一八年一〇月
第三節　水鏡「十八代履中天皇」の問題
原題　『水鏡』履中天皇紀の問題」『福島大学人間発達文化学類論集』二一号、二〇一五年六月
第四節　水鏡「廿一代安康天皇」の解釈
原題　『水鏡』安康天皇紀の解釈」『解釈』五九巻九・一〇号、二〇一三年一〇月
第五節　水鏡「卌八代廃帝」の解釈
原題　『水鏡』廃帝紀の解釈」『解釈』六二巻九・一〇号、二〇一六年一〇月

第三章　水鏡と変乱

第一節　水鏡の乙巳の変解釈
原題　『水鏡』皇極天皇紀の解釈（上）」（『東北文教大学東北文教大学短期大学部紀要』三号、二〇一三年三月）、「同（下）」（『同』六号、二〇一六年三月）を乙巳の変の解釈を中心に改稿したものである。論旨に違いはない。
第二節　水鏡の壬申の乱解釈
原題同じ。『福島大学人間発達文化学類論集』二五号、二〇一七年六月

第三節　水鏡の承和の変解釈

原題同じ。『福島大学人間発達文化学類論集』二八号、二〇一八年一二月

第四章　水鏡における評価の問題―藤原百川関係記事をめぐって―…………新稿

歴史物語としての評価も低く、専門とする研究者の方々も多いとは言えない『水鏡』という作品について、地味な典拠考証を主とする論考を一書に纏めることには、いささかのためらいも存在した。本書の出版にあたりご高配をいただいた株式会社新典社代表取締役社長岡元学実氏、周到な編集実務の労をとられた小松由紀子さんに心からお礼を申し上げる。

令和元年九月二〇日

勝倉　壽一

勝倉　壽一（かつくら　としかず）
1967年3月　東北大学文学部国文学科卒業
1970年3月　東北大学大学院文学研究科修士課程修了
学　位　博士（文学）1993年東北大学
現　職　福島大学名誉教授
主　著　『雨月物語構想論』（1977年，教育出版センター）
『芥川龍之介の歴史小説』（1983年，教育出版センター）
『上田秋成の古典学と文芸に関する研究』（1994年，風間書房）
『大鏡の史的空間』（2005年，風間書房）
『歴史小説の空間　鷗外小説とその流れ』（2008年，和泉書院）
『小学校の文学教材は読まれているか　教材研究のための素材研究』（2014年，銀の鈴社）

新典社研究叢書316

水鏡（みずかがみ）の成立（せいりつ）と構造（こうぞう）

令和元年10月25日　初版発行

著　者　勝倉　壽一
発行者　岡元　学実
印刷所　惠友印刷㈱
製本所　牧製本印刷㈱
検印省略・不許複製

発行所　株式会社　新典社
東京都千代田区神田神保町一―四四―一一
営業部＝〇三（三二三三）八〇五一番
編集部＝〇三（三二三三）八〇五二番
FAX＝〇三（三二三三）八〇五三番
振　替　〇〇一七〇―〇―二六九三二番
郵便番号一〇一―〇〇五一番

ISBN978-4-7879-4316-3 C3395
http://www.shintensha.co.jp/ E-Mail:info@shintensha.co.jp